Accel
Shane

Gustaf
キャラクターを選んでください
選択
決定

王子のデレはツンの底。

〜婚約破棄も悪役令嬢も難しい〜

来栖もよりーぬ

Illustrator
ワカツキ

この作品はフィクションです。
実際の人物・団体・事件などに一切関係ありません。

王子のデレはツンの底。

～婚約破棄も悪役令嬢も難しい～

一章

「ルシア危ないッ!!」

「ルシア様ッ」

王宮でのお茶会に母様に付き添われて来ていた私は、お気に入りの帽子が風に煽(あお)られて飛んでしまったのを追いかけた際、派手にすっ転んで大きな池に落っこちた。

足元を見てなかった私が一〇〇%悪い自損事故である。いやあほんと服を着たまま水に落ちるの怖い。手足はスカートがまとわりついてまともに動かせないし、水はガバガバと口に流れ込んで来るしで、危うく享年十歳になるところだった。

咄嗟(とっさ)に近くにいた騎士団のお兄さんが飛び込んで助けてくれたそうだが、全く記憶にない。

季節は秋。寒さも日々深まる頃合いだったのもあって、池では助かったものの今度は肺炎を起こし、高熱で生死の境をさ迷った。

そして、生きるか死ぬかの状況になって、初めて自分が日本人の前世を持つ人間だったことに気づいたのだ。

柊(ひいらぎ) 陽咲(ひなた)、二十四歳のゲームオタク。友人とお気に入りのゲームの二・五次元舞台を観に行く途中で飛行機が墜落した。

最期の記憶が『せめて観てからにして欲しかった……』だったのが我が前世ながら情けない。

ただ、記憶が甦ってみれば、このフラワーガーデン王国はその私がハマっていた【溺愛！　ファイナルアンサー】という乙女ゲームの世界だった。

クイズ番組のようなタイトルだが、内容はかなりハードで、その中でヒロインを虐め抜く王子の婚約者、いわゆる悪役令嬢が私だ。

油断すると死ぬ。しなくても死ぬ。モグラ叩きのように死亡フラグがポコポコ飛び出して来る。歩む道のほぼ全てが地雷源である。

唯一まともに被害最少（平民にはなるが五体満足）で生き残れるのが、ヒロインであるミーシャ・カルナレンが、十八歳で王子と婚約し結婚するトゥルーエンドルートのみなのだ。そこで結婚というめでたいお祝いにケチがつかないよう恩赦が出て、平民として生きる道が拓ける。


肺炎からしぶとく生き延びた私は、別人のように貪欲に学ぶようになり、知識を吸収し、平民になっても逞しく生きていけるよう様々な手作業にも積極的にチャレンジするようになった。体の鍛練も欠かさない。ひ弱なままではこの地雷源をかいくぐることなどできはしないのだ。

年二、三回ぐらいの頻度でわざと将来の王妃に相応しくないようなヤンチャをしては、シェーン王子に婚約破棄のお願いをして、その度にブリザードのような眼差しで「却下」と断られ続ける日々が何年も続くのである。

我が国フラワーガーデン王国は、至極温暖で四季を通して天候が大荒れになることも滅多にない。

そのため、農業や漁業、酪農も盛んであり、国民一人一人の勤労意欲も高い。

近隣諸国に比べたらかなり恵まれていると言える。

武人であり賢王と呼ばれる厳しい父と、私が十七の時……もう二年前になるが、心臓の病で亡くなってしまった優しく美しかった母から、シェーン・リングローは生まれた。

母譲りの顔は女の子みたいと小さな頃はよくからかわれていたのがとても嫌だった。父からは黒い瞳、ダークブラウンのゆるいクセ毛を譲り受け、なよなよしてると舐められないよう剣の鍛練や運動に励んだお陰で、十五歳になった頃には一七十センチを越えるほどまで背も伸び、体にも筋力が付いて誰も女みたいだとからかう人間はいなくなっていた。

私を生んだ後から徐々に母は体調を崩し寝ていることが多かったため、弟も妹もおらず、跡継ぎへの不安なのか十五歳の時に家柄と年の合うバーネット侯爵の下の令嬢であるルシアと婚約することになった。

年が合うと言っても五歳も下、まだ十歳だ。自分から見たらまだ子供である。

お茶会で初めて顔合わせをした時には、プラチナブロンドの長い髪がサラサラとして大人しそうな可愛らしい子だな、程度で殆ど印象には残らなかったのだが、その婚約者が飛んだ帽子を掴もうとして池に転落した時には流石に慌てた。

「――おいアクセルッ！　ルシアが！」

池と呼んではいるが、小さな湖といってもよい大きさでかなりの深さもある。

婚約者と初めて会った日が命日なんて縁起が悪いにもほどがある。

本当は自分が飛び込むべきなのは分かっていたが、恥ずかしいことにその時はまだ泳ぎが苦手だったのだ。

助けるつもりが共に溺れては本末転倒である。

護衛兼友人でもあるアクセル・カーマインに助けを求めるつもりで振り返ると、既にアクセルは池に飛び込んだ後だった。

ホッとしたと同時に、己の無力さを恥じた。

ルシアは助かったものの、冷え込みが厳しくなり始めた頃で水も冷たく、戻った夜から肺炎を起こしたとバーネット家から連絡が来た。

自分が見舞いに行けば侯爵家に気を遣わせる。

ルシアの看病に専念してもらいたかったので、果物やお菓子、匂いのキツくない花などを贈り治癒を祈っていた。

一週間後、無事に快癒へ向かっていると知らせが来た時にはアクセルを連れて見舞いに行った。

下がって来ているとは言えまだ熱が高く、常時うつらうつらしている小さなルシアを見て、そっと手を握る。小さな手から伝わる熱に、ぐっと胸が締め付けられるような気持ちになった。

これからは自分が彼女を守らなくては。

今以上にもっと体を鍛え、春になったら泳ぎを特訓し、ルシアが成人する頃には後ろで夫として相応しく頼りになる人間になりたい。未来の王としても。

　そう誓ったのだったが。


「シェーン様、ルシアはようやく木登りができるようになりました！」

「……そうか。だが危ないし令嬢としては少々はしたないんじゃないかな」

「そうですよね！　シェーン様にご迷惑がかかってはいけませんので、婚約を破棄して頂けませんか？」

「……いやちょっと待て」

　元気になってからのルシアは、やたらと勉強熱心になり、お妃教育もやってはいるようなのだが、それ以外にも運動をしたり、領地の畑を耕したり料理を始めたりと、驚くほど多方面に、熱心に取り組み始めた。

「何故急に？」

　と聞いてみたが、

「いのち大事に、という言葉があります。

　一度死にかけた訳ですから、またいつ死ぬようなことがあるか分かりません。悔いのないよう興味を持ったモノは全部やってみたいのです。王妃になればそんなワガママは言えませんよね？」

「――なるほど」

　初めて少し話した時よりずっと大人びて落ち着いた発言をするようになったルシアは、まるで自分より年上のようである。

見た目はちびっ子なのだが。

「だが、婚約というのはそう簡単には破棄できないものなのだ」

「左様でございますか……木登り程度じゃまだまだか……」

「ん？」

「いえ何でもありません。ご心配をおかけして申し訳ありませんでした。以後気をつけます」

ぺこり、と頭を下げたルシアだったが、その後も畑に通い鍬(くわ)を振るっていたり、川に男の子のようなズボン姿で釣りに出ては、

「シェーン様、大漁でしたー！　こちらをどうぞー。バター焼きが美味(おい)しいと思います。でも釣りをするような令嬢はシェーン様に相応しくないと思いますので、ご迷惑がかかる前に婚約破棄して頂けませんか？」

とマスをバケツに入れて王宮にやって来たりする。

何度か経験してみて分かったが、ルシアは婚約破棄をして欲しいらしい。

明らかに淑女にあるまじき振る舞いを狙ってしている気がする。でも私が嫌いという訳でもなさそうだ。

前にも聞いたように、王宮のような堅苦しい生活がイヤなのだろう。

私だってそんな生活が好きな訳じゃない。

だが、段々とルシアが今度は何をやりだすのかと思うと楽しくなってきて、婚約破棄を持ち出す度に却下することにした。

三年もすると、ルシアは護身術を習いだしたり、大工仕事にも手をつけだした。

「シェーン様！　こちらは私一人で作りました。よろしければ持ち帰って使って下さい！」

とご機嫌な様子でずるずると自室からサイドテーブルを引きずって来た時には驚いた。ちゃんとヤスリもかけてニスまで塗ってあり、とても十五かそこらの娘が作ったとは思えない見事な出来栄えである。

「すごいな……これをルシア一人で？」

私は感心して眺めたが、申し訳なさそうな顔をしたルシアが、

「……すみません。ニス塗りは手が痒くなってしまって、フェルナンドに少し手伝ってもらいました」

「──フェルナンドって誰だい？」

「ひゅぇっっ？　あの、うちの執事ですが……」

「……そうか。そうだったな」

言われてみれば、ルシアの屋敷に来る時には何度か顔も合わせていた。

突如湧き上がった嫉妬のような感情に、険しい顔をしていたのだろう、ルシアが怯えたような顔を見せた。

「ごめんね。陽射しが当たって眩しくて」

「ああ！　それは気づかず大変失礼致しました！　只今カーテンを」

パタパタとカーテンを引きに向かうルシアを見ながら、私は溜め息をついた。

もう暫く楽しませてもらったら、自由に過ごせるように婚約を破棄してあげるつもりだったのに、

思った以上に私は彼女が好きだったらしい。

(ほんと、ごめんね)

婚約破棄はしてあげられそうにないな、ルシア。


「ジジ……とうとうこの日が来てしまったわね……」

「そうでございますねえ。でも何故十七歳になるのがそんなに嫌なんですかルシア様？　……あ、竿引いてます」

「おっ、と」

私は慌てて竿を掴んで立ち上がった。今日も朝から引きがいい。


社交界デビューして一年。頑張って着々と築き上げた『バーネット家のルシア嬢は余りに破天荒で、家柄人柄はともかく王子の婚約者として相応しくないのでは』という評判も、シェーン様の耳には入っている筈なのに、何度アタックしても婚約破棄をしてくれない。

釣りキチモードもダメ、日曜大工にハマるお父さんモードもダメ。いきなり霊媒体質になった振りをして、

「守護霊様からのお告げです……私を妻にするとシェーン様に不幸が訪れます」

などと言ってみたが、

「なるほど。で、どのくらいの不幸なんだろうか？」

と質問され、

「……ええ、と、モテなくなる、とか？」

まさか深く突っ込まれるとは思ってなかったので、咄嗟に思いつかずにアホみたいな回答をしてしまい、何故か護衛のアクセル様の肩を震わせるほど笑われてしまった。

「――結婚してからモテても仕方ないだろう。私は浮気性ではない。だから却下だ」

シェーン様にも顔を逸らされながら返された。

あれは綿密なシミュレーションを怠った私の失態であった。

もう「却下だ」という台詞を何度聞いたことだろう。

流石に何年も付き合いがあるので、あのどえらく綺麗な顔から無表情で放たれる常時氷点下のような眼差しにも慣れたし、地底から何かが這い出るような迫力あるサラウンドな重低音ボイスにも動揺しなくはなった。

だが、もう足掻いてる間に十七歳だ。

そろそろ伯爵家に引き取られた同い年のヒロイン、ミーシャ・カルナレンが社交界に颯爽とデビューしてくる筈なのだ。

フラワーガーデン王国では女性も男性も十八歳で成人となる。

貴族の女性は通常十六歳で社交界にデビューして、成人を迎え適齢期と言われる十八歳までの二年の間に、将来有望とか容姿が好み、財力がある等、希望の殿方をゲットすべく活発に行動するシステムになっている。

そして、ミーシャはカルナレン伯爵家の元平民出身の奥様の妹の娘なのである。

父親を早くに亡くして母親とミーシャで暮らしていたが、病気で母親が亡くなったため引き取られるのだ。平民育ちなので、淑女として恥ずかしくないよう磨きあげているため一年遅れてのデビューになるのだが、正直あのゲームのヒロインの可愛さたるや尋常ではない。

フワフワのライトブラウンの柔らかそうな髪といい、吸い込まれそうなブルーの瞳、整いまくった目鼻立ち、小柄なクセに出るところは出ているメリハリボディーと、女性として誰もが憧れる人類最強の女子である。笑顔もまた破壊力抜群だ。

キャラクターデザインをしたイラストレーターさんは仲間内では神と呼ばれていた。みずき……飛行機で一緒に乗っていた親友であり、オタク仲間でもあった友人とも、

「このヒロインに迫られて落ちない男はインポ」

と断定し、意気投合した懐かしい記憶が甦った。

飛行機が墜ちる時に、咄嗟に隣にいたみずきに覆い被さったが、あれは段々とおデブ体型になり出して、コンプレックスを抱えていたコミュ障気味な私と辛抱強く付き合ってくれ、舞台に誘ってくれた彼女への感謝からだ。

あの贅肉がクッション代わりになって助かったのならいいんだけど。

私も去年十六歳で一応社交界デビューはしたものの、培った評判で殿方どころか女性ですらも遠巻きにされる始末である。何故かシェーン様がまだ婚約破棄してくれないので、現時点では未来の王妃候補の立場。男性が近寄らないのはしょうがないが、仲良くなれそうな女友達ぐらいはできるといいなーと思っていたのでかなり凹んだ。

私は『自分がポンコツ』だということを示したいだけなので、公の場で侯爵家自体を貶めるようなマナー違反とか、シェーン様がエスコートするような場で急に反復横飛びを繰り返したり、ゴリラの真似をしてウホウホ胸を叩きながら消えていくなどという奇行は行わない。

……まあやれば一発オッケーな気もするが、婚約破棄プラス不敬罪で一発投獄だろう。あちらを立てればこちらが立たずである。それにあくまでも私自身の命を守りたいだけであって、周りの人間に恥をかかせたい訳ではない。

そしてもう、いつミーシャが社交界に現れてもおかしくない十七歳に、私もなってしまったのだ。真面目すぎるシェーン様が呆れ果てて、喜んで婚約破棄してくれるようなネタを急いで考えなくては。

「……まあ、色々あるのよこの年頃には」

私は結構な大物のマスを針から外すと、魚籠に放り込んだ。今夜はムニエルにしてもらおう。去年から勤めるようになったばかりで、まだ先日十六歳になったばかりのジジは首を傾げた。

「でもルシア様ぐらい綺麗だったら悩みもなさそうですけれどね」

屋敷に戻ろうと釣竿を片付けて、魚籠を下げたジジとてくてくと歩く。

確かに、私は悪役令嬢というモブ以上のキャラ設定をされているだけあって、顔立ちは悪くない。胸は人並みにあるし、護身術や運動で筋力や反射神経を鍛えているためスタイルも抜群だ。お腹なんか力を入れたら綺麗にシックスパックができるほどだ。これは我ながらやりすぎだったかと思わないでもないが、筋肉は裏切らないと前世で読んだマンガにも書いてあったから良かろう。

シェーン様がミーシャと結婚する前に婚約破棄してくれたとしても、淑女とは名ばかりの悪名高い侯爵令嬢に、再度の縁談など来るとは思えない。

二つ上の姉のマルチナは、近所の伯爵家の次男坊と恋愛結婚し、既に二歳の男の子がいる子持ちである。

私がシェーン様と婚約していたので、跡取りがいないとぼやく父様に、頑張って何人か生んであげるから一人養子にすればいいじゃない、孫が跡を継ぐならいいでしょう？　とコロコロと笑っていた。だから成長するまで健康で長生きしてくださいな、と初孫を見せに来たついでに励まして帰っていった。姉に任せておけば我がバーネット家も安泰だ。

甥っ子が成人するまで領地の管理でも手伝って、畑を耕したり葡萄酒作ったりしてのんびりひっそり暮らしていきたい。こんな見た目まあまあな私でも、ミーシャ・カルナレンが現れたらゴミ同然なのだ。シェーン様も一目惚れするだろう。

あ、でも小さな頃から婚約破棄だ婚約破棄だと騒いでいたから、ミーシャが現れたらすぐ婚約破棄してもらえるかも。そう思うと少し気分が浮上した。


「ルシア様、ですから何度言えば分かるのですか！　作業用パンツとニットシャツだけで釣りに行くなとあれほど……ああほら帽子を被って行かないからお顔が少々日焼けされてるじゃないですかもう！　侯爵令嬢でシェーン様の婚約者だというお立場を少しは考えて下さい！　ジジ、お前も付き添うだけが仕事じゃないだろう」

「申し訳ありませんです」

「ジジは悪くないわよ。反省してるの、ほんとよ」

「そんな棒読みの台詞にこのフェルナンドが騙されるとでも思いますか？」

「何事も形からと言うじゃない」

　屋敷に戻ったらフェルナンドのお小言が始まって、浮上した気分は一気に下がったのではあるが。


「誕生日プレゼントは何がいいルシア？」

「いえ特に欲しいものもございませんので、お気持ちだけで結構でございます」

　相変わらず無表情で私に問い掛けるシェーン様であるが、国のお金を散財させる悪女と言われても困るのでお断りだ。私の十七歳の誕生日パーティーは、少数精鋭というか気心が知れたというか、まあ正確に言えば友達が全くいないぼっちなので、こじんまりとバーネット家の屋敷内で行われた。参加者はシェーン様と護衛隊長のアクセル様、両親と屋敷の使用人と飼い猫のトロロである。

　身内以外は超ＶＩＰ。一体どちらが主役なのか、くつろいでいいのか緊張していいのか判断に迷うところである。

　トロロはキジトラの雑種で、半年前に我がバーネット家に迷い込んだ子である。右脚のところだけ楕円形の真っ白な模様があったので、前世で大好きだったトロロと名付けた。ちなみにこの国には米はあるがトロロはない。

　何だってそんな変な名前にしたんだい？　と父様と母様に尋ねられたが、前世でよく食べてまして、ご飯にかけて食べるとこれがまた美味しいんですわええ、ワサビを効かせるとまた最高で、などと言えば婚約破棄はできても屋敷内に生涯幽閉が確定してしまうので、

「前に読んだ小説に出て来た可愛い妖精の名前ですわ」

とか微笑(ほほえ)んでうやむやにした。メルヘンの世界には大人は立ち入らないという不文律があるので、お花畑の乙女っぽい発言をしておけば問題ないだろう。

栄養失調気味でガリガリだったトロロも、侯爵家の豪華な餌で毛並みも艶やか、肉球も艶やかの丸々とした福々しい子に成長した。

トロロというよりスライムに近い。むっちむちだ。前世の私のようなボディーは健康にもよろしくないので、ルシアズブートキャンプで強制スリム化を狙ったが、何しろ運動が嫌いな上にやる気もない。

軟体動物のように持ち上げてもたるんたるんで、無理やり動かしてストレッチさせても、油断してると母様にすり寄っては、

「にゃぁご」

と肉球でてしてし叩き、

「もうっトロロったら可愛いんだから〜っ♪」

とドンペリを貢がせるホストのごとく、トロロに甘い母様に己の魅力を振りまいてはせっせとオヤツを得ているので諦めた。それならばとご飯を減らそうとしたら、虐待されているかのごとく切なそうに鳴きわめくたちの悪さである。

許してしまう自分も反省が必要なのだけど。

そして私は食事とケーキを皆で頂いたのちに、頼みもしてないのに「後はお若い方々でほっほっほ」みたいな状態でシェーン様と書斎で二人きりにさせられている。

「だが、婚約者の誕生日に何も贈らない訳にはいかないだろう?」

いつものごとく婚約者を見るというには甘さの一切見当たらない眼差しで私を見るシェーン様だが、何故か二人の時はソファーに体がくっつく程の近距離に座りたがるし手も握りたがる。

だが、私は知っている。

実はシェーン様はものすごく視力が悪いのだ。

先日、執務室に行った時にシェーン様が厚みのあるガラスの眼鏡をかけていたのをチラッと見てしまったのである。普段はあんなコントのような眼鏡はかけられないだろうから、書類仕事の時にしか使ってないようだ。この美貌にあの眼鏡は結構衝撃的だった。お陰でいつも睨んでるような目付きをしてるのは焦点を合わせるためなのね、というのが分かってより怖さが薄れた。

だからこの密着と手を握りたがるのは単に目を疲れさせないとか、目が悪いのを知られたくないのであろう。色気も何もない。私にとってはほぼ介護に近い。

ただ、破壊力抜群の顔なので、余り近くに来られるのはなるべくご遠慮して頂きたいものではある。

「……あっ!　ありましたわ欲しいものっ!　婚約――」

「婚約破棄は却下だ」

食い気味に返されて、私は肩を落とす。

「……じゃあ何も要りませんわ」

「――なあルシア、いい加減に諦めたらどうだ?」

シェーン様がぽんぽん、と軽く肩を叩きながら項垂れた私を覗き込んだ。

「諦めたくないのです……」

自分の命は。

「……そうか。十八歳になったら結婚式の準備だぞ。それまで頑張るのはいいが、ダメだったら潔く諦めてくれ」

ぎゅうっと握った手を離すとシェーン様が立ち上がった。

「かしこまりました」

シェーン様とアクセル様の乗った馬車を見送りながら、私は深く溜め息をついた。

(もう最後の手段しかないのかなぁ……)

ミーシャ・カルナレン、最後の砦（とりで）である。

そして、ついにミーシャと王子が出会うイベントの日が近づいて来た。王宮主催のパーティーで、王子はヒロインの余りの美しさに一目で恋に落ちるのだ。これは見届けねば、と私も出席を決めたものの、ダンスは大の苦手なので回避したい。そこで足をくじいたということにして、足首を包帯でぐるぐる巻きにして会場へ向かうと決めた。これならのんびりと椅子に座って周りを眺めていても不自然ではあるまい。

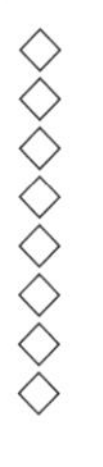

「……ルシアから手紙が？」

滅多にないことに、私は執務室で読んでいた書類をグシャリと握りつぶした。

アクセルと同じく、子供の頃から私の側に仕える秘書官で親友でもあるグスタフ・ベルナルドが、クスクスと笑いながら私に手紙を渡した。

「あんなにシェーンとの婚約破棄を求めては必死に色々楽しいことをやらかしてくれるルシア嬢が、今度は何を言い出すのか興味があるね」

「うるさい黙ってろ」

ペーパーナイフを取り出して、ルシアからの手紙を開封する。彼女の手紙など数ヵ月前一緒に出席する予定だったルッテン公爵のお茶会に【オイスターを食べすぎて腹を壊したので、申し訳ないが欠席させて欲しい】というのを貰って以来である。

三回に一回は体調が優れないだの占いで方位が良くないと出ただの、何かしら理由をつけては私と一緒の社交を拒んでいる。何をやらかすか想像もつかないお転婆娘なのに、文字は驚くほど美しく流麗で、いつも見事な文章力なのがまた腹立たしい。誠意に溢れ、思わず本気にしてしまいそうな程なのだ。

だが九割方ウソっぱちなのは今までの付き合いでお見通しだ。ルシアは私と余り一緒にいるところを目撃されると外堀が埋まり、悲願の婚約破棄がどんどん難しくなると警戒しているのだ。

当然、私は何があろうとも婚約破棄をするつもりは毛頭ないのだが。

「ダンスパーティーも欠席かなー？　んー？」

「……黙れ」

私は必死に文章を読み進める。そして、読み終えると少し首を傾げた。

「――おいどうしたシェーン？　やっぱりダンスパーティーの断りか？」

「いや……確かにダンスパーティーの話だが、練習中に足をくじいたらしい」

「なるほど。怪我で欠席、と」

「いや、それがな、『ダンスも踊れず婚約者としてご迷惑をおかけするが、何がなんでも参加したい』と書いてあるんだ。私の願望で読み間違えてるんだろうか？　グスタフもすまないが確認してくれないか」

「貸してみろ」

手紙を渡すと、グスタフも熱心に読み進めた。

「……本当に参加したいと書いてあるな」

「ルシアに何が起きたんだ？　――まさか私の愛をようやく受け入れることにしたんじゃ！」

ガタンッ！　と音を立てて椅子から立ち上がった私に、

「いや、そりゃないだろ。ついこないだも旅に出て大道芸を極めたい、是非ともこの素晴らしさをシェーン様にも伝えたいんです！　とか言ってトランプマジックやって大失敗して、更にまたお前に婚約破棄を却下されて、涙目で帰って行ったじゃないか」

「ああ……そう言えばそうだった」

私はまた力なく座り込んだ。

「政略結婚なんか関係なく、本当にルシア嬢が好きなんだってちゃんと伝えてるのか？」

「あんなに何年にも渡って私と婚約破棄を求める彼女に何と言えと？　さりげなく聞いたが、私のことが嫌いな訳じゃないんだと言ってくれた。ルシアは王宮での堅苦しい生活などしたくないんだ」

「だからさ、その険しい顔すんの止めろって。せっかくの男前が台無しなんだよ。もう少しそのー、穏やかな、フレンドリーっつうか柔らかい表情はできないのか？」

「ルシアといる時は常に喜びに満ち溢れた顔をしていると思うんだが」

「おいシェーン、それ本気で言ってるのか？　しょっちゅう眉間にシワを寄せてるじゃないか」

「そう見えるのだとしたら、ルシアが可愛くてテンションが上がりすぎるのを止めようとしているんだ。必死に理性を保とうとする努力の結果だ」

「せめてルシア嬢の前では気軽に笑ったりしろよ。それかシワを寄せずに無表情の方がまだマシだ。シェーンは昔から余り表情は豊かでないのは分かってるが、婚約破棄を願ってるのは、お前の顔が怖いからというのもあるんじゃないか？」

「……っ!!」

「何？　お前まさか王宮で暮らしたくないだけで、ルシア嬢があんなに熱心に婚約破棄を求めてるとでも思ってたのか？　もしもお前のことが大好きなら、王宮での暮らしも頑張って我慢して支えようとか思うだろうが。はっきり言うぞ？　今の関係はな、客観的に見てると【嫌われてはいないけど好かれてもいない】んだ」

「っ!!」

「お、珍しくショック受けてるのが分かるぞ」

「当たり前だ」

勝手に嫌われてないから好かれてはいる、などと恥ずかしい勘違いをしていた自分が情けない。そうか。好かれてはいないのか。……そうか。

足元から力が抜けていくような気がした。

「俺はな、シェーンに幸せになって欲しいんだ」

「……私もだ」

「分かったなら、今度のダンスパーティーで少しでも社交的なところを見せろ。何でかは知らないが、珍しく怪我してても行きたいと言っているんだから、少しは自分から好きになってもらえる努力をしろ。お前だけが好きだ好きだと思ってても、相手に全く伝わってなければ何の意味もない」

「社交的……好きになってもらう努力……」

「言っとくがな、仏頂面のままでアピールしたら、嫌々してるようにしか見えないからな。鏡で少しは笑って見えるような顔が作れるよう努力しろ」

「……今笑ってみたがどうだ」

「不味(まず)くも美味(うま)くもないモノを食べた時みたいな顔だな。もっとこう、口角を上げろ」

グスタフが頬っぺたを掴んで口の両端を引き上げた。

「……いはいいはい（痛い痛い）」

「んー……全体的にキツめの顔立ちだから、悪どいことを考えてるような胡散臭(うさんくさ)さが漂うな。これを如何(いか)にもっと自然にやるか、だなぁ」

手を離すとグスタフが考え込んだ。

「よし、想像しろ。ルシア嬢が笑顔で、会えて嬉しいとお前に抱きついてきた！」

「……………」

考えただけで胸が温かい気持ちになる。嬉しい。

「うん、悪くない。怒ってるようには見えないな。それじゃルシア嬢が上目遣いでキスをねだってきた」

「………っ！」

「——うん、顔はいいが股間を何とかしろ」

ハッ、と慌てて目線を下げたら、私の息子がしっかり主張していた。

「すまない。ルシアに見られたら確実に変態扱いされるな私は」

「閨の指南ぐらい受けているだろう？　何だよキスぐらいで」

「図解説明のみだ。ルシア以外の女性とそういうことをするのは嫌だった」

「——シェーン王子？　もしかして童貞であらせられますか？」

「二人の時にその口調止めろ。悪いか？」

「いいえ別に。大分拗らせておられるな、と」

溜め息をついたグスタフは、

「ルシア嬢のことを考えてれば概ね普通に見えるから、ダンスパーティーはその作戦で行け。だがいいか？　できる限り抜いとくのは忘れるな」

「——分かった」

とうとうダンスパーティーの当日がやって来た。

私はソワソワが収まらず、護身術の鍛錬の後で腕立て伏せと腹筋を五十回ずつ追加した。前世では運動は見るものでやるものではないと思っていたが、人間とは変われば変わるものである。今では体を動かすことが苦ではない。

むしろ汗をかいてシャワーを浴びるとすっきりして今日も一日頑張ろう！　という気になる。別に健康オタクではないが、やはり筋肉は使った方が体のためにもいいようだ。ご飯も美味しいし。

私はフェルナンドとジジに手伝ってもらい、左足首に湿布を当てて包帯を巻いた。足首が太く見えて、いかにも腫れてます的な怪我人テイストな感じが素晴らしい。

「すごいわぁ、ほんと仮病感ゼロ！　か弱い乙女そのものよ！　フェルナンド、貴方が執事で本当に良かったわ」

「か弱さもそう言えば大分前から見当たりませんが、お褒めに与り光栄です。ジジ、ドレスとメイクを頼む」

「はい！　かしこまりました」

一応ギリギリまではダンスを踊るつもりでレッスンしていたので、ドレスも新調している。この国にはコルセットみたいに体に害しかないような締め付ける下着はないので、普通にブラジャーとパンティーの上からドレスを纏う。

ラベンダー色のシフォンのドレスは触り心地がよく、スカート部分がふんわりしていて、私の少しきつめの顔立ちの印象を柔らかく見せてくれるので嬉しい。

癖のないプラチナブロンドのストレートヘアはそのままだとこのドレスには重たい印象なので、アップにして編み込んでもらった。

メイクを終わらせたジジが、ほぅ、と息をつくと、

「本当にお綺麗ですルシア様！」

と満面の笑みで誉めてくれた。

鏡の中の私はドレスに合わせたラベンダーのアイシャドーにオレンジがかった艶やかなグロスで、軽くはたいたチークも相まってなかなかに美しいと思う。

まあ少なくともさっきまでの邪魔な髪をゴムでくくっただけのど素っぴんの運動着姿とは雲泥の差だ。もう特殊メイクの世界である。

しかし何で世の中の女性は左右対称に眉毛を描いたりチークを刷いたりシャドーを塗ったりできるのだろうか。私が不器用なだけなのか、何度トライしてみても、必ず左右どちらかがいびつになる。

肌が痒くなることがあるので、メイクするのが余り好きではないからかも知れない。

「ありがとう。シェーン様の婚約者であるうちは、公の場に相応しい令嬢に見えないとね。私はメイクとか苦手だから、ジジがいてくれてとても助かるわ」

私が微笑むと、ジジは怪訝な顔で、

「ルシア様、婚約者であるうちは、って……どういう意味でしょうか？」

と聞かれた。

おっといけない。私が婚約破棄をしたがっていることは誰にも言ってないし、シェーン様にお願い

するのも二人きりの時か、御友人のアクセル様もしくはグスタフ様がいる時だけだ。そんなことが父様や母様にバレたら、王族との婚姻の重圧から来るマリッジブルーだとか言われて、結婚を早められてしまうかも知れない。

今でさえ両親には護身術はともかく、釣りも日曜大工をするのも「レディーとしてあるまじき振舞い」だとかなり眉間のシワを深めさせているのだ。

全く私の気持ちも知らないで……とは思うが、これぱかりは簡単に言えるような話でもないので仕方ない。

「え？　……ああほら、だっていずれ結婚するじゃないの。婚約者の時こそお洒落(しゃれ)した姿も見せておかないと」

と適当なことを言って誤魔化(ごまか)す。

基本ジジは素直なので、

「ああ！　そうですよね！　でも今夜は主役はルシア様ですよ、シェーン様もきっと惚れ直すに違いありません！」

などと拳を握っている。

いや、シェーン様は真面目だから、昔からの約束に義理立てしてるだけで、こんな痛い女に惚れてもないだろうし、むしろそれじゃ困るのよ。今夜は彼の大事な夜なんだから。曖昧(あいまい)な笑顔を見せながら姿見で前や後ろの様子をチェックしていると、ノックの音がして、

「ルシア様、シェーン様が到着されました」

とフェルナンドの呼びかける声がした。

「すぐ降りるわ」

よし、いざ参戦ね。ミーシャ・カルナレン……きっとリアルもメチャクチャ可愛いんだろうなあ。楽しみだわー。ふふふっ。

私はウキウキとシェーン様の待つ玄関まで早足で向かいそうになり、ジジに、

「ルシア様、足、足！」

と突っ込まれ、慌ててぎこちない足取りでヨロヨロと手すりに掴まりながら階段を降りていくのであった。


「……今日のドレスは……な」

「え？　すみません、馬車の振動が酷くて……申し訳ありませんがもう一度お願いできますでしょうか？」

「今日のドレスは（ルシアの可愛さを満遍なく引き立てていて）……美しいな」

「まあ、ありがとうございます。このドレスはラインが美しくて私も気に入っておりますの」

ガラガラと馬車で揺られながら、私はシェーン様と王宮へ向かっていた。

しかしゲームの世界の王子というものは、基本的にハイスペックと相場が決まっているのだが、シェーン様も驚きのクオリティーである。

柔らかそうなダークブラウンのくりんくりんと緩やかな癖のある髪は思わず触ってみたくなるし、

日本人でもなかなかいない濡れ濡れとした艶やかな黒い瞳は切れ長の目と見事にマッチしており美しく奥深い。

　また白の礼服が引き締まった体にジャストフィットである。

　……ただ、できれば眉間のシワだけはもうちょっと何とかして欲しい。

「シェーン様」

「ん？」

「今夜のダンスパーティーですが、デビューされるご令嬢は何人おられるのでしょうか？」

「……？　確か十二人と聞いているが」

「左様でございますか」

　思ったより多いわね。私は少し考え込んだ。

　ミーシャ・カルナレンが何番目に踊るかよねえ。

　前世のゲームだと最後にバックに花を背負って現れる華やかなスチールだったけど、確かデビューの子は五、六人しかいなかったような気がする。

　一人当たり数分としても、十二回ダンスを踊るとなるとかなりの運動量だ。いくらミーシャが可愛くても、最後の方だとシェーン様が疲れてしまってフォーリンラブ効果が弱まるかも知れない。でも順番なんてランダムだものねえ。

「……どうした？　──まさか、妬いてるのか？」

　私が黙ってしまったのを見て、無表情からほんの少し口角が上がり楽しそうな気配がした。ただ、これも私が付き合いが長いから分かるだけで、他のご令嬢には無愛想にしか見えないだろう。

「……もし気になるなら、デビューのご令嬢とは踊らずに、ずっとルシアのそばにいても――」

「何を仰るのですか！　いけませんわそんなこと‼」

私の剣幕にビクッとシェーン様の肩が揺れた。

「だが、ルシアは怪我をしているし、そんな婚約者を置いてデビューするご令嬢のダンスの相手を務めるなど……」

こういうところにシェーン様の変に生真面目すぎるというか、気を遣いすぎる性格が現れている。

「いえ、私のことは全く心配頂かなくても大丈夫ですわ。ダンスは難しいですが、歩けない訳ではございませんし、毎年デビューするご令嬢は、王子であるシェーン様とダンスをすることで箔をつけるというか、ちゃんと認められてデビューしたのだと自信をつけるのです！　私が原因で恒例のダンスの相手をしないなど、ますます私の評判が地に落ちるではございませんか。まあもう落ちるところまで落ちてますけれども」

「いやそれは、うん、だがなルシア」

「私は久しぶりに世間のご令嬢たちの美しいドレスやダンスなどを眺めて、目の保養をさせて頂きます。疲れを溜めないよう休みを挟みつつで構いませんので、キチンと、よろしいですか、キチンと全員のダンスのお相手をして下さいませ」

「あ、ああ」

「そしてシェーン様は年々顔つきが険しくなっておられるように思いますので、意識して口元だけでもこう微笑まれるのを意識して下さるようお願い致します」

ミーシャが怯えてしまっては困るのだ。

私がシェーン様をじっと見つめると、ふ、と顔を逸らされた。

「……なんでこうも可愛いが過剰なのだろうか。間近での破壊力がほんともう無理……」

何か聞き取れない程の小声でぶつぶつ言っているが、言質（げんち）を取らねば。

「シェーン様？　お分かり頂けましたか？」

「……ワカッタ。ワラウ、ガンバル。ボク、ヤル」

シェーン様はコクコク頷（うなず）いた。

片言の外国人みたいな返事だが、まあここまで強く言えばシェーン様は性格的に真剣に受け止めて下さる。五つも年上なのに、時々弟のような気持ちになるのは、前世の私の方が年上だったせいだろうか。

「あ、ほら、そろそろですわよ」

前方に目映（まばゆ）い程の明かりが灯る会場と、白を基調としたヨーロッパのような綺麗な城が見えた。

「何だかこういう催しに参加するのが久しぶりすぎて、ちょっとドキドキしますわね」

「……私もだ」

「嫌ですわ、シェーン様は色々参加しておられるじゃありませんの。私は大勢の方が来られる場所などかれこれ、えーと、四カ月ぶりですのよ」

主に己がバックレたからではあるのだが。

「いや、そうではなく……」

「……そうではなく？」

「いや、何でもない。では行くぞ」

会場に馬車を乗り付けると、シェーン様は先に降り、私にそっと手を差し出した。

「ルシア、足元が暗いから気をつけろ」

足の怪我を心配してくれているのだと思うと申し訳ない気持ちにはなったが、今回は致し方ない。

デビューのご令嬢とミーシャのためにも、シェーン様の足を血まみれにする訳にはいかないのだ。

「ありがとうございます」

シェーン様の掌に自分の手を乗せ、慎重に馬車を降りる。

自分でもよく分からないが、何だか照れてしまうのは、シェーン様がキラキラしすぎているせいね。

流石一番人気の攻略対象だわ。

私は少し顔に熱を感じながらも、ミーシャのいるであろう会場へゆっくりとシェーン様と歩いて行くのだった。


フロアには既にかなりの人数が往き来しており、静かなメロディの生演奏と、ワインを飲み食べ物をつまみながら声高に挨拶をし合う年配の男たち、グラスを持ち数人単位で集まり歓談している女性たちがいたりと楽しそうな雰囲気が漂っていた。

「すまないが、少しだけ父上に挨拶してくる。すぐに戻るから待っていてくれ」

私を壁際のテーブル席に座らせると、シャンパンのグラスを運んで来たシェーン様はそう告げ、慌ただしい足取りで陛下のおられる一段高いテーブル席の方へ向かって歩いて行った。しかしまあシェーン様もスクスクと育ったものだ、と離れて行く後ろ姿を見ながら思う。一八五センチ前後はあるかも知れない。

私は一六五センチとこの国では大柄だが、更にシェーン様は頭一つ分は高い。

体も鍛えているせいか、胸板や二の腕など厚みがあるが、涼しげな美貌のせいかすらりとして見える。


この国では十六歳からお酒は飲んでもオーケーなのだが、私は弱いので、フルーツシャンパンをちびちび飲みながら、さりげなく周りを観察する。

最近では、王子はもしやあの変人（言うまでもなく私である）とこのまま結婚するのではないか、ならば未来の王妃だから親しくしておいて損はないのではと思い直したのか、思った以上ににこやかに挨拶をしてくる人が多くて鬱陶しい。

めっちゃ害が及ばないように避けてたやん君ら。

ま、婚約破棄をしてもらう予定ですのよウフフ、なんてことは言えないので適当にあしらって、ミーシャはどこだと視線を泳がせる。


……いた。いたわぁ！


ふおおおぉ、ふわっふわのライトブラウンの長い髪の毛にトルコブルーの瞳、一五十センチあるかないかの小柄な体にたわわなチチ、細いウエスト、ぷりん、と触りたくなるようなお尻。流石の『ザ・ヒロイン』である。二次元でも現実離れした可愛さだったのに、リアルでも息をしているのが不思議なほど現実味がない。

正にお人形さんのような後光が見える美しさである。私は可愛い子は男女問わず愛でたいタイプだ。

心の中でなむなむと拝みつつ、頼むからシェーン様を落とす方向にその魅力を全力で発揮して下さいと祈る。

周囲にはきゃいきゃいしたデビューする子たちが集まっていたので眺めて見たものの、やはりミーシャはぶっちぎりナンバーワンで可愛い。これならイケる。

完オチ間違いなしだ。

円満な婚約破棄への道のりへのカウントダウンだわ。おっほっほっほっほっ。

私はニヤニヤと緩む口元をシャンパンを飲むことで誤魔化しながら、鼻唄でも歌いたくなるような浮かれ気分になった。

「……楽しそうだな。そんなにダンスパーティーに来たかったのか？」

「ええそりゃもう……って、あらシェーン様お早いお戻りですわね。てっきりそのままデビューダンスがすむまで戻られないかと」

「只でさえ毎年やりたくないんだ。ギリギリまでここにいたい」

見ればシェーン様もワインを持って来ており、私にもシャンパンのお代わりを持って来ていた。

「お気遣いありがとうございます。——ですが、どうしてやりたくないのですか？　勿体ない。若くてぴちぴちの綺麗どころと堂々と密着し放題ではございませんか。私がシェーン様の立場ならば、合法エロばんざーいと喜ぶところですが」

少なくとも前世の私の会社の飲み会などは、無料のキャバクラと勘違いした上司がわんさかいた。

「ゴホッっ！　ゴホゴホッ……合法エロって、人を色欲しかない人間みたいに言うな。——ルシアは、まさか踊りたいような気になる男がいるのか？」

ワインを飲んでいたシェーン様がむせて、ナプキンで口元を押さえながら問いかけた。まだ苦しいのか顔つきが険しい。

「へ？　踊れませんわよ私？」

と足を指差したが、

「いや、足が問題なければという話だ」

と言われてちょっと考え込む。

そう言われてもなあ……攻略対象のアクセル様もグスタフ様もさほど興味はないし、最推しのハーバート・ケリガン様は物静かで読書好き、ダンスを踊るより司書の仕事をしてる方がきっと楽しいタイプだし。

あー王宮図書館にもまだ行けていないのだった。王宮内の施設を利用しようとすると、必ずシェーン様が付いてこようとするので断念せざるを得ないのだ。

何をやらかすか気が気じゃないのだろう。

私は一応やらかすにも『落とすのは自分の評判だけ』という気遣いをしているので、そこまで心配しなくてもいいのだけれど。

シェーン様だって、流石に私が王宮で大工仕事を始めたり、運動着姿で護身術の鍛練をしたり腹筋などを始めるとは思わないだろうに。全く信用がないものだと思うが、考えてみたら自分から信用をなくしにいってるので、なくて当然だ。

シェーン様の心配は尤もであった。

とにかく私が今一番大事なのは、無事に十九歳を迎えられること、ついでに二十歳も三十歳も飛び越えて天寿を全うする、それだけだ。

ハーバート様とのロマンスもワンチャン狙ってはいるが、そんなの生き延びた後でいい。未来があってから考える。一に命、二に命、三、四がなくて五に命。

長生きサイコー。

「――んー、よく考えてみたのですが、元からダンスも得意ではありませんし、他の男性も（今のところ）興味はございませんわね」

そう言いシェーン様に笑顔を向けた。

「……なら、いい」

「ああ、ほらシェーン様、飲みすぎたらいけません。これから大切なお役目があるのですから。もう少々顔に出てしまっているではありませんか！　――すみません、アイスティーお願いできるかしら？」

通りかかったボーイに手を上げると、シェーン様のワインを取り上げた。

「私はルシアほど酒には弱くないぞ」

「でももう顔が少し赤いではありませんか」

「これは……いや、うん、何でもない。そうだな、酒は止めておこうか」

「賢明なご判断ですわ」

私はアルコールとこれからの発展を期待していつもよりかなり顔が緩みまくっている気がする。

「……ルシアは普段もそうやって笑っていた方がいいぞ」

届いたアイスティーを飲みながらシェーン様がほんの少しだけ口角を上げた。

きっときつめの顔なんだから少しはニコニコして緩和しろと言いたいのだろう。

表情についてお前が言うなという台詞が喉元まで出かかったが、何しろ今日は運命の日だ。

心は凪いだ海のように穏やかで、大抵のことはサラサラ水に流せる。

「お優しいご忠告をありがとうございます。肝に銘じて他の方ともっとフレンドリーに対話できるよう――」

「いや、他の男と話す必要はない」

食い気味に否定されて、だったらどうしろと言うんだとイラッとした辺りで、ダンスがそろそろ始まるようでシェーン様に迎えが来た。

「いいかルシア、フレンドリーな対話は私と家族と女友達限定だからな！　男はダメだぞ男は！」

「……あー、ええ、かしこまりました」

女友達どころか友達自体がいない私へケンカ売ってるのかと思うような暴言を吐いて、シェーン様が引きずられて行った。

正直言えば、全く寂しくはないとは言いきれないが、別に反りが合わない人と無理して仲良くしたくもないし、どうしても断罪まぬがれず、というルートになった場合に友達にまで悪影響が出たりしたら死んでも死にきれないではないか。

それに、結構お一人様でも毎日楽しく生きてるし。

願わくばゲームやネットがあればもっと楽しいだろうが、無ければ無いで世の中は楽しめるものだ。

私は早くミーシャとシェーン様が踊ってくれないかしらねえ、と昔見たスチルを思い出しては興奮が収まらず、ワクワクとフロアを眺めているのだった。

……かわええのぅ。

私はぼんやりとシェーン様と初々しくダンスを舞う女性たちを見ながら、自分も十六歳の時はあんなに初々しかったんだろうか、と考えていた。

あぁ、去年もダンスが酷い状態で、シェーン様の足を死ぬほど踏んでたわ。

だって何度も無理だからと断ったのに、

「婚約者とデビューダンスも踊らないなんて」

と頑(かたく)なにシェーン様が出ろと言い張ったんだもの。

「私は頑丈だから全く問題ない」

って言うから最後に入れてもらって踊ったけれど、それは酷いものだった。

次の日土下座するつもりでお詫(わ)びに行ったら、

「全然平気だから気にしないでいい」

って何でもないように言われたけど、歩く速度がカタツムリのようだったわ。

シェーン様は、顔は何故かいつもしかめっ面だったり仏頂面だったり、未知の生命体に襲われたような険しい顔をしているけれど、ああ見えてとても心が広く思いやりがあって優しいのである。ダンスも上手い。更には素晴らしくイケメンだ。

人間性込みでチートってすごいわね。表情筋さえ自在に操れれば限界突破だわ。

あれだけ念押ししたせいか、ダンスをしながらも辛うじて不機嫌には見えないレベルの無表情をキープしている。

もう少しキラキラパウダー的な笑顔を振りまくとか何とかできんものかと舌打ちしそうになるが、私も全開の笑顔というシェーン様を見た記憶がない。

ない袖は振れないのは、まあしょうがあるまい。

今の無表情Cでもレア度は高いのだ。有り難く思いなさいよお嬢さんたち。

ちなみに私が勝手に区分けしているだけだが、無表情Aはかなりご機嫌斜め、Bは普通、Cはそこそこ機嫌のいい状態である。Dのかなりご機嫌モードでも口角のみが少し上がっているだけの状態で、一般の人が肉屋に行って「ちょっとオマケでもしてもらったのかな」と感じる程度。年に一度か二度見られればいい方である。

シャンパンのお代わりを頼もうとして、シェーン様の飲みかけのワインが置いてあるのに気づいた。ほぼ減ってないのでグラスの半分以上はある。

私は昔から勿体ないオバケを背負っている人間であるからして、物を粗末にするという行為がなかなかできない。侯爵家でお金には困ってないのだが、前世からの性格的なものだろう。別に悪いことだとは思ってないのでこのオバケと別れる予定はない。

(んー……まあワイン一杯位なら大丈夫よね)

私はナプキンで軽くグラスを拭うと有り難く頂くことにした。

少々口に含むと、えぐみもなく飲みやすい。話し相手もいない状態ではダンスを眺めながら飲むぐらいしかやることがないのだ。早くミーシャが出ないだろうか。もう八人は踊ったと思うのだけれど。

シェーン様は、見た目にさほど変化は見えないが、元から表情に変化が乏しいので、もしかするとかなり疲れている可能性もある。既に一時間近くはダンスしているのだし。

ミーシャ、早く……と思っていたらようやくミーシャがシェーン様の前に出て淑女の礼を取った。軽やかなステップで会場を彩る二人は恐ろしく絵になっていた。周りからも注目を浴びている。そうでしょうそうでしょう。

ミーシャはゲーム女子からも人気が高くて、ガチ天使と呼ばれていた程の自慢の子である。さあさあフォーリンラブはどうよ。どうなの？

私はじいっ、と食い入るように眺めていたが、シェーン様は先程と変化は見当たらない。何かを語りかけている気配すらない。え？　え？　と思っているうちに、ダンスが終わってミーシャが下がるではないか。次の子の手を取りまた何事もなかったかのようにシェーン様は踊り出した。手を離しがたく二曲目を踊る訳でもなく、何かを話す訳でもなく。ガチ天使のミーシャをその他大勢と同じ扱いにしたのかしら？　ねえ、そういうことなのシェーン様？

「……インポね。絶対インポだわ」

私は頭を抱えた。いくらインポだろうと困るのよミーシャと恋に落ちてもらわないと！　私はフラりと立ち上がる。接触するつもりなどなかったが、このまま恋愛フラグが立たなければ私の命はどうなるか分からない。

ミーシャが誰狙いなのかも分からないし、こうなったらさりげなく顔見知りから友人にステップアップして、お相手を探りだすか、それともシェーン様が屋敷に来るタイミングで何度かバッティングするようにして、強制フォーリンラブしてもらうかしかないわ。でも私の評判を聞いていたら避けられそうだわね。

もしそうだったらどうすれば。私はそう思いつつ、足を庇う演技は忘れずに、トイレに立つ振りをしながらミーシャ捜索に出るのだった。


「……貴女、目上の者への礼儀も知らないのかしら」

（んん？）

耳に入ったとげとげしい声に足を止めた私は、イヤな予感がして声のした方にそっと近づいた。柱の陰から覗くと、人気の少ない中庭でミーシャが数人のデビューダンスを踊っていた子に取り囲まれていた。

なんかデジャヴ……。似たようなシーンを何処かで見た気がして目をつぶる。

――あっ！　あの縦ロール、思い出したわ。

名前は忘れたけれど、私の取り巻きになる予定だった子たちだわ。

どうも、ミーシャが平民上がりという噂は思ったよりも早く回っていたらしく、もやっとした感情が湧いていたところ、素晴らしく可愛いミーシャがダンスを終えて下がる時に少し肩が当たってイラついたらしい。

「あ、あの、ですが謝ったではありませんか」

ミーシャが少し怯えたような表情で縦ロールに答えた。いやー顔も綺麗だと声も美しいのね。鈴を転がすような声ってただのイメージだと思ってたけど、こういう声をいうのねぇ。

「元々平民ごときがぶつかるのも許せないけれど、シェーン様と踊るのはもっと許せないわ。貴女とシェーン様とは天地ほどの身分の差があるの。お分かり？」

「でも、デビューダンスはシェーン様が踊って下さる決まりと伺っております」

「別に他の男性と踊ってもよろしいのよ？　貴女のご身分に沿ったレベルの方も沢山(たくさん)いらしていたし」

「そうですわねえ」

「図々しいにも程があるわ」

取り巻き軍団が迎合するが、縦ロールは伯爵令嬢だけど、あんたたちは子爵令嬢と男爵令嬢じゃなかったかおい？　いくら元が平民とは言え、伯爵家に入ったのだからミーシャは君らより格上だぞ。

「ちょっと顔がいいからっていい気にならないで頂きたいの。所詮付け焼き刃のマナーしかない淑女もどきなのだから」

「私はいい気になってなんか……あっ！」

いきなり平手打ちをされ、頬を押さえるミーシャを見て、天使に何てことを！　と私もカッとなって縦ロールに向かって駆け出した。

「こんなところで何をしてらっしゃるのかしら騒々しい」

「ル、ルシア様！　……」

縦ロールが目を見開いて私を見た。

そーよ、さっき親とヘラヘラ挨拶に来たから私の顔は分かるわよね？

「貴女、大丈夫？」

「は、はい」

ミーシャを見て、そっと頬に当てていた手を下ろさせ、打たれた辺りを確認する。

うん、私が平手打ちをしたらこんなものじゃすまないだろうけど、大抵のお嬢様は体を鍛えるなんてことはしないから力も弱い。音の割には大した腫れもないから明日には赤みも引くだろう。

「あの、ルシア様、この子が私の肩にぶつかって……」

縦ロールが慌てて言い訳を始めた。

「あら、いつからこの国では肩がぶつかったくらいで女性の顔を叩いても良いという法ができたのかしら？　それにそこの貴女と貴女、確か子爵と男爵のご令嬢だと思ったけれど、伯爵令嬢に対してこのような扱いをして何事もないとお思いなのかしら。最低限のマナーもお分かりにならないの？」

「も、申し訳ありませんでした！」

「ジェシカ様に失礼な態度を取られたので、私たちもつい腹が立ってしまって……どうかお許し下さい！」

あー、そういやジェシカって言ってたわ縦ロール。

「謝るのは私ではなくてよ？　貴女……お名前は？」

「ミーシャ、ミーシャ・カルナレンでございます」

うん知ってる。

でも聞いてもないのに名前呼ぶ訳にもいかないからね。ほんとごめんね。

「ミーシャ・カルナレン伯爵令嬢に謝罪なさい。下手したら嫁入り前の女性の顔に傷を残すところだったのよ？　謝罪なんかでは本来許せるものではないけれど、――ミーシャとお呼びしても？」

「あ、ええ」

「ミーシャも折角のデビューの日にケチをつけたくないでしょうから、ここは謝罪を受け入れて下さらないかしら？　私ルシア・バーネットが立会人になるわ」

まぁ許せないってんならバックにつくけど、色々と面倒じゃない？

「そうですね。大事にしたくはございません」

ミーシャは頷いた。くっそ可愛いなほんとに。

「……も、申し訳ございませんでした、ミーシャ様」

「申し訳ございません」

「心からお詫び致します」

三人それぞれ血の気が失せたような顔で頭を下げた。

「ミーシャ、よろしいかしら？」

「ええ。誤解がとけたなら嬉しいですわ」

そそくさと消えていく三人と入れ違いになるようにシェーン様が、

「ルシア、こんなところにいたのか。捜したぞ」

と早足でやって来た。

「……こんなに歩いて、足は大丈夫なのか？」

と聞いた瞬間に（やべ、忘れてた）と思いうずくまった。

「化粧室から戻ろうとして、トラブルを目にしたので思わず飛び出してしまいました。アルコールで痛みが鈍っていたようですが、またジンジンと……」

と足首をさすった。

「それは良くないな。悪化するといけないからもう送って行こう。ほら腕に掴まれ」

「はいすみません。……ミーシャ、ちゃんと帰ったら頬は濡れタオルで冷やしてね」

「ありがとうございます。助かりましたわ」

「いいのよ、私は何もしてないから」

私はシェーン様の腕に掴まると、足を庇う演技をしながら馬車に戻った。


――とりあえず、とりあえずはミーシャに顔と名前は覚えてもらったわ。

後はどこかのお茶会で偶然を装って親しくなる方向に持っていかなくては。

私の道はまだまだ地雷源の上である。なんだかドッと疲れた。


「大丈夫か？」

心配そうに私を見ているシェーン様に、

「大丈夫ですわ」

と答えたものの、さっき飲んでいたワインが回ってきたのか睡魔が半端ない。

「少しだけ眠ってもよろしいですか？　少々疲れてしまいまして」

「ん。勿論構わない」

シェーン様が向かい合わせから隣に座り直し、

「ほら、もたれる物がないと眠りにくいだろう？」

と私の頭を自分の肩に寄せた。

「いえそんなっ」

「いいから」

グイグイと頭を押されているうちに、もう睡魔が抗(あらが)いがたくなってきた。

「それでは、お、言葉に甘えて……」

目を閉じるとあっという間に眠りに落ちてしまった。


朝……と言うか昼に近い時間に目覚めた私は、馬車からどうやって自室に戻って来たのか全く記憶になかった。確か、シェーン様が送ってくれると言うので……それで……眠くて眠くて仕方がなかったので肩を借りてしまった気がするが、はて。着いた時に起こされたのかしらね？

頭痛がする。飲みすぎたのね、と反省しながらも運動着に着替えた。

運動着はボタンもジッパーもない、ウエストがゴムになっている、前世で言う薄手のトレーナーの上下みたいなものだ。

「失礼します。ルシア様、お目覚めですか？」

物音が聞こえたのか、扉の外側からノックの音がして、ひょこっとジジが顔を覗かせた。

「おはよう……いえ、もうこんにちは、だわね。ごめんなさいね、あと記憶にないのだけれど、フェルナンドがベッドに運んでくれたのかしら？」

私はトレーニングルームへ一緒に移動しながらジジに尋ねた。

表でやった方が気分はいいのだが、父様と母様にせめて屋敷内でやってくれと泣きつかれたので、仕方なく空いていた部屋の家具を全部別の部屋へ移動してもらうことにして、改造した。

日曜大工で鍛えた技術で、腹筋や背筋を鍛えるための足を引っかけるバーのついたベッドや、重りをつけた重量挙げ風ベンチプレス、鉄棒なども作った。

ついでにせっかくなので片側一面鏡張りにして、自分の体もこまめにチェックできるようにした。奥の扉を開けばシャワールームとトイレまで完備されている。

自分で言うのもなんだが、個人専用の高級スポーツジムのようである。

私は一体どこへ向かおうとしているのだろうか。準備運動とストレッチをしてからベッドに横たわり、捻り運動を始めながら、まあ少なくとも未来の王妃への道ではないわよね、と思う。

「フェルナンドさんではなく、王太子殿下がベッドまで運んで下さいました」

タオルと飲み物をテーブルに置きながら、ジジが何でもないことのように告げたので、私はああそうと言いかけて固まった。

「――シェーン様？　シェーン様がベッドまで私を？」

「はい。フェルナンドさんが代わりますと仰ったのですが、婚約者の自分の役目だと」

別に家の者に任せてくれればいいモノを。

またシェーン様に余計な迷惑をかけてしまった。

明日にでもクッキーでも焼いてお詫びに行こう。

もう当分お酒は飲むまい。私は心に決めた。

気持ちよく汗をかいたのでシャワーを浴び、普段着に着替え昼食を食べた。

ウチのコックが作るホットサンドは大変美味しい。今日は玉子とカリカリのベーコンが挟んであった。細胞に染み渡る美味しさであった。

前世の私は、物語の中世ヨーロッパ風の世界の女性と言うのは、常に手入れの面倒臭そうなヒラヒラしたドレスを纏ってオホホホとやっていると思っていたが、この国では普通に勝負服だった。基本的に貴族の女性でもワンピースだったりカットソーとスカート、などという町の一般の女性と同じようなごく普通の格好をしている。それでもパンツルックはかなりの少数派だし、スカートも膝下丈は必須、お値段も桁が一つか二つ違ったりはするけれど。

そんな私の今日の普段着は、ベージュの作業パンツと白の長袖の綿シャツである。

腹巻きでもしていたら「なーのだー」と二頭身で飛び回っているどっかのパパのようだが、本日は日曜大工デーなのである。

屋敷の敷地内に森と言ってもいいエリアがあるのだが、その中の木に小さな鳥の巣ができていた。

可愛い甥っ子が鳥が好きなので、遊びに来て一緒に散歩していた私に、

「あめになったら、かわいそねー」

ときゅるんとした瞳を向けた。

コイツあざとい。だが許す。すっかり甥っ子バカである私は、雨でも平気な巣箱を製作するためせっせと頑張っているのだ。

「へーい、よっこらせーのどっこいせー♪」

シャーコシャーコと細身のノコギリで屋根にする板を切る。作業する時に鼻唄がつい出てしまうが、不思議と無言でやるよりも捗る気がする。

首に引っかけていたタオルで汗を拭う。

一通りの巣箱作りに必要な板はカットしたので、組み立てるか、と釘を掴みコンコンと木槌で打っていると、ジジが早足でやって来て、

「ルシア様、ご友人様がお見えです」

と声をかけた。

「やあねえジジ。私に友達はいなくてよ」

「いえ本当にいらしてますから。その格好を早く何とかして下さい。フェルナンドさんが案内を
――」

私が振り向くと、フェルナンドがミーシャを連れて中庭にやって来るところだった。

絶体絶命……なーのだー。


「ルシア様、ご友人のミーシャ・カルナレン様がお見えで――」

恭しくミーシャを案内してきたフェルナンドが私を見てヒュッ、と息を吸い込んだ。恐らく、ぼっちである私に同世代の女子（それも超美人！）がやって来たものだから、嬉しくて舞い上がったのだろう。こちらの様子をうかがうこともなく連れてくるというポカを、切れ者のフェルナンドが本来する訳がないのだ。

（ルシア様にもようやく屋敷に遊びに来るようなご友人が‼　それもこんな儚げな美少女が。感謝し

ます、感謝します神よ！）

とか思ったであろうことは、あの満面の笑みでおおよそ見当がついた。

さて、そこで私である。目を見開いて私を見つめているミーシャは、今さら着替えに行っても意味がないことを物語っている。侯爵令嬢としてあるまじき格好ではあるが、この失態を力ずくでなかったことにしなければなるまい。

——よし。一般の侯爵家ではよくある、何でもないことのように振る舞おう。

私は秒で決断した。

「まあミーシャじゃなくて？　どうなさったの突然」

私は乙女のようなキャピ感を作りつつ、ふんわりと笑いかけた。いやほんとどうしてウチの屋敷に。

「あ、あの、どうしても昨日の御礼をしたいと思い、いてもいられずに、不躾かとは思いましたがお伺い致しました。いきなりで本当に申し訳ございません。お菓子作りが趣味ですので、ケーキを焼いたのですが、もしよろしければ召し上がって頂ければ、と……」

話しかけられて本来の目的を思い出したのか、慌てて頭を下げるミーシャは、サイドから髪を後ろでゆるくまとめ、ピンクのリボンを結んでいる。よそ行き風のサーモンピンクの混じったレースのワンピースは、もう身震いするほど可愛い。

エエとこのお嬢様感が半端ない。

「まあ嬉しいわ！　私なんて大したこと何もしてないのに、わざわざ？　私、ちょうど一休みしようかと思っておりましたのよ。良かったらご一緒にティータイムにお付き合い頂けないかしら？」

「よろしいのですか？　ええ、私で良ければ喜んで！」

くぅぅ、笑顔が殺人的に可愛いよちくしょう。写メが撮れないのが心底悔しい。

いや、でも自然に身近にいられる絶好の機会だし、何とかもっと仲良くならねば。

私はフェルナンドに笑顔を向け、

「こんなに物が雑多にあるところにご案内するなんてフェルナンドも慌て者ね。悪いけれど、お茶の用意をお願いできるかしら？　ケーキを持って来て下さったそうなのでカットして一緒にお願いね」

(意訳：お前何さらしとんねん。危うく侯爵家の名を地に落とすところやろがコラ。ここは平常心よろ。分かったらとっとと飲み物でも持って来い、気が利かねえな)

「――かしこまりました」

フェルナンドが頭を下げた時に、軽く親指をぐっ、と上げたので真意は伝わったのだろう。ジジも、

「私もお手伝いして参りますね！」

と消えて行った。

紅茶とカットされたフルーツタルトをガーデンテーブルにセットすると、フェルナンドとジジは
「ごゆっくり」と消えて行った。
いきなり二人にしないでよ。緊張するじゃないのよ。
「まあ本当に美味しそうね。頂いてもよろしいかしら？　ミーシャもどうぞ」
「ええ！　是非。ありがとうございます」
爽やかな風がそよそよと髪をなぶる、穏やかな日射しのもと、ドレスコードが【なのだ】の私と、
【ええとこのお嬢様】なミーシャがケーキをつつき紅茶を飲むという、かつてない程の異種格闘技戦

が幕を上げた。

私が少女の見た目でなければ、援助交際を持ちかけるどスケベなオッサンと、母親の病気の薬代欲しさに泣く泣く体を売り物にしようとする薄幸の美少女というシチュエーションである。

しかしあくまでも私は侯爵令嬢。なのだモードでも普段と変わらない日常であるつもりで、淑(しと)やかで高貴な佇(たたず)まいを漂わせなければならない。

「顔の腫れは引いたようね。本当に良かったわ」

私はホッとしてミーシャの顔を見つめた。陶器のようなニキビ一つない肌を見て、美少女は顔に毛穴が存在しないのねと感心する。

「ルシア様のお陰でございますわ。……ご存じかと思いますけれど、私はその、平民育ちでして、母が亡くなって、最近伯爵家の養女になりましたもので、貴族の皆様の常識や当たり前のルールのようなものが把握しきれておりません。知らず知らず失礼な振る舞いをしていた可能性もございますので、もしかしたら後日、助けて下さったルシア様のご迷惑になるのでは、と心配もしているのです」

申し訳なさそうな八の字眉毛も美しいとか。神様も罪作りだわ。チートの過剰摂取じゃないの。人間は平等ではあるけど公平ではないのねぇ、と改めて感じる。

「気にしなくてよろしいのよ。私も少々変人だと周りには思われてるから、二つや三つ悪い評判が立ってもびくともしないのよ」

少々じゃないけれど。言いながらも、それはそれで問題かと反省する。

仲良くなろうとしているのに、私がお近づきになりたくないタイプの人間だとアピールするのは如何(いかが)なものだろうか。

「いえ、ルシア様がとても楽しそうな方だとかねてから伺っており、憧れておりました。よろしければ、仲良くして頂ければ有り難いですわ」

私はパッと顔を上げて身を乗り出した。

「え？　あの、本当に、仲良くして下さる？　昨夜お会いしたばかりだけど、ミーシャとお友達になりたいと私も思っていたの」

憧れのスターに『実はお前のことを憎からず思っていたんだ』と言われたようなものである。興奮で鼻息が荒くなっているかも知れない。

「まあ、嬉しいですわ！　こちらこそよろしくお願い致します！」

ミーシャが私の手をぎゅう、っと握ってくれて、私のテンションも爆上がりである。無理矢理仲良くしてもらおうと考えていたのに、あちらから友達になりたいと言ってくれるなんて。

私の脳内では、トゥルーエンドの時にだけ流れるゲームのテーマソング『ときめきファイナルアンサー』がフルオーケストラで流れている。


ときめき～♪　ときめき～♪

貴方と～恋のファ・イ・ナ・ル・アンサー♪

ずっと私の側にいて～♪


いけない。危うく放心状態が長引いてドン引きされるところだったわ。不思議そうな顔でミーシャが見ていたのでヒヤリとした。ふっ、と目を逸らすと、トロロが日向（ひなた）ぼっこに出て来ていて、芝生で陸揚げマグロのように横たわっていた。

「まあ、可愛い！　ルシア様のお宅のネコちゃんですか？」

私の視線に気がつき、同じ方向を見たミーシャが弾んだ声を上げた。

「ええ、トロロと言うの。変わった名前でしょう？」

「……トロロ、ですか？」

何故かこちらを見たミーシャの瞳に、先程とは違う鋭さを感じて、私は驚いていた。

「……どうかなさって？」

私はミーシャを見た。

「いえ……ふと昔の友人を思い出しておりました」

気を取り直したように微笑み、ミーシャは紅茶を飲んだ。

……そうよね。元々平民として町で暮らしていたんだもの、町での友達も、この子ならきっと沢山いたに違いないわ。今は貴族の子だし、なかなか顔を合わせる機会はないでしょうし。元から友達のいない私とは違うわよね。

ちょっとだけ寂しい気持ちにはなったが、私も今日からぼっちじゃないわ。

優しくて、料理が上手くて、女性としてのヒエラルキーの頂点にいるようなミーシャが友達になってくれるんだもの。ここから、更にこう、上手いこと彼女をシェーン様のルートに乗せて流しそうめんのようにつるつるーっと……。

などと脳内でデータベースをわささいじくっていると、ミーシャが真剣な顔つきで私を見た。

「ルシア様……」

「何かしら？」

「ニホン、って言葉に聞き覚えございますか？」

「……え？」

今ミーシャは何と言った。

ニホン、と聞こえたんだけれど。聞き間違い？

「……私、伯爵家に引き取られて、やはり伯母様のところとはいえ、いきなり環境が激変したものですから、早々に熱を出して寝込んだんですの」

「まあ……そうよね、いきなり貴族の世界ですものね」

「ええ。それで、うなされている間に長い夢を見ました。私がこの国ではない世界で生まれて亡くなるまでのことです」

——何だか心臓の音がうるさい。

「そこは、この国とは比べ物にならないほど文明が進んでおりまして、遠くの映像を自宅で眺められるテレビ、という機械ですとか、馬が不要なクルマという油で走る馬車みたいなもの、離れた人と会話できる電話というものなどが普及しておりまして、書物や絵の分野も大変な種類がございましたわ」

まさか。まさかまさか。

「私は、そこで『ゲームアプリ』という娯楽に熱中しておりまして……まあ、それが元で亡くなったのですが、その時にトロロという名前の食べ物が大好きな親友がおりました。この国にはない野菜の名前です。ルシア様のネコちゃんの名前を伺った時に、その子のことをまた思い出してしまいました」

　ああ、まさか、まさかそんな。そんなことが起こり得るの？

「ふふ。きっと熱に浮かされて記憶が有りもしないモノを見せていたのかも知れませんわね。戯言と聞き流して下さいませ」

　クスクスと笑うミーシャは、だが私と同い年だ。彼女なら私の一つ上。

　だけど、同じ年の差になるとは限らないわよね。ああでも期待してもし違ったら。

　でも確かめなければ。私は声が震えてしまわないよう必死で押さえ込んだ。

「ミーシャ……『溺愛！　ファイナルアンサー』ってご存じ？」

　ガシャン、と音を立ててティーカップが皿に落ちた。

「まさか……嘘、そんな……ひーちゃんなの？」

　驚きでミーシャの顔が固まった。

「……みずきちゃん、なの？」

　私は立ち上がった。目からぼろぼろと涙が流れて止まらない。

「ひーちゃんっ!!」

「みずきちゃんっ!!」

　ミーシャも立ち上がり私を力一杯抱きしめた。彼女も涙でぐしゃぐしゃだ。

「あーん、みずきちゃん生きてたのねえええ!!」

「わーん、バカ言ってんじゃないわよ、きっちり死んだから今ここにいるんでしょうよぉぉ」

「ああそうよねぇ！　でも死んでて良かったとは言えないわーっ」

「そこは素直に会えて良かったでいいでしょうがぁ」

「会えて良かったあ、みずきちゃん会いたかったよー」

「あたしもよ――っ！」

二人抱き合って鼻水垂らしておーいおい泣きながらも、私たちは邂逅を喜び合うのだった。

涙がお互い収まると、私が語り合いたかったように、みずきちゃん……今はミーシャだが……も同様に思っていたようで、泊まっていっても構わないかと聞いてきた。

「いいに決まってるじゃない！」

「ありがとう」

父様も母様も、ぼっちの私が初めて友人を家に呼んだ（いや、今回はあちらから来たのだが）ということが嬉しくて仕方がないようで、

「いくらでもゆっくりしていくといい。うちのルシアとこれからも仲良くしてやって欲しい」

と血流が止まる勢いでミーシャの手をぎゅうぎゅう握って振りまくっていた。

ミーシャはミーシャで、控え室で待っていた自分のところのメイドに、

「ルシア様との話が尽きないので、今夜はバーネット家に泊まることにしますとお父様たちに伝えてちょうだい。あと申し訳ないけど後で寝間着と着替えをお願いね」

「はい、かしこまりました」

そう言って帰らせた。

二十代半ばぐらいの一見きつめの顔立ちのメイドは、引き取られた当初からすごく親身になってく

れた人らしく、ミーシャの一番頼りにしている人のようだ。

　夕食後、お風呂に入って私の部屋でくつろいだ私たちは、今までの暮らしを語り合った。

「ひーちゃん……いえ、もう私たちはそれぞれ別の名前で生きてるんだもの、今の名前で呼ぶわね。ルシアはいつ頃思い出したの？」

「十歳の頃よ。それでファイナルアンサーの世界だって気づいて。驚いたけど、現実なんだから受け入れるしかないじゃない？　……でもまさかルシアに転生するとは思ってなかったけど」

「そうよねえ。……私はさっきも言った通り、伯爵家に来るまでは病弱な母さんと平民生活だったから、正直ゆとりのある暮らしではなかったけど、町の人がいい人ばっかりで結構楽しく暮らしてたのよ」

「で、気づいた時、どう思った？」

「当然ガッツポーズよ。拳を高々と突き上げて『よっしゃこれからの人生勝ち組じゃー！』ってね。だってこのスペックよ？」

「ミーシャは私たちの心のアイドルだったものねえ」

「うん。……だからね、おかしいなと思って」

「え、何が？」

「昨日のダンスパーティーよ。あのルシアが私を庇うなんて有り得ると思う？　ゲームのエグい虐めっぷり覚えてるでしょう？　それが、何故かあの取り巻きとも一緒にいないし、呼び出しくらって叩かれてるところに助けに来るし。え？　どうなってんの、って思うでしょ？　だから御礼ついでに何が起こってるのか様子を探りたくてやって来たのよ。まさかひーちゃ……ルシアが転生してるなんて」

「ああ、そういうことね。まあ知ってればおかしいわよね確かに。ルシアなら高笑いしてるものね」

「そうよ。それが足の怪我も忘れて……あら、足は？」

ミーシャが私の足を見た。

「ダンスが苦手で足首痛めた振りをしてただけよ」

「ふふふっ、貴女ならやりかねないわね」

ひとしきり笑うと、ミーシャが真顔になった。

「ルシアに生まれたってことは、本来は断罪コースよね？　その辺りはどうなの？　何か兆しは？」

そう。一番話したかったのはそこなのだ。

「――ルシアの生存エンドはシェーン様とミーシャのトゥルーエンドだけじゃない？　今の婚約者のままならば、ってことだけれど。だから、何とか先ずは婚約破棄を、と思って十歳の時からことあるごとに婚約破棄をお願いしていたんだけど、どうしてもシェーン様が頷いてくれなかったの。でね、これはあの人の義理を重んじるお堅い性格と、まだミーシャに出会ってないせいだと考えたの」

「それで、昨日のダンスパーティーに私が来るのを知ってやって来た訳ね」

「そうなの。……で、どうかしらシェーン様？」

「どうかしら、って？」

「落としてもいいとか、ちょっと攻略したいとか。何かトキメキを感じたとか」

「それは全くないわ。男は三十からって思ってるし、ほら私が前世でアクセル様推しだったの知ってるでしょう？　大体私と目も殆ど合わせなかったわよシェーン様」

アクセル様……護衛騎士団の隊長か。

言われてみれば十代の時から一回りは上の人にしか興味がなかったと聞いていたわみずきちゃん。あの時付き合ってた彼氏も十四歳年上だったっけ。

「……そう、なの」

ミーシャがシェーン様に惚れたんなら良かったけど、中身がみずきちゃんだし、好きでもない男に自分の延命のためアタックしてくれとは言えない。

「逃げるしかないかしらね……どこか別の町に逃げて平民として天寿を全うするしか……」

私は遠くを見つめてぼんやりと呟いた。

「ちょっと。せっかくこうして会えたのに逃げるとかやめてよ！　会えなくなったらイヤよ私」

「私もミーシャと会えなくなるのは嫌だけど、あと一年程しかないのよ？　トゥルーエンドでは確かミーシャが十八歳でシェーン様と結婚してたし、あなた今十七歳じゃない。てことは、ミーシャにここ一年くらいでシェーン様との婚約・結婚をしてもらわないと駄目なのよ。歴史の強制力がかからないとも言い切れないし」

「元からルシアが断罪されるか、幽閉拷問殺人凌辱精神崩壊モードになる予定だってこと？」

「ひえぇっ、そんなにあった？　私ルシアのその後ってそんなに細かく覚えてないのよ。ヒロインの分岐ルートとかは覚えてるんだけど」

「うん、確か私を虐めていたのを知ったハーバート様の場合は、人を雇って六人位で襲わせて輪姦させて、売春宿に売り飛ばしてた。そこでプライドの高いルシアは心が壊れちゃうのよ」

ハーバート様、あんな大人しい見た目でなんてえげつないヤンデレ。いや愛が重いから恨みもすごいのか。まあアクセル様ルートで馬車の前に突き飛ばされて馬に踏まれて死ぬのも、シェーン様のルートで断頭台や生涯幽閉も充分キツいけど。

「あれ、拷問て誰だったかしら？」

「グスタフ様ね秘書官の。あの人元々がドSだから」

「……やっぱり逃げるしか」

「待ちなさいってば。私が誰とくっつくにしても、現時点で大分流れは変わってる訳じゃない？　ルシアがミーシャを虐めまくってるって展開もないし。そもそも私もルシアも中身がゲームの時と違うんだから、歴史自体が違う方向に向かってる可能性もあるわ」

私は涙目のままミーシャの話を反芻した。

「……確かに、ルシアがこんな毎日腹筋割れるほど体を鍛えてるとか、大工仕事してるって描写はなかったわよね」

「腹筋割れてるの？　是非触らせて。いや、まあそれはともかくね、私とルシアが仲良くしていればさっきの展開にはならないと思うの」

「そう、かしら？」

「私を虐めることがトリガーな訳じゃない？　ルシアは私を虐める予定ある？」

「そんな訳ないでしょう！」

「でしょう？　だったらひとまずこのまま様子を見ましょうよ。ね？　どうしても逃げなきゃいけないような展開になったら、私が全面的にサポートするわ」

「ミーシャ……」

「ほら泣かないの。せっかくの美人が台無しじゃない。大丈夫、私がルシアを絶対に死なせるような目には遭わせないわ！」

ハンカチで優しく涙と鼻水を拭（ぬぐ）われ、ずっと一人で気を張って生きていた気持ちが緩んだ。

「わだ、わだじもミーシャを守るかだねぇ」

「うん、分かった分かった。ずっと怖かったよねルシアも。ありがとう。鼻かもうか、ほら」

ティッシュを渡され、ずびびー、と鼻をかむ。

「あり、ありがと」

「御礼なんかいいわよ。今日はもう寝ましょう」

二人でベッドにもぐり込み、寄り添った。

これからは、私も少しは気を楽にして生きて行けるのかな。安堵（あんど）と一抹の不安を感じながらも、気づけば深い眠りに落ちていた。

翌朝、朝食を食べながら二人で話し合った決めごとは、

現状、危険な兆候がない限りはいつも通りの生活をすること。

連絡は密に取り合うこと。

ルシアとミーシャの仲良しアピールのため、面倒でもなるべく一緒にお茶会などの社交をこなすこと。

王子ルートは政治的にも社会的にも高難度かつ好物件であるため別の邪魔が入るかも知れない。これからどうするかは置いといて、常に足元を掬われないよう気を配ること。

であった。

「……で、とりあえず聞いておくけど、ルシアは王子のことはどう思ってるの？」

ミーシャがサラダを食べつつ私に聞いてきた。

「え？　うーん……考えたこともなかったわね」

私はジャガイモのポタージュを口に運ぼうとして手を止めた。

いや、確かにかなりの率でしかめっ面だし、表情筋は死んでるし、目付きは鋭いけども、悪い人ではない。とても優しいところがあるし、婚約破棄を頑なに認めてくれない頑固さはあるが、真面目だし頭もいい。顔もしかめっ面でなければ超イケメンと言ってもいいし、体も筋肉質で背も高い。政略結婚であることを差し引いたとしても、普通に言えば文句なしの人だと思う。ただし、だ。

「私はハーバート様のような穏やかな顔つきの人の方が安心できるし、居心地がいいのよねぇ。小心者だから、王妃とか間違いなく向いてないと思うし、その前に生き延びることしか頭になかったから、そんなことを考えるゆとりもなかったっていうか……」

「そうね、こんな若くて綺麗なうちに死にたくないものねぇ。ただでさえ前世でもうら若き二十代で散ったじゃない？　私も今度こそババアまで生きてやると思ったわ」

ミーシャがザクッ！　と力強くキュウリにフォークを突き刺した。

どうでもいいけど怒った顔も眼福だわ。

「本音を言うと、ミーシャが好きな人と結婚まで行った時に、私の死亡フラグが立たないことが確認できるまでは、愛とか恋とか二の次だわ。政略結婚するにしても」

「……ん、そっか。分かった。じゃ、とりあえず私のお相手第一希望のアクセル様、紹介してくれる？」

……見た目で忘れてたけど、みずきちゃんそういやグイグイ行くタイプの肉食系だったわ。ふと私は今日シェーン様のところへお詫びがてらクッキーを焼いて持って行こうとしていたのを思い出した。

ミーシャも連れて行けば一石二鳥だ。


護衛騎士団の隊長、アクセル・カーマイン様は、三十一歳になる現在も独身である。婚約者もいない。ゲームでは王族に忠誠を誓っているので、いつ死ぬことになるかも知れないからと、恋愛や家庭を持つことなど全く考えていない、という武骨キャラだった。そこを如何に自分に興味を持たせて結婚を考えるように方向転換させるかが醍醐味だったのだが、攻略キャラ最大の難易度だった。

シェーン様の方がよっぽど攻略は楽だった。

何度も後半の会話の選択肢の組み合わせをミスって、

「やはり国のため、王族を守るために私は生きる」

と言われ悔しさに目頭を押さえたことか。私はアクセル様がきっかけでデータ収集型になったと言っても過言ではない。赤毛の短髪、エメラルドグリーンの瞳にいかにも騎士団といった均整の取れたガッシリした体格の美丈夫である。

みずきちゃんは、アクセル様に対しては、何度しくじってもその過程が堪らない、萌えるわー、と決して攻略サイトを見なかった。キャラガチャは、新しいのが出る度に常にフルコンプして、ゲーム内のマイルームはアクセル様のお気に入りの家具コレクションで埋まっていた程の熱の入れようで、他のキャラはおざなりにしかやってなかった。ミーシャの中身がみずきちゃんと分かった時点で、シェーン様ルートは消えていたんだった。

「シェーン様、ルシア様がご友人と面会にお見えですが、どうされますか？」

執務室にノックの音がしてアクセルが入って来た。

「ルシアに友人がいたのか？　今までそんな気配すら感じなかったが」

「婚約者に対して酷い言いようですね。ご友人くらいいらっしゃるでしょう年頃のご令嬢ならば」

「ルシアを一般的な枠に当てはめるな。あいつには【普通】という概念はない。まあそこがいいんだが」

私は書類を端に寄せると、

「通してくれ」

とソワソワと指を組んだ。

「失礼致します。シェーン様、一昨日は大変ご迷惑をおかけしたそうで誠に申し訳ございませんでした」

入口で淑女の礼を取ると、ルシアがすまなそうな顔で入ってきた。

ご迷惑？　何か迷惑をかけられただろうか？

……もしかすると、あの役得だったベッドへの移動のことだろうか？　だとすると、あれはむしろ私にはご褒美と言ってもいい一時だったんだが。お陰で夜の妄想がはかどっ、いやいい夢が見られた。

「あの、つまらないものですが、お疲れの時に召し上がって頂こうとクッキーを焼きましたの。こんなものではお詫びにもなりませんが、もしよろしければ……」

そっと差し出された缶を開けると、アーモンドの香りが広がって食欲をそそる円型のクッキーが並んでいた。ルシアは余り料理が得意じゃないのに、自分のためにこれを焼いてくれたのかと思うと、少々イビツな形のクッキーすらも愛おしい。

「……美味そうだな。ちょうど休憩しようとしていたから一緒にお茶でも飲むか？」

普段なら用事をすますとさっさと帰るルシアが、

「では少しだけ……」

と頷いたことに驚いた。誘ったのは自分なのに。

「どうした。珍しいな」

「……たまにはよろしいかと思いまして。あと、シェーン様に仲良しの友人の紹介もしたかったんですの」

と微笑むルシアが可愛すぎて、股間がダイレクトに反応してしまった。危ない。執務机で隠れていて良かった。

「アクセル、すまないがお茶を頼んでくれないか」

「かしこまりました」

一礼して出て行くアクセルを見送ると、

「ルシア……とそちらのご令嬢もそこのソファーで休んでてくれ。茶が来るまでに少しだけ片付ける書類がある」

とペンを取った。

「はい、私たちのことはお気になさらず。お仕事が一番大切ですもの」

「……すまないな」

ルシアの気遣う言葉に、いやルシアの方が大切に決まってるけども、この股間をどうにかしないと、と心で言い訳しつつ、する気もなかった書類に目を通し私は必死で平常心平常心……と煩悩を追い払う作業に勤しむのだった。


「――ミーシャ・カルナレン嬢と言えば、確かカルナレン伯爵家に昨年養女に入られたと聞いているが」

「左様でございます。伯母のところとは言え、平民上がりの私にルシア様は大変優しくして下さいまして……」

「とても気が合いましたのよ」

「……そうか。それは良かった」

シェーン様は、相変わらず眉間にシワはあるが、目付きはさほど険しくもなく、モグモグとクッキーを頬張りコーヒーを飲んでいる。シェーン様は普段は甘いのは殆ど食べないが、疲れているとたまに甘いものを欲しがる。今回は普段より少し砂糖を多めにしてみたが、無表情Bになっているので気に入ってくれたみたいだ。やはり疲れた時には甘いものよね。私はホッとした。

　前世でも余り料理やお菓子を作るのは得意ではなかったが、クッキーとパンケーキならギリギリ及第点、材料を混ぜて焼くだけだから、さほど大きな失敗もなく作れる。きっと誰でもできるモノだけど、筋肉と仲良くしすぎたためか、どうも繊細な作業を必要とする料理関係は、私には向いていないようだ。

　これでも侯爵家のご令嬢なので、料理など作る必要はないし、そんな機会もまずないのではあるが、形だけでも婚約者の立場なので、何もしないのも気が引ける。

　たった二つとは言え、自分が作れるものがあったのは幸いである。

「それでですねシェーン様、私反省しましたの」

「……ん？　何をだ」

「今まで屋敷に引きこもってばかりで、社交を怠っていたことをですわ。ミーシャもデビューしたばかりで友人も少ないですし、私が一緒にいることで、交友関係を広げる手助けができればと思いますのよ」

「……ルシアが、か？」

　その顔は、明らかに不安そうだ。シェーン様、大丈夫です。私が一番不安です。

　だがそんな姿は見せられない。

「ええ！　私も十七歳ですし、もっと外に目を向けて、己の視野を広げねば、とミーシャと話をするうちに考えを改めましたの」

「……あー、うん。それは良いことだと思うんだが。それは、私ともっと色々な誘いに参加するということでいいのか？」

「いえ！　まずはミーシャとあちこちのお茶会などで、他のご令嬢と親睦を深めるところからですわ。何しろ私、大工仕事や大道芸、護身術や運動などという、余り人と触れ合わないシャイでストイックな世界で生きておりましたでしょう？」

「まあそれをシャイでストイックな世界と呼ぶかは人それぞれだと思うが」

「それはそれでとても楽しいのですが、お陰ですっかり他人と接するのが苦手になってしまっておりました。ですが、ミーシャがいれば私も少しずつ変われるような気がするのです！」

「――そうか」

「ご安心下さいませシェーン様。もし私が何かやらかしたとしても、全て私個人の責任。すぱっと遠慮なく婚約破棄をして頂ければよろしいのです」

「しーなーいー、と何度言えば分かるんだお前は」

私は分かってる、と自分の胸をぽんぽんと叩いた。

「シェーン様は義理堅い御方であることは私も存じておりますわ。政略結婚として前々から決まっているものを簡単におろそかにはできない優しい御方であることも。私ももう少し対外的に分かりやすくアピールすべきでしたわ。シェーン様が婚約破棄しやすいよう、更には人の噂に立ちやすいよう、個性の部分を積極的に周りに押し出して行くべきだったのです！」

「……落ち着けルシア」

「落ち着いておりますわ。大丈夫です、泥を被るのは私一人。シェーン様にご迷惑はかけません。あんな令嬢では婚約破棄もやむ無し、と言われるべく前向きに精進して参りますのでご安心下さい」

「だから待てルシア」

「それではお仕事の邪魔をして申し訳ありません。これからミーシャと町に服を見に行って参りますので、本日はこれで失礼致しますわ」

私はミーシャと頭を下げると、シェーン様の執務室をあとにした。

社交は本当に面倒だが、私が未来の王妃に相応しくないと示せる絶好のチャンスでもある。ミーシャはシェーン様との関係は現状維持でと言っていたが、考えてみればこんなハイスペックな方を長く縛りつけておくのは国の損失だ。

それに、いつ大筋の流れに戻るかも知れないのだ。

やはり婚約破棄はお互いにＷＩＮＷＩＮである。

——ああ、なんだか未来は明るいわ。ミーシャがいてくれると全て上手く進みそうな、そんな気がして私の心はいつになく晴れやかだった。


さて、シェーン様に社交を頑張る宣言をしてから数日。

屋敷では相変わらず作業パンツに長袖の綿のシャツで、肩にはスカーフならぬハンドタオルをかけ、ぺったらぺったらと完成した鳥の巣箱の屋根部分に赤いペンキを塗りながら私は考えていた。私は引きこもりで社交は苦手ではあるが、腐っても名門と呼ばれる侯爵家の令嬢であり、現在は王子の婚約者である。

お茶会や音楽鑑賞、舞台鑑賞のお誘いなど、かなり来てはいるのだ。どうせ王族との繋がりを得たいとか、私の暮らしっぷりを聞いての好奇心からであるのは大方予想はつくので、面倒なので全ての誘いを断っているだけである。

お陰で詫び状を書くスキルが上がり、シェーン様からのお誘いもスラスラと流れるようにもっともらしい断りの文言が無意識に書けるようになったのは嬉しい誤算だが、断ってばかりだったので、主要なご令嬢の顔と名前が一致しない。

（ミーシャを虐めてた三人以外はろくに顔も覚えてないのよねえ……貴族名鑑は暗記してるから名前はオッケーなんだけど）

屋根を塗り終え、漏れはないかと見回して頷く。乾かすため新聞紙の上にそっと置くとペンキを片付け、刷毛を洗い、手も洗って思いっきり伸びをした。

「あー同じ体勢でずっと作業するのは疲れるわねぇ」

タオルで手を拭きながらぐるぐると首を回す。

「でもようやく完成ですね。きっとジェイソン様もお喜びになりますよ！」

そばで見ていたジジがペンキや刷毛などを片付けながら私に笑顔を見せた。

「だといいけれど。……あとは乾いたら通いの庭師にでも頼んで木の上に設置してもらえばいいわよね」

そろそろミーシャがやって来る時間じゃないかと時計を見に行こうとしたところで、ちょうどフェルナンドがやって来た。

「ルシア様、ミーシャ様がおいでになりました」

「通してちょうだい。お茶の支度もお願いね」

ミーシャは私がどんな格好でも問題ないから、と皆には伝えてあるので、なのだモードでも無問題である。

「ミーシャ、いらっしゃい！」

案内されてやって来たミーシャは白の細かいレースが施されたフレアのワンピースに水色のカチューシャと、初めて来た時と同じく上品で美しい。

「今日はプリンを作って来ましたわルシア様」

「まあ！　大好きなのプリン！　ありがとうミーシャ」

フェルナンドもジジも、お茶の用意をして笑顔で早々に下がって行った。

「何だかいつも歓待してくれるわね」

「私がぼっちだと思ってたのに、友達ができたので嬉しいのよ多分。――ねえ、プリン食べていい？」

「食べてもらうために作って来たのよ。どうぞ」

私は前世からの大好物をいそいそと取り出して、早速一口食べた。

「～～っ！　美味しい！　このバニラビーンズの香りがたまらないわあ」

「そう、気に入ってくれて良かったわ。前世ではそんなに料理とかしなかったんだけど、平民暮らしで父親は早くに死んでるし、母親病弱なら私がやるしかないじゃない？　お陰で前より上達したわよ。屋敷では結構いい材料使い放題だし」

「あ、そうよね……」

「やだ、変な気を遣わないでよ？　もう過ぎたことだし、いい思い出も沢山あるんだから」

ミーシャが屈託なく笑ってプリンを一緒に食べ始めたので私はホッとした。

「ところで、なんで友達を作ってないのルシア？」

「んー、ほら、もしミーシャにシェーン様が出会うまでに婚約破棄ができなかったら、断罪になると思ってたから。他のルートに行っても毒殺か轢死か投獄……トゥルーエンドで平民落ち以外はろくなエンディングなかったから、周りにも迷惑かかったら悪いじゃない」

「……ああ、ルシアは昔からそういう子だったわね。まあ今のところシェーン様が私に惚れるっていうのもないし、アクセル様にアタックして、私と仲が良いのはアピールしてきたから、恨まれて馬車に突き飛ばされるってのもないでしょ」

カフェオレを飲み、ミーシャがふと考え込んだ。

「でもアクセル様は、かなり難しそうだわ……」

「え？　ミーシャの美貌があれば楽勝じゃないの」

私は驚いた。ミーシャが本気になれば落とせない男性はいないと思うのだが。

「だってこの世界でいくら美少女とはいっても、十四歳も年下って恋愛対象として見られると思う？それもどっかのスケベじじいじゃなく、あの堅物のアクセル様よ？」

「あー、三十一歳よねアクセル様……」

うーん。どうなんだろうな。永遠に若い子が好きな男性は一杯いるけど、アクセル様は若さ重視って感じじゃないしなあ。

「おまけにこんな小柄だからますます子供みたいなものじゃない？　媚薬の一つでも飲ませてコトに

及ぶのもやぶさかではないけど、あれだけ体格違うと、まず挿入できるのかって問題があるものねぇ。一応、今は処女だから」

「つげほっ、ちょっと！　昼間っから下ネタかまさないでちょうだい。想像しちゃったじゃないの」

「あら失礼。――そうだわ、持って来たわよこれ」

ごそごそと袋から取り出したのは、招待状である。

基本的にデビューしたばかりの令嬢には、先行してデビューした令嬢たちから社交のノウハウを伝授するためお茶会の誘いが大量に届くようになっている。

大体三カ月程度だが、それまでに付き合いを広げて後はご自由にというシステムだ。会社で言う新歓コンパみたいなもんだろう。

私も去年数回は出た記憶がある。今回持ってきてもらったのは、私に届いてるものとミーシャに届いているものとを照合して、同じ招待を受けている令嬢のところへ一緒に参加するためである。

「……結構マメな人はマメなのねぇ。ほら、この人もこの人も」

世話好きな人はどこの世界にもいるものだ。

二人とも被る人が七人いて、そのうちお互いに日にちの都合がいい人が三人いたので、とりあえずはこの三人のお茶会からにしよう、ということになってその日は解散することにした。

【間章　二】

乙女ゲームのヒロインであるミーシャに転生した私だけれど、前世の私、門倉みずきは、自分で言うのも何だが、正直最低な女であったと思う。お互いの愛人に夢中になっている両親。良く言えば放任主義、悪く言えば互いに無関心な家庭で育った私は、当然のことながら【愛情】というのはいずれ溶けてなくなるモノであり、だから両親は別のまだ溶けてない愛を家族以外に求めるのだと理解した。

私は既に愛情が溶けて消えてしまった子だった。共働きの両親は常に夜遅く、休みは「社内旅行」だの「女友達との同窓会・旅行」という名目で、不在の間の食事代を渡される時と、その時に交わす会話だけが親子としての繋がりだった。

高校に入ってからは、早く家を出たくてバイトに勤しみ、貯金をした。バイト先のファミレスの二つ上の先輩と付き合うようになり、十六でセックスをした。

何となく肌を重ねている時は少し満たされた気分で心地良かったので、好きなのかとも思っていたが、たまたま一人で休みに買い物をしてる際にナンパされた男とも寝てみたら、その男でも満たされた気分になったので、ああ別に優しく抱いてくれるなら誰でもいいのか、と納得した。そして、浮気をしたことで彼氏がただ稚拙で己が射精すればいいという雑な人間だというのが分かり別れた。

様々なバイト先で知り合った男と寝てみたが、やはり同世代の男は最初はいいが、その後は自分本位のセックスをするばかりで、かなり年上の男の方が自分に合ってることを学んだ。高校を出てすぐ家を出て、本屋の一般事務として働くことになった。

両親は「そうか」と言うだけで特に反対もせず、家電品を買う時の足しにしろと十万円を渡されただけだった。引っ越し先すら聞かれなかったので、こちらも教えなかった。それから五年は携帯の番号は変えなかったが、一度も親から電話が来ることもなく、私は番号を変えた。

陽咲(ひなた)は、私が入社して三年後、専門卒でうちの会社に入社し、私が仕事を教えることになった。大人しくて平和そうなのんびりした子だったが、仕事は真面目で丁寧だった。マンガや小説、ゲームが好きで、いつも昼休みには面白かった本の話やゲームの話をしてくれた。

私はその頃出版社の営業マンだった十四歳年上の男と付き合うようになっていて、精神的に安定していたので、興味のない話でも穏やかな気持ちで聞けたのだ。

……まあ興味のあることなど何もなかったのだが。

多分、面倒だからと女友達を作らなかったせいもあるし、陽咲の持つ柔らかい空気が心地よかったのもあったのだろう。デートもない週末には時々遊びに行くようになり、毎日少しずつ新しい知識が入ってきて楽しくなってきたのはその頃からだった。

『溺愛！　ファイナルアンサー』も、陽咲が嬉(うれ)しそうに昼休みにスマホを見せて、

「これ今どはまりしてるゲームなの！　みずきちゃんもやってみて。みずきちゃんの好きな年上の男の人もいるからね」

と勧めて来たから始めてみたのだ。

思った以上に話がよくできていて、どのキャラクターも恋愛モードになるとドロドロで甘々なとこ

ろが特に気に入った。あの武骨なアクセルでさえも、恋に落ちると、

「お前と会わないと一日が終わった気がしない」

「だが周りの男に可愛い姿を見られたくない」

などと甘い言葉を吐くのである。

なるほど、恋愛ゲームというのはこういうものなのかと感心した。

そして、こんな面白いゲームを教えてくれた陽咲に何か御礼をしたいと思っていたら、あのゲームの二・五次元の舞台があることを知ったのだ。

知ったのが遅く、もう地方公演しか残っていなかったが、これはいいと思った。

かなり人気だったようでチケットを取るのは苦労したが、

「取れたから一緒に行かない？」

と誘った時の嬉しそうな顔を見て、珍しく自分が良いことをしたような気持ちになった。せっかくだから、新幹線じゃなく飛行機で早めに行って観光でもしようよ、という話で盛り上がった。

そしてあの飛行機事故の日。

私も陽咲もワクワクした気持ちで飛行機に乗り込んだのに、たった一時間のフライトで墜(お)ちるとは夢にも思わなかった。右翼のエンジン部分からブオン、と火が上がったと思ったら、飛行機が驚く程揺れ始めた。

上からバラバラバラッと酸素マスクみたいなものが落ちてきて、機内アナウンスで装着を促された。

「みずきちゃん……怖い」

マスクを付けながら私を見た陽咲に、

「大丈夫だよきっと。どっか海とか近くの空港に不時着するんだよ」
と自分の恐怖を押さえつけて笑った。結局、不時着するというより操縦不能になり山に突っ込んだのだったが。もうおしまいか、と思った瞬間、陽咲が私の上に覆い被さってきて、そのまま落下の衝撃で意識が飛んだ。

「……うぅ……」

目を開けると、大木に囲まれた森の中のようだった。

黒煙があちこちで上がり、呻き声が聞こえる。

……助かったのか？　だけど手足は力を入れても動かせない。神経をやられたのかも知れない。でも手を握られている感触はある。陽咲……陽咲か？

「陽咲……」

何とか少しだけ首を動かして握られている手の方を見た。陽咲はそこにいた。

でも背中に鉄の大きなプレートが刺さっていて、ピクリともしない。なのに、陽咲の顔は満足げに見えた。

「陽咲っ……陽咲っ……！」

思いきり叫びたいのに、囁くような声しか出ない。ああ。私のようなつまらない人間に関わったせいで、陽咲は死んだ。私がチケットを取らなければ。私が飛行機で行って観光でもしようなんて言わなければ。私が。私が。

ごめん、ごめんね陽咲。どんどん体温が失われていく陽咲の手を感じながら、自分も次第にまとまりのある考えができなくなっていく。痛みを感じないのは幸いだったが、恐らく致命的な損傷があるのだろう。体が寒くて仕方ない。

「勝手に……先に、死んでんじゃない、わよ……」

私の意識はそこまでだった。

このゲームと同じフラワーガーデン王国に転生したと気づいたのは、病弱だった母が亡くなり、母の姉で貴族に嫁いでいた伯母に引き取られた後のことだった。

余りの生活環境の違いに熱を出して寝込んでいる時に、夢の中でずっと前世のことが映画のように流れていた。私がヒロインとして転生していたことを知った時には、なんで私なのだ、陽咲の方がよほどヒロインに向いているじゃないかと呆れた。

このゲームの世界が大好きで、バカな友人に舞台に誘われホイホイついてきて、飛行機が墜ちるのが怖いと怯えてたのに、最後に友人を咄嗟に庇ってしまうようなお人好しの大馬鹿者である。私のような死神みたいな女がヒロインて。

だが、と熱が下がったクリアな状態で考えた。

私が転生したのだから、陽咲だって転生した可能性もあるんじゃないか。

よくあるモブとか、ヒロイン以外の誰かに転生するというのはあり得る。

捜そう。私は決めた。彼女が転生してない筈がない。

たとえモブだとしても絶対に見つけ出して、彼女が幸せになれることは何でもやろう。ヒロインだとかどうでもいい。

私は、今度こそ陽咲を失いたくない。

私の、たった一人の大切な友人なのだ。


私は、淑女としての教育を受けながらも、休みの度に町に戻った。シリルも一緒だった。シリルは七歳上の少しキツい印象を受けるメイドで、初めはちょっと怖かったのだが、実は世話好きの温かい人柄の女性というのが分かり、直ぐに打ち解け信頼できる人のリストに入った。口も固い。

「夢で生涯の親友になる子に会ったので、本当に実在するか捜してみたい」

などという私の荒唐無稽な話を馬鹿にすることもしなかった。

「予知夢みたいなものですかね？　ちょっとワクワク致しますわねえ！」

と一緒になって町に付き合ってくれた。

しかし、これは思っていたより簡単なことではなかった。何しろ私だって見た目から違うのだ。パッと見て陽咲だと分かると思ったが、そんなうまい話はなかった。

顔で分からない以上、話をしてみないと前世の記憶があるかも分からないが、気が触れていると思われるようなことを親しくもない人間に言う訳がない。

以前付き合いのあった友達は既に違うと判明した。

――これはまずデビューして、貴族の令嬢と親しくなってそちらから攻めて行くのが得策かも知れない。そんな思いでデビューを心待ちにしていた。

あの優しくてお人好しの陽咲が、まさか悪役令嬢に転生しているとは予想もしていなかった。だが、探し求めていた相手にようやく会えたことは、私の涙腺を崩壊させるには充分すぎる程の奇跡だった。

しかし、状況を把握すればする程、どうもゲームの世界と方向性が異なっている気がする。ルシアは陽咲の中身のせいで全く悪役令嬢になっていないし、シェーン王子はどう見てもルシアにベタ惚れである。

陽咲は、シェーン王子がヒロイン（つまり私だ）にフォーリンラブして自分は冤罪着せられて平民落ちするか、私が別の人とくっつくと自分が殺されるルートになると思っている。だから生き延びるために体を鍛えていたり、誰かと恋に落ちて断罪される前にとっとと婚約破棄をしてもらうべく、変人令嬢として色んな趣味に手を出したりして評判を落とすよう動いているらしい。ポンコツなだけあって思考回路が特殊だが、まあミーシャが私でなかったら、シェーン王子に惚れてしまう展開もなきにしもあらずだった訳で、必ずしも方向性は間違ってはいない。

――ただ、どう見てもあのシェーン王子が婚約破棄をするとは思えない。

あのコワモテ王子がルシアを見ている眼差しは、溶けたアイスクリームのようにでろんでろんなのだが、ルシアは無表情Aとか B とか C とかでご機嫌度を把握しているのみである。きちんと思いを伝えきれてないシェーン王子もヘタレとしか言い様がない。確か二十二歳だったたか。いいトシこいて童貞でもあるまいに。

王族なんだから閨の指南とか口説き文句とか学んでるだろう。ルシアに『恋心を察しろ』と言うのは、小学生に大学入試を受けろと言ってるのと同じなのだ。つまりは無理ゲーである。ルシアが他の誰かとくっつきたいのならどんな努力も惜しまないのだが、今はそれどころじゃない、十九歳を無事に迎えたい、天寿を全うしたいと言うばかりだ。定年退職したお年寄りのようである。

でも、シェーン王子が嫌いなのかと貶(けな)してみれば、

「ああ見えて実は思いやりがあって優しい」

「シェーン様は見た目の無表情とひんやりした眼差しで損をしているが実は気遣いの人なのだ」

などと擁護する。なんだかんだ言って、結構好きなんじゃないのよ。

ふーん、なるほどね。私はこのポンコツとシェーン王子を両思い同士としてくっつければいいのか。

……いやー、ちょっと前途多難だわ。

「まあ本当になんて光栄なのかしら！　ルシア様がお茶会にいらして下さるなんて！　……あら、そちらはミーシャ様ですわね。存じませんでしたわ、ルシア様のご友人様だったのでしょうか？」

「ごめんなさいねシルビア、ご無沙汰してしまって。私もここ一年近くバタバタしていて……可愛い甥っ子がなついてくれるものだから、つい嬉しくてお姉様のところにマメに通ったりしていたの。これからはなるべく外にも出ようと思っているわ。それと、ミーシャは最近かなり親しくさせて頂いていて、今日はたまたま二人ともシルビアからお誘いを受けていたことを知って、ご一緒させて頂いたわ」

「左様でございましたのね。ようこそミーシャ様。私とも仲良くして下さいましね？」

シルビアが微笑んだ。

「こちらこそ、よろしくお願い致します」

「こんなところで立ち話も何ですから、さあどうぞお入りになって」

本日は晴天なり。

という訳で、私とミーシャはシルビアのお茶会にやって来ていた。

シルビア・ウエスト伯爵令嬢は私の一つ年上の、ちょっとふくよかな、性格も穏やかで万事おっとりしている裏表のない女性だ。私のデビュー後は何度もお茶会に誘ってくれたいい人。

相思相愛の婚約者がおり、来年には式を挙げられる予定という、幸せ一杯の言わば【安全パイ】である。

また世話好きでネットワークも広く、人の悪口を言うところなど見たことも聞いたこともない。敵も作らない優等生タイプ。私の評判など耳に入っているに違いないのに、イロモノ的な目を向けることもない。

私の社交のリハビリにはうってつけの人物なのである。

私とミーシャ以外の招待客は、それぞれ子爵令嬢と伯爵令嬢が一人ずつ、合計五名である。

コミュ障の私が逃げ出さないですむ絶妙な人数だ。その上みんなシルビアに似てほんわかとして穏やかそうな方々ばかりで、私は胸を撫で下ろした。

何せこの中では私が一番爵位が高い。

いきなり変人令嬢アピールするのは今後のお茶会の招待状の数に影響するので、少しの間はボロを出さないようにしないと。

ミーシャともあちこちのお誘いに参加して、

「ズッ友だから虐めるなんて有り得ない」

というアリバイ工作が大事なのである。

冤罪フラグの芽はできる限り摘んでおくに限る。

パステルカラーの花が溢れる庭園でお茶をしつつ世間話をする。

今日はどんな話も興味深く、楽しそうに、でも上品さを失わず聞き入る淑女とならねばならない。

そしてさりげなくミーシャとの仲良しアピールも忘れずに合間合間に盛り込む。

案の定だが物凄く疲れる。

屋敷ではほぼ長袖Tシャツと作業パンツ、又はトレーナーの上下だ。ワンピースなどを着ていると、どうにもスースーと足元が落ち着かない。

かかとの低いパンプスにしたが、もう爪先が痛い。

私は既に笑顔もひきつるくらいの疲労困憊ぶりである。

「……きゃいんきゃいん」

シルビアと二人の令嬢が来年の結婚式のドレスをどのデザイナーに頼むかで盛り上がっているのを耳に入れながら、ミーシャに小声で弱音をこぼす。

「……ルシア、虐待されてる犬みたいに鳴くのはやめなさい。もう少しで帰れるから頑張って」

「きゅううぅん……」

「私だって帰りたいけどね、コミュニティに少しは溶け込んでおかないと。私たちの未来がかかってるのよ」

「そうよね……分かってるの……分かってるんだけどね」

私は溜め息をつく。ぼっち歴が長かったので、心の平穏のためどうしても人が複数いると、つい距離を取りたくなる。

「ところで、シェーン様とルシア様の結婚式も来年ではございませんの？　もうドレスなどはご依頼になりまして？」

話が一段落したのか、シルビアが私を見てにっこり笑う。話をこっちに振らないで欲しい。

「……まだ来年と決まった訳ではありませんのよ？　シェーン様も公務や視察などでお忙しい方ですし」

「まあ……お寂しいですわねぇ」

「でも、待つ楽しみが延びるほど愛も深まるのではございませんか？」

「そして、待ちに待った結婚式の後は、お二人の恋の炎が抑えきれずにゴオオッと燃え上がるのですわね！」

「まっ、いやですわマリー様ったらそんなはしたない」

燃え上がりません。というかくすぶってもおりません。

来年には新たな婚約者に変わってることを切望している私に何を仰（おっしゃ）いますやら。ほほほのほ。

令嬢Aと令嬢Bもデビューしたばかりの十六歳。恋に恋するお年頃である。

二十四歳まで生きていた前世の記憶がある私には、残念ながらこのピュアな感覚が見当たらない。

恋愛ってのは、自分が生きていてこそできるのよ。

……ま、前世でお付き合い経験もなかった自分が偉そうなことを言える立場じゃなかった。うん。

あら、そう言えばキス一つもしたことがなかったわ。

一応政略とはいえ婚約者なんだけどな。私はキツい印象だからなあ。

きっとシェーン様もそんな気持ちにはなれないんだろう。

だからといってあんな美形にキスされてもテンパりそうだからいいんだけど。

「……ルシア、何を考えてるの？」

ぼんやりしていたのかミーシャがポン、と膝を叩（たた）いた。

「え？　いえね、考えてみたら、シェーン様とキスもしたことないなー、と思って。このまま死ぬようなことになったら、二回もモテない女で終わるのかと思うと死んでも死にきれないわ」

「――え？　キスもしてないの？　婚約者なのに？」

なんでミーシャが眉間にシワを寄せているのかよく分からない。でも美人はどんな顔でも美人だわ。

「ほら、政略だもの。あはははは っ」

と笑って返した。

「……クソが。王族が押しが弱いとか何なの。権力ぐらい使えし。アイツもか。アイツもポンコツなのか！　……難易度がエクストリームモードじゃないの……」

ミーシャが聞き取れない程の小声でぶつぶつと呟いていたので、

「ごめんね、よく聞こえなかった。なあに？」

と聞き返すと、ミーシャは笑顔になった。ああ、怒った顔もいいけど、笑顔はもっと眩しいわね。

「ううん、何でもない！　ルシアにコーヒープリン作ってきたのを伝え忘れてたと思って。帰りに渡すわね。今日の疲れを癒してちょうだい」

「本当に？　頑張るわ私！」

ミーシャは私に舞い降りた天使だった。

神様ありがとう。本当にありがとう！

「えんやーこーらさ～♪　よっこいせーのほーらや～♪」

「こら、そこの季節労働者」

「……ん？　あらミーシャ、いらっしゃい」

しゃーこしゃーことノコギリで板を切っていると、背後から声をかけられた。

ライムグリーンのワンピースが華奢（きゃしゃ）なミーシャにぴったりで、相変わらずの美少女っぷりである。

私の「なのだ」ルックとは比べ物にならない。

まあベースがそもそも違いすぎるので勝負も何もないのであるが。

「巣箱が終わったと思ったら、今度は何を作っているの？」

「ああコレ？　ちょっとトロロの運動不足解消に、キャットタワーを作ろうと思っているのよ」

食事制限をしようとすると悲しそうに泣き続けるし、母様はトロロに甘くてすぐオヤツをあげてしまう。もう食べた分しっかり運動させるしかないのだ。

「あのタヌキが運動するのかしらねぇ。大体運動を元からしないから、あんなむっちむちになったんでしょう？　キャットタワーができたからって、いきなり運動に励むと思う？」

陽当たりのいいウッドデッキで敷物のトラみたいに広がって惰眠を貪っているトロロを眺めて、ミーシャは首をひねった。

「ふふふ。私に考えがあるのよ」

マタタビを振りかけたローカロリーのササミジャーキーをタワーの上に置いておくのだ。マタタビの香りに誘われてタワーを登っているうちに「運動すればいいことがある」と思うようになるかも知れないし、体も締まってくるかも知れない。

見た目がプニプニしてるのは愛らしいが、健康にはよろしくない。私はトロロに長生きして欲しいのだ。

「ふうん。モノで釣るのね。まあそれなら上手く行くかも知れないわね」

ミーシャはしゃがみ込んで平たくなったトロロを撫でると立ち上がった。

「ところで、ＳＯＳの手紙は一体なんなの？」

「ああ！　そうだったわ！」

ジジを呼んでお茶を頼むと、ミーシャをテーブルに案内した。

「私が社交疲れで療養していた時に、シェーン様がお見舞いに来てくれたのよ」

「ああ、ここ二カ月間は二人してお茶会だの花見だのと、せっせと社交していたものねえ」

何しろ今までぼっちで家で過ごすことが当たり前だった私は、慣れない付き合いで人疲れしてしまい、神経をすり減らしたせいか知恵熱まで出てしまったのだ。

だが苦労の甲斐あって、

「ルシア様とミーシャ様はマブダチ」

という印象をバッチリ植え付けられたので結果オーライだ。

「それでね、その後もお見舞いがてら来てくれたのだけど、十日後に王都のデザイナーブランドの秋冬物のコレクションがあるんですって。シェーン様がこれなら社交にもなるし、ほぼ見てるだけだから一緒に行こうって誘われて断れなくて。それでね、チケットあと二枚あるから友人でも誘えと言われて。人気があるモノらしいから一緒に行かない？

ほら、いい機会だし、アクセル様とか誘うのはどうかしら？」

「……素直にデートしたいと誘えば良いものを回りくどい男ね……ヘタレにも程があるでしょアホシェーンめ」

「え？　シェーン様がなに？」

「――いえ気遣いのできる方よねシェーン様は。ワザワザ婚約者の友人にまでそんな人気のチケットを用意して下さるなんて、なかなかできないわよねー」

ジジが運んできた紅茶にはレアチーズケーキが添えられていた。

「ルシア様、ミーシャ様から私たち使用人にもケーキを頂きました。いつも本当にありがとうございます！」

「手間はそんな変わりませんから。いつも美味しいお茶をご馳走になってますし」

頭を下げて戻って行くジジは、これから休憩を取るのだろう。めっちゃ笑顔だった。うちの使用人はフェルナンドも含めて、みんな甘いもの大好きだからなー。ミーシャが来るのは常に大歓迎だろう。

「まあありがとうミーシャ！　私もお礼をしたいけれど、お菓子作りにはとんと才能がないのよね。

……あ、そうだわ！　自家製のベンチプレスを――」

「いらないわ」

「あ、腹筋用の足掛けベンチの方が良かった？」

「いらねってのよ。変に筋肉つけて身長が伸びなくなったら困るじゃないのよ」

「まあ、十七にもなってまだ成長期があるとでも思ってるの？　それにコンパクトで可愛いじゃないのよ。よっ、ミス儚げグランプリ」

「それ何か生命力少なそうだからやめて。いくら可愛かろうが、童顔で身長まで幼いと、私の好きなオッサン層にアピールしにくいのよ。ロリコンとの区別がつきにくいし」

「ほら、チチアピールチチアピール。ロリコンは貧乳がお好きだから」

「ああ、そうだわね！　この無駄に重たいＥカップを武器にすればアクセル様は落ちてくれるかしら？」

「ミーシャに不可能はないわよ。だから一緒に行きましょう。お誘いは付き合ってあげるから。ね？」

「……何でそんなに熱心に誘うのよ？」

「シェーン様と二人きりだと困るからよ」

「え？　だって子供の頃からの付き合いでしょう？」

「ほら、二人っきりだとまるで社交というよりデートみたいじゃない。婚約破棄する前に、そういうマウント行為をするのはちょっとねえ。他のご令嬢から要らぬ恨みを買いたくもないし」

「ふーん。まあ私はコレクション見られるのは嬉しいからいいのだけれど」

「有り難いわー、ほんと持つべきものは同じ前世を持つ親友ね！　じゃ、明日にでもアクセル様に会いに行きましょう。大丈夫、一応王子の婚約者の友人なんだから断られはしないわよ。ま、後の進展はミーシャ次第だけどね。ぐいぐいっと期待してるわ！」

「……まあ頑張ってはみるわ」

よし、ミーシャも来てくれるなら心強い。

最近は社交もそれなりに対応できるようになったし、ゲームで虐める予定だったミーシャとはもうマブダチ認定になってるし、この流れならば、私の断罪なくなるかも知れないわ。

私はちょっと浮かれていたのだ。

だから、少し油断していたのかも知れない。

不穏の芽は既に生まれていたことに、この時の私は全く気づいていなかった。


フラワーコレクション当日は天気も良く、王都の中央広場の辺りはすごい人だかりであった。

私とミーシャは少し早めに出てきて、カフェでのんびりお茶を飲みながら、シェーン様とグスタフ様を待っていた。

あれからアクセル様のところへお誘いに行ったのだが、今日は騎士団の演習があるとかであっさり断られてしまった。

誰かお茶会で知り合った方でも誘おうかという話になったが、一枚しか余ってないのに誰か一人だけというのは選びにくい。

どうしたものかと思っていたら、秘書官のグスタフ様が付き合って下さるというので、有り難くお願いさせて頂いたのだ。

「でもグスタフ様って確かドSじゃなかった？　まだ二十五歳よね？　若すぎるわ。私はどっちかと言えばMだけど、大人の逞(たくま)しい男性の、言葉責めからのめくるめく攻めでないと燃えないっていうか、そそられないのよねえ」

「うん。性癖は人それぞれだけど、真っ昼間のカフェテラスでの発言としては問題があるわ。それに、別にただ服を見るだけよ。これから幾らでもアクセル様にアタックして、好きなだけめくるめくってちょうだい」

ミーシャは前世からも割とストレートに男女の話をするので、ご縁がなかった私としては時々リアクションに困る。二十五歳でも八歳上なんだけど大人じゃないのかあ。

何となく顔が熱くなってパタパタと扇いでいると、

「ルシア」

と呼ばれ、シェーン様がグスタフ様と現れた。

「遅くなってすまない。グスタフが仕事をまとめて出して来たのでな」

「だって今日の午後は全く仕事しないじゃないか。これでも少し減らしてやったんだから、有り難く思って欲しいものだね」

グスタフ様は短めの金髪を整髪料で軽く撫でつけている。

くせ毛のシェーン様は、ダークブラウンの髪がちょっとフワフワしているままだ。

基本的に自分がイケメンだとは考えてもいないので、髪を整えたり服装に神経質に気を遣ったりはしない。

王族だから女性が近づいて来ると思っているので、かしこまった席でなければスーツや礼服などは面倒臭がって着ないのだが、私は実は楽な恰好(かっこう)をしているシェーン様の方が好きだ。今日も長袖の綿の白シャツと黒のパンツ姿で、無表情Bでもかなりの美青年である。

恐らくシェーン様に笑顔というのがデフォルトになれば、ミーシャ並みに無敵状態な気がするが、多分そんな日は当分来ないだろう。

「急がないと遅れるぞ」

シェーン様が私たちを促して会場へ向かう。

私がよそ見をしていたのか、会場の手前で同年代の女性にぶつかってしまった。

「まあ、本当にごめんなさいね。お怪我はないかしら？」

私は彼女が落としたハンカチを拾い、土を払って渡す。

「あっ、いいえ、大丈夫です！」

私を見た女性は、ピンクブロンドのセミロングヘアーで珍しいグリーンの瞳をした、そらもう驚く程の美人であった。

「ルシア、大丈夫？」

ミーシャが心配そうに声をかけてきたので大丈夫だと軽く手をあげた。

ピンクブロンドの令嬢は、声のした方に視線をやり驚いたように目を見開いた。

綺麗すぎて驚いたかね。そうじゃろうそうじゃろう。君も可愛いがミーシャには敵わないよ。ふっふっふ。

「――大変失礼致しました」

深々と頭を下げてその場を離れて行く令嬢を見送り、ミーシャたちと会場へ入った。

席につき、コレクションが始まるのを待ちながら、私は感心していた。

いやー、王都の女性って何かレベルが高い女子が多いのねえ。お茶会に来ていた令嬢も可愛い子はいたけれど、さっきの子は別格だわ。

屋敷に引きこもっていることが多いと、可愛い子を愛でるチャンスも減るのね。

イケメンも好きだけど、可愛い女性も目の保養である。

私ももう少し表に出るべきだわ、と少々反省した。


ようやく愛するルシアとのデートにこぎつけた。私はグッと力を込めて拳を握った。

といってもダブルデート的な感じではあるのだが、それでもオイスター食べすぎたとか、飼い猫の調子が悪いとか、インスパイアされたマジシャンに実技を乞うのがたまたま誘った日だとか、様々な理由で断られている私にとっては快挙であると言えよう。

グスタフに仕事を普段より押し付けられはしたが、午後はまるっと予定なし。

《デートを邪魔するモノは何もない》

という素晴らしい一日である。

待ち合わせに少々遅れはしたが、カフェで私らを待っていたルシアは相変わらず普遍の可愛さだった。なんで座ってるだけであんなに可愛いのだろうか。隣のテーブルの男二人組がチラチラ様子を窺(うかが)っているのは、お近づきになってあんなことやこんなことをしたいと狙っているに決まっている。

誰がそんなことを許すものか。見るな、ルシアが減る。

自分たちが遅れたのが悪いのに、さっさと席を立たせて会場へ向かう。

ミーシャ・カルナレンと言ったか、ルシアの友人の小柄な令嬢はグスタフがエスコートすることになっていた。

グスタフは「めっちゃ可愛いよねえミーシャ嬢！」と浮かれていたが、私は基本的にルシア以外の女性には興味がないのでどこが可愛いのかはさっぱり分からない。

ルシアが十歳の時には、単なる政略結婚のための婚約者としてしか思っていなかったのに、どこでこんなに好きになってしまったのだろうか。

さりげなく混雑を理由にルシアの手を握って歩きながら、私は考えていた。

十一歳の誕生日にケーキを一人で一ホール近く食べて、腹を下して三日ほど寝たきりになったことがあって、その後元気になったというので顔を見に行ったら、「シェーン様、私二キロやせましたのよ！　ケーキダイエットというやつですわね！」とご機嫌でタルトを食べていた笑顔にだったか。

それとも、どこかの本で読んだとか言う他国の……確かショーリンジケンポーとかいう、鎖で繋がった木製のスティックを使うスポーツにはまって「あちょ！　あちょ！」と不思議な掛け声でぶんぶんスティックを振り回して後頭部に当たって、涙目で暫くうずくまっていた姿だろうか。

いや、大工仕事を始めたばかりの頃、木槌で指を怪我して左手の指が四本包帯で巻かれていた時に、「シェーン様、ミイラ男というのは物語でございますけれど、ミイラ女というのはございませんわね。どうしてなのかしら？　これは研究の価値があると思われませんか？」と真顔で聞いてきた時だっただろうか。

大体ミイラ男って何だ。聞いたことがないが、子供の絵物語とかなのかと聞いたら、包帯でぐるぐる巻きにされた男が出て来るホラーな小説なのだと言っていた。

想像がつかないと言ったら、翌週誘いの手紙が来て、見せてくれると言うので見に行ったら、ルシア（推定）が白い布で顔までぐるぐる巻きになっていた。

「ほぼ、こんな感じの男性バージョンですの！　こんなのがいきなり現れたら怖いと思いません？」

と自信満々に言っていたが、フェルナンドが巻けと言われて素直に巻いたらしく、両足をまとめて巻かれ椅子から動けなくなっていたのが面白かった。

……思い出せば思い出す程キュンとするシーンのない、というか甘酸っぱい恋のときめきとか、そういうロマンチックなものが一切ない思い出ばかりなのだが、気がついたらルシア以外見えなくなっていたのだ。恋というのはそういうものなのだろう。

グスタフには「そこから恋に落ちる感覚が俺には分からない」と言われたが、むしろルシア以外の女性は大人しく、もじもじとしていたり、何が言いたいのか要領を得ないので一緒にいても居心地が悪い。と言うか楽しくない。ドキドキもしない。

ただ、残念なのはルシアが私に対して、そんな感情を全く持っていないであろうことである。まあ婚約破棄をしたがっているくらいなので当然ではある。

「お前のことが好きでしょうがない、というところまで持っていけば、そんなもんは問題にもならない。婚約破棄を言い出さないくらい惚れさせせろ」

とグスタフは言うが、今のところ成功には至っていない。

まずはもっと異性として意識させる。

これが自分なりに出した答えなのだが、手を握っていても兄に引率されている妹のような感じで、思ったような反応がない。

会場の手前で女性にぶつかったルシアは、あっさりと私の手を離してその女性を助け起こしていた。

その女性は私の方をチラチラ見ていたように思うが、見覚えがないので無視した。

私の場合、殆どの女性はルシアかそれ以外に分類されるので、会っていたとしても記憶にないのだが、別に困らない。

そのまま再度手を繋ぐチャンスもなく席に着く羽目になったので、若干その女性に腹立たしいものまで感じていたが、ルシアが席に着いた後で、「やはり王都の女性は綺麗な方が多いですわねえ」と私に話しかけてきてくれたのですぐ機嫌が直った。自分に話しかけてくれるルシアの声はいつも以上に耳に心地よい。でも余りに可愛すぎて誉め倒したらドン引きされると思うといつも言葉少なになってしまう。

「(ルシア以上に可愛い女性はいないと思うが)……そうか？」

「シェーン様は周りをもっとよく見ないといけませんわね。さっきの女性などミーシャと同じぐらい可愛かったじゃありませんの！」

信じられないといった顔でルシアが見たが、婚約者がそういうのを勧めるのはどうかと思う。

「……よく見ていなかった。すまない」

でも怒った顔も可愛いので、とりあえず謝っておいた。

コレクションは満員盛況といった感じで、紹介されるドレスや男性用の夜会服や礼服なども洒落たものが多かった。ルシアなら何を着ても似合いそうだが、プレゼントしたら受け取ってくれるだろうか？

「ルシア……何か気に入ったドレスはあったか？」

「……」

返事がないので隣を見ると、俯いて眠っていた。

（……お前という奴は）

半ば呆れ、半ば苦笑しながら、そっと自分の肩に凭（もた）れさせる。

……ルシアの体温が感じられて、これはこれで良いんだが。

なかなか思うように行かない「ルシア振り向かせ作戦」に、深い溜め息をつきながら、私は次の手を考えることに集中することにした。


私が気がついた時には既にコレクションは終わっていて、シェーン様に頬っぺたをツンツンされて起こされた。

「……酷（ひど）いなルシア。八割は寝てたんじゃないか？」

「も、申し訳ありませんでした。綺麗なドレスだわあ、と思っておりましたら、明かりが眩しくなってきて目をしぱしぱしてるうちに閉じている時間が増えまして……でも半分ぐらいまでは見ておりました！　ええ本当に！」

ミーシャたちと一緒に会場を出口に向かいながら弁解する。まあ半分でも結構最低なのだけど。

「──そうか。じゃあ、どのドレスが良かった？」

「え──っと……あの、ブルーの、デコルテの部分に白いレースを使っていたのが良かったかと」

記憶にあるのがそれしかなかった。

「……ああ、三番目に出たやつだな。うん、ルシアに似合いそうだ」

そうか、最初しか覚えてないってことはほぼ九割方寝ていたのね。

申し訳ありませんせっかくの人気のイベントを。

「じゃ、ルシア、私はグスタフ様に買い物に付き合って頂くから。あとはシェーン様と婚約者同士ごゆっくり。それではシェーン様、失礼致します」

「……え？」

ミーシャが仲人のおばちゃんみたいなセリフを言いながら、頭を下げてグスタフ様と雑踏に消えて行った。

いつの間にそんな仲良くなったのよ。勝手に置いて行かれても困るのよう。

「――じゃあシェーン様もお忙しいでしょうし、私たちは帰りましょうか」

と馬車へ向かおうとして、シェーン様に肩を掴まれた。

「私は、今日はもう予定がない。ルシアは何か用事があるのか？」

「い、いえそういう訳ではございませんけれど」

「――じゃあ、たまには二人でデートでもしないか？」

私は慌ててシェーン様を見ると、無表情Cだった。

……ははあなるほど。公務がなくてご機嫌なのね。

いつも忙しそうに机に向かってるものね。デートって言っても息抜き的な感じね。

ストレス発散的なものなら、私でも少しはお役に立てるかも知れない。

「シェーン様、ナイフ投げってご存じですか？」

「いや」

「まあ！　手練れの方が縛られた女性の頭上のリンゴにナイフを投げるんですの。それも目隠しで！　ちょうど近くでやっておりますの。大興奮ですわよ、見に行きませんか？」

「……ロマンスの欠片もない……」

「え？　ロバの何です？」

シェーン様が呟いたのが小さくて聞こえず聞き返す。

「いや、何でもない。――分かった。行こうか。はぐれて迷うといけないからほら」

と、また手を握られた。

何だかカップルみたいで恥ずかしいけれど、シェーン様は余り城下には来ないものね。王子を迷子にする訳にはいかないから、ここは耐えねば。

それに、あれを見たらシェーン様もきっと驚くはず。

「では参りましょう。ご案内致しますね」

私はそっと彼の手を引き目的地へ向かうのだった。

【間章　二】

……いやほんとマジで分かんないんだけど。

心待ちにしていたこの日がついにやってきて、伯爵令嬢、エリザベス・ベクスターは期待に胸を弾ませていた。

……それなのに、なんなの今日は。

アタシが『溺愛！　ファイナルアンサー2』のヒロインとして転生したことを思い出したのは、八歳の時だった。

アタシは広場の売店でオレンジジュースを買うと、ベンチに腰を下ろし、状況を整理せねばとメモを取り出した。

日本語で『シェーン到達への道』と表書きされた小さなノートは、今のアタシを支える全てだった。

前世の日本では、アタシはごくごく平凡な、いや、素直に言ってしまえば根暗でモテない二十八歳のOLだった。

高卒で入ったアタシはベテランの事務員となっていて、職場では寿退社していく後輩たちを笑顔で見送ったし、地味顔で老けて見えるとお局(つぼね)呼ばわりもされた。仕事のやり方を間違わないようしっかり教えただけのつもりなのに、ウゼエとか同じことを何度もしつこいとか陰口を叩(たた)かれていたのは知っていた。

何度も同じことを言われる覚えの悪い方が問題だろうが、と内心では思っていたのだが、会社の若手の独身の営業連中は、アタシのような地味なお局予備軍には仕事のスキルとスピードを求めるくせに、若くて可愛いってだけでろくに仕事もやろうとしない女のことは「しょうがねえなあ」とか言って許してしまうのだ。一生懸命給料貰ってるから頑張らないとと思って働いている自分は何なのか、と情けなかった。

田舎から東京に出て一人暮らしをしており、親しい友達もいなかったアタシは平日の夜どころか、週末や祝日も一人で家にこもっているか、一人で映画を観に行ったり、本屋で仕入れた漫画やネット小説なんかを読んだりしていたのだが、ある日ネットのゲーム広告の一つに興味を惹かれたのだ。

『溺愛！　ファイナルアンサー』というそのゲームは、誰かに無条件に愛されたいというアタシの気持ちにするすると入り込み、ゲームアプリなどくだらないと思っていたのが、みるみるうちにどハマりしてしまった。

全員攻略はフルコンプしたが、アタシの一番のお気に入りはシェーンであった。

あの不機嫌そうな顔が、アタシと仲良くなっていくにつれて、少しずつ心を開いて笑顔を見せるのだ。ここでキュンとしないでどうする。王道すぎる？　クソくらえである。

二年ほど遊んでいたら、二・五次元の舞台があるという。チケットを取ろうとしたが人気がありすぎて取れず、もう地方でもいいからと最後の公演にかけても全滅した。

失恋した時はこのぐらい泣くんだろうかと思うレベルでガチ泣きしたが、その最終公演の日に飛行機墜落という、搭乗者全員が亡くなる不幸な事故があった。その遺品の画像の中に、攻略キャラのアクセルのキーホルダーがあったのを見て、アタシも下手すれば死亡リストに入っていたのだと思って背筋が冷えた。

チケットが取れなかったのは不運ではなく、最高に運が良かったのだと思った。

翌年、ファイナルアンサーが終了するという悲しい知らせを見た時には目の前が真っ暗になったが、その知らせのかなり下に小さく、一カ月後に『ファイナルアンサー！　セカンドシーズン配信！　ご期待下さい!!』と書いてあって狂喜した。その画像にはシェーンもいたからだ。

一カ月後、待望のセカンドシーズンの配信は始まった。

勿論当日にはクレカの登録もすませ、デビューセットとかいうお得なサービスパックをもれなく購入し、始めた訳だが。

全年齢対象だった前作と違ったのは、がっつり成人向けだったことである。

男性陣はほぼ同じ。二人ほど年下キャラとイケオジキャラが追加されていたが、アタシはシェーンをフルコンプするまでは、他に見向きもしなかった。

前回では味わえなかった濃厚なキスシーンにベッドシーン、魅惑の悩殺キャラボイスガチャや即落ちドレスガチャなんていうのも出て、月に数千円だった課金が数万になった。

まあそんなエロエロはいいとして、セカンドの主人公である伯爵令嬢、エリザベス・ベクスターには彼女を虐める悪女キャラがついていた。障害があった方が恋も燃えるというものである。

余りに熱中しすぎて、職場の行き帰りもスマホを手放せない生活を送っていたら、うっかり信号無視して車に轢かれて呆気なく死んだ。

そして、この世界に転生していたことを突然思い出したのだ。

今までモブの中のモブだったアタシが主役で転生。

生きてきた中で、これほど神様に感謝した日はなかった。

なのに、今日の出来事はなんだったの？

そもそもアタシを虐める令嬢はジェシカという名前の女だったし、本来ルシアもミーシャも『セカンド』の登場人物ではないのだ。

アタシのノートには、思い出せる限りの出会いシーンやイベントの流れがこと細かに記載されている。『セカンド』ではシェーンは婚約者の裏切りで女性不信になった設定だったのに。

アタシはイライラとペンを揺らす。

アタシも来月十六歳になり、ようやく成人の仲間入りだ。

ここからシェーン攻略に全てを懸けるつもりだったのに、『ファースト』と『セカンド』のキャラが混在しているとか想像もしてなかった。

まあルシアは悪役令嬢だろうし、アタシの方が確実に可愛いからいいとして、問題はミーシャだ。

あの完成度の高さはリアルでも圧倒される。

でもアタシも『セカンド』で主役を張った女だ。

何があろうと、決して負ける訳にはいかない。

「へいへいほー♪　へいへいほー♪　今日のノコギリ切れ味いいね～♪　っと～」

「こらそこの木こりもどき」

コレクションから二日後。

しゃーこしゃーこと本日も楽しく板を切っていると、いつの間にやら来ていたミーシャが腰に手を当てて立っていた。

今日のスモークイエローのワンピースも、ミーシャに似合って可愛らしさがマックスだ。

「あらミーシャ、ちょうど良かったわ！　ちょっとここ押さえててくれる？」

「え？　どこよ」

反対側の板のところを押さえてもらって残りの部分の板を切った。

「ふう。ありがとう。板が浮いちゃって困ってたんだけど、ちょっと足で押さえるのはレディとしてどうかと思ってたのよ。助かったわ」

「足じゃなくてもレディとしてどうかと思うけど、まあそれはいいわ。トロロのキャットタワーはできたんじゃなかったの？」

「できたんだけど、どうも普通の段差じゃトロロには高いみたいで上がらないから、段を増やすことにしたのよ」

「何そのバリアフリー仕様。運動不足解消するつもりないわね、あのタヌキ」

私は手を洗い、ジジにいつものようにお茶を頼むと、テーブル席にミーシャと座る。

相変わらず私は白の綿シャツとベージュのゆるいパンツ姿であるが、スカートでできる作業でもないので致し方ない。

「今日はシュークリームですルシア様！　ミーシャ様いつもありがとうございます！」

紅茶とオヤツを運んで来たジジは笑顔でお辞儀をして下がっていった。

「いつも悪いわね。ミーシャ本当にお菓子作りの才能がぱないわ。美人で料理もできてお菓子もオッケーとか、どれだけチートなのよ」

私はいそいそとシュークリームにフォークを入れた。

「ありがとう……って、いやそんなことはいいのよ。貴女一昨日デートしたんじゃないの？　どうなの首尾は？」

「デート？　ああコレクションの後？　やあねえ、あれはシェーン様の息抜きにお付き合いしただけよ」

「息抜き？」

「そうよ、ほら、いつも執務が忙しいから、たまたま仕事がなくて浮かれてたのよシェーン様。無表情Cだったのよ久々に。だからね、ナイフ投げの曲芸にご案内して、テーブルマジックを見せてくれるところでお茶を飲んで、で帰ったけど」

「何中学生のデートみたいなことをしてるのよ。話し合ってもっと仲良くなる方向に行くんじゃゃなかったの?」

「いやー、そうは思ったのよね一度は。でも、仲良くなっても急に誰か現れて断罪にならないとも限らないじゃない? 今のところ揉めもせず平穏だから、このまま様子見で、いつでも婚約破棄をできるよう準備しておくのが得策だと思うのよ」

「ああそう。キスの一つぐらいしとけばいいじゃない。イケメンなんだし」

「……いやねえ、キスなんかしたら勘違いしそうじゃない。普通の恋愛っぽくて」

本気になって捨てられるのは怖いし、断罪される時に辛いじゃないの。

ミーシャは私を無言で眺め、軽く溜め息をついた。

「まあいいわ。ところで、そろそろ例のイベントが近いわよ」

紅茶にミルクをたっぷりと入れて口をつけながら、ミーシャは私を見つめた。

私はミーシャの台詞に一瞬固まった。

「――イベントって言うと、あのー、例の?」

「他に何があるのよ」

「そ、そうよね。何だか頭からストンと抜け落ちてたわ」

私は少し温くなった紅茶を飲みながら記憶を辿った。

ミーシャが言うイベント。

それは、『フラワーガーデン王国チャリティースイーツフェスティバル』のことである。

毎年開催されているそれは、今年も二カ月後の真夏、七月に行われる。

普通は真夏に傷みやすいスイーツのフェスティバルなどどうかしていると思うのだが、幸いにもこの国は日本に住んでいた時のような猛暑というのは八月に数日あるぐらいで、空気もサラッとして気持ちのいい陽気が続き、イベント日和なのである。

福祉に力を入れているフラワーガーデン王国では、孤児院の子供たちや施設に入っているジー様バー様などを対象に、かなり色々な催し物を開催するのだが、チャリティースイーツフェスティバルは、お菓子作りに自信のある成人を迎えた十六歳から二十歳までの未婚の女子がその腕を競うお祭りである。

それぞれが自慢の一品を作り、各施設の子供や高齢者の方に実際に食べてもらい、どれが一番美味しかったか投票するのだ。

上位三名は淑女の鑑として、年末の大舞踏会で着る豪華なドレスやハイヒールなど一式が贈られる。ゲームではミーシャがぶっちぎりで優勝して攻略相手の好感度を爆上げするのだ。いわゆる婚活も兼ねたイベントでもある。

「ミーシャならスイーツとても美味しいし、優勝間違いないわよね！」

「なに他人事みたいなボケたこと言ってるのよ。ルシアも出るのよ」

「え？　うんそれは知ってるけれど……もうやだ、忘れたのミーシャ？　ゲームのルシアは『料理とかお菓子作りなんて下賤な人間がすることですわ』ってこっそりコックに作らせて、バレて失格になるのよ？」

そう、確かそれで悪役令嬢ルシアは攻略対象からの好感度が激落ちするのだ。

まあそこから足掻いてどんどん悪さをするようになるんだけども。

「幸いというか残念なことに、私もゲームのルシアと同じく料理全般は苦手だから、うちのコックに頼んでえげつない程の完成度で失格になってみせるわ。あら！　そうよ、これでシェーン様もガッカリして婚約破棄間違いなしじゃないかしら？」

　私は思わず小さくガッツポーズをする。

「――だから作るのよルシアが自分で」

　真顔のミーシャが私の握りしめた拳を両手で掴み、結構な力でぐりぐりと開いた。

「あだだだだっ！　今法則に反した指の曲がり方したわよちょっと」

　私が抗議すると、ミーシャがニヤリとした。

　やだわ、めっちゃ悪い顔してるのに美人に凄みが増すってどういうこと？

　これがヒロイン補正なのね。眼福だわー。

　少しうっとりしていたら頬っぺたをつねられた。

「ほうっほんほーひひはいらいっ（もうっ本当に痛いじゃないっ）！」

「目が覚めたかしらね。いいこと？　ルシアは私とトップを競うのよ」

　私は涙目でジンジンする頬をさすった。

「……何でよ？」

「親友が生涯のライバルとして戦いの場に立つのよ。そして正々堂々勝負してワンツーフィニッシュ！　ここでがっつり握手をして友情アピールは完璧じゃないの！」

　私は少し考えた。

「――言われてみれば。それで万人にマブダチアピールができるってことね？」

「そうよ！　強敵と書いて友と呼ぶ。盛り上がりの基本じゃないのルシア。私がもし虐められた場合に貴女だけは心理的なアリバイがあるのよ！　これぞ鉄壁よ」

「まあミーシャったら天才じゃないかしら。やるわ私！　……でも本当にお菓子作りなんてできないんだけれど、そこが一番の問題じゃない？　向いてないのよねえ」

「二カ月あれば何とかなるわよ。私をパティシエミーシャと呼びなさい。早速今日はプリンぐらいは作れるようになりましょう。レッスンワーン」

私の腕を掴むと厨房の方へずるずると引きずって行く。

「待って待って、いきなり卵や牛乳を多用するような勿体ないことして、もし失敗したら食材を無駄にするじゃないのっ」

私は思った以上にミーシャの力が強いことに驚きつつも抵抗した。

お菓子作りは体力が必要なのかしら。あー粉をこねたりするものね。

「失敗したらタヌキに食べさせればいいでしょう。大丈夫、あの子は何でも食べるわ。ジャングルの食虫花みたいに、開いた口にぽろぽろ落とせば自然に口が閉じて消化するわよ」

「人ん家の猫を人外の魔物みたいに言わないでちょうだい。これ以上太ったらトロロの健康が心配なのよ！」

「じゃあ失敗しないよう頑張ることね。ほら行くわよ」

「いや、いきなりは無理いいいいっ」

そして厨房に連れて行かれた私は、パティシエミーシャのスパルタ特訓に涙を流し、せっかく少し引き締まってきたトロロが、自分のせいでまたぷよんぷよんになるかも知れないという恐怖に怯える日々が始まるのだった。

「ぐっあふたぬーんルシア～♪」

「……ぐっ、ぐっあふたぬーんパティシエミーシャ～」

私はトレーニングルームに入ってきたミーシャを鏡越しに見て返事をした。

「あら腹筋中だったのね。相変わらずいい筋肉ついてるわね。よっ、キレてる！　いい感じにキレてるね！　仕上がってる！　腹筋グレネード！」

「……四十九、五十、っと。誰がボディビルダーみたいな掛け声求めたのよ。そんなムキムキにはしてないわ。――あら、もうそんな時間だった？」

私はベンチから立ち上がり、タオルを取ると汗を拭った。

三週間程前からパティシエミーシャが降臨し、週に三回、フラワーガーデン王国チャリティースイーツフェスティバル対策ということでお菓子作りをする羽目になったのだが、いつもは午後二時から夕方五時くらいの時間である。

時計を見るとまだ昼にもなっていない。

私は首を傾げた。

「まだレッスン……幾つだか忘れたけど、時間には早いんじゃないの？」

これから腕立て伏せとストレッチして護身術の鍛練が残ってるのだけど。

「もう三週間経ったし、プリン、チーズケーキやスポンジケーキを使ったショートケーキやチョコレートケーキは、まあ何とか味も見た目もマシになってきたわ」

「……結構な犠牲を払ったものね」

私は窓の向こう、庭にいるトロロに視線を投げた。

確実に肥えたわあの子、私のせいで。キジトラ模様があんなに広がってしまって。

ミーシャが私にならって庭を見た。

くい、と顔を上げたトロロが起き上がり、ポテポテとキャットタワーに向かう。

「……あら、運動してくれるのかしら？」

滅多に見ない姿に私の視線は釘付けだ。そういえば朝食の後にササミジャーキー（マタタビつき）を載せといたんだったっけ。

ミーシャとじっと見ていると、タワーの上を見上げたトロロが、いきなりタワーのポールの木に体当たりをした。

ゆらゆらと揺れるキャットタワーが、何度目かのアタックで横倒しになった。

タワーの一番上に乗せていたササミジャーキーが落ちた。トロロはそれを悠々とくわえると、また元の位置に戻ってぺたーんと寝そべり、ガジガジとジャーキーを食べ始めた。

「……アタックで落とせる体になったのねぇ。もう寝そべる姿はオオサンショウウオよね。よっ、広がってるね！　ナイス液状化！」

ミーシャのかけ声に私は顔を覆った。

「やめて、まだ辛うじて猫だから！　ああ、私のせいであんなドスコイな子に……」

「いいじゃないの。招き猫だってふくぶくしい方が人気だったし。あんな可動式のタワーより、柱を打ち込む形にすれば諦めて登るんじゃない？」

ミーシャは私を振り返ると、

「さあトロロのことはさておき、今日はシェーン様にお菓子を持っていくわよ！」

と笑顔になった。

「……何故？」

「いいこと？　貴女が料理全般ダメなのはシェーン様もご存じなのでしょう？」

「んー、それはまあ」

クッキー以外あげたことないし。——あ、一度サンドイッチを作ったわ。

渡した時にはレタスとかの水切りが甘くてパンがベショベショになってた。

シェーン様は眉間にシワを寄せて、

「……頂こうか」

と全部食べてくれたけど、後でお腹壊したってグスタフ様が教えてくれたので、ご飯系は封印したんだったわ。

「だから進化の過程を見せないと。ヒトだってサルから進化したのよ。ルシアの進化もちゃんと見せておかないといけないわ。当日にいきなり綺麗なスイーツ作って持っていって、別の人間が作ったと思われたら困るじゃないの。不正を疑われたらゲーム補正が働くかも知れないじゃない。イカサマなしのところをアピールしなくちゃ」

おお、確かに一理ある。

「……でも、何を作ればいいかしら？」

甘すぎるのはシェーン様は好きじゃないし。

「いきなりハードなのはしくじるだろうから、うん、チョコエクレアにしましょう」

「まあ、いきなり作ったこともないのぶっ込まれたわ」

「シュークリームの長いのだと思えば簡単よ」

「シュー生地が何度やっても小松崎しげるカラーになった記憶しかないのだけれど」

「うだうだ言わない！　私はあのアメーバを眺めて待ってるから、さっさとシャワー浴びて来なさい」

「……ふわーい」

シェーン様、またお腹壊したらごめんなさい。

私は急いで浴室に向かった。


「シェーン様、よろしいですか？」

ノックの音がして、アクセルが声をかけてきた。

「……なんだ？」

「ルシア様がミーシャ様とご挨拶に来られてますが」

私は慌てて書類を片付けた。

ルシアから来てくれるなんて久しぶりだ。確か二十六日ぶりか。いい加減顔を見に行かないとストレスで死ぬところだった。

「……いいぞ。入ってもらえ」

そう返事をすると、扉が開いて可愛いルシアと、友人のミーシャが入ってきた。

「——随分久しぶりだなルシア。それにミーシャ嬢」

嬉しさを抑えようとして、ついぶっきらぼうな対応になってしまう。

「シェーン様、お元気そうで何よりでございます」

元気な訳あるか。ルシアがずっと引きこもってミーシャとお菓子を作るので忙しいと言うから、こっちは遊びにも行かず耐えていたのに。

「それで、どうした？（遊びに行く予定なら付き合うぞ、絶対付き合う）」

「シェーン様！　私、今回初めてエクレアに成功したんですの！　ですからシェーン様に是非ともお召し上がり頂きたくお持ちしたんですの！」

隣のテーブルで書類の仕分けをしていたグスタフが、ビクッと肩を揺らし顔を上げた。

「……ルシア嬢が、その、作ったの？　エクレアを？」

「ええ！　今までの私は偽者、現在は苦手を克服すべく精進して本物のルシアへと脱皮中なのです！」

いそいそとバスケットを開けるルシアに、私は以前貰ったサンドイッチの記憶が甦った。いや、だが先日のクッキーは美味しかった。見た目はちょっとアレだったけど、確かに甘さも控えめで美味しかった。

私はそっとバスケットを覗いた。

ドーナツのような色合いのチョコがかかった長いのが何本も入っていた。

……こんなに茶色かっただろうか？

だが形はエクレアっぽい。うん、エクレアっぽいぞ。

「……ほう」

「是非ともグスタフ様にもアクセル様にも味見して頂きたいんですの！」

扉の前に立っていたアクセルが身じろぎした。

「――それは光栄ですが、まずはシェーン様が手をつけられませんと。私共はお仕えする身分ですので」

「そうだねえ。俺たちが先に頂く訳にはねえシェーン様？」

毒味役を突っぱねたなお前ら。覚えとけ。

ああでもルシアの手作りだ。どんなにまずくても残す訳にはいかない。

「……頂こう」

私はそっとエクレアを摘まんで引き上げた。そのまま口に運ぶ。

「……ん？」

「あの、如何でしょうか？　甘さは控えめにしたつもりなのですが」

ルシアが心配そうに私を見た。安定の可愛さで目が眩みそうになる。

「……美味いな」

予想外で驚いた。ちょっと皮はカリカリすぎるが、中のカスタードも甘すぎず、チョコの苦味でちょうどいい。

「え？　本当に？」

グスタフの声に頷くと、

「じゃ、俺も頂きますねっと。……あれ、本当に普通のエクレアだ。ちょっと皮が固いけど美味しい」

「本当ですか？　嬉しい！」

ルシアがミーシャと抱き合って喜んでいる。

くそ、なんでミーシャとは抱き合えて私とは抱き合えないんだ？

ああでも抱き締めたら壊れてしまいそうで怖い。

「アクセルもどうだ？」

「……それでは、失礼して」

アクセルも前に身を乗り出すと、バスケットの中に手を伸ばし、豪快に掴んだエクレアを食べた。

「大変結構なお味ですね。私はこのくらい生地がしっかり焼けている方が好きです」

ルシアに頭を下げると、彼はまた扉の前に戻った。

「これからもっと上達して、チャリティースイーツフェスティバルまでには【おおっ！】というくらいの完成度でお見せ致しますね。それでは失礼致します！」

ミーシャと二人で頭を下げると、弾むような足どりで帰って行った。

「……え？　これだけのために来たのか？」

ルシアが出ていった後の執務室で、私は机に突っ伏した。

「まあまあ。自分の腕が上がった自慢をしたかったんじゃないの？　可愛いねぇルシア嬢」

「……可愛いのは前からだ。いや、だがそれならお茶の一つもしてくれたっていいだろう？」

「ルシア様ですから」

「ルシア嬢だからねえ」

二人の当たり前のような返事に。私はがっかりしてまたエクレアを一つ掴み、かじりつくのだった。

「トロロのーたーめならーえんやーこーらさ～♪　よっこいせーのせっせっせー♪」

私がかこーんかこーんと庭で木槌を振るっていると、

「——精が出るなルシア」

と声がかかった。驚いて振り返ると、フェルナンドに案内されたシェーン様が無表情Cで立っていた。

「まあシェーン様！　脅かさないで頂けますかしら。もうっ、危うく木槌を指に振り降ろすところだったじゃありませんか」

ジジがフェルナンドと入れ替わるようにお茶を運んで消えて行った。

今日はインディゴブルーのシャツに黒のパンツというシンプルな出で立ちで、コワモテな印象が柔らかく見えるので大変私好みである。

だが仮にも貴族である婚約者が「なのだ」な格好で王族を出迎えるのは如何なものだろうか。

「あのシェーン様、私、少々着替えて来てもよろしいでしょうか？」

「——いや、そのままで構わん。そんなに長居もできないんだ。視察のついでにルシアに少々用があってな」

コーヒーに砂糖をスプーンで一杯だけ落としてかき混ぜると一口含み、美味いな、と呟いた。

「……はあ。私に、ですか？」

はて、何かあっただろうか？

私はシェーン様を見つめて考えた。まだスイーツフェスティバルまでは一カ月以上あるし、特に他に予定はなかった筈だけど。

「忘れたか？　週末にデビューダンスパーティーがあると言っただろう？」

「……あぁ」

そうか。今年はデビューする子の人数が多くて二回に分かれてたのよね。

「ですがシェーン様、そのお誘いは先日手紙で辞退致しましたでしょう？」

「うん、そうだな。確かトロロが液体になりそうで、痩せさせないと健康を害するから早急に運動をさせないと、とか何とかだったたか。……あそこで腹を見せて寝ている野性の欠片もない元猫だろう？　確かに前より丸々としているが、とても元気そうに見える」

「失礼ですわね、今も猫ですわよ。ですがさすがにキャットタワーもちゃんと登れない状態では、健康面で不安がございますでしょう？　お菓子作りで盗み食いされたのもあるのですけれど、やはり私の責任でもありますし……」

「だが、ルシアは私の婚約者だからな。いくら公務とは言え、一人で行く訳にも行かないだろう？それに前回は一緒に来てくれたじゃないか」

「前回は前回、今回は今回ですわ。それに足首の古傷がまだ痛むんですの」

「ほう。先程は歌いながら負傷した方の足も使って杭を支えていたようだが」

「……ダンスは苦手なのです。向いてないのですわ。こんな役立たずのがさつな女がシェーン様のおそばにいる訳には参りませんから、ここは一つ――」

「婚約破棄はし、な、い。何がここは一つだ。踊らなくていいからパートナーとして来い」

「えー」

「えー、じゃない。暫く自由にさせてやったんだから、それくらいの手助けはしてくれ。ルシアが来てくれないと、デビューの娘たちがワラワラと寄ってきて鬱陶しいんだ。大丈夫、トロロはそんな簡単に痩せないし、長いスパンで少しずつ落とさないと意味がない。緊急性はないと判断した」

私が行かなければ可愛い子に出会うチャンスが増えていいだろうにとも思ったが、まあ破棄してもらうまでは婚約者だものねえ。

「……踊らなくて、良いのならば」

最終的にはそう言うしかなかった。

一瞬だけ無表情Dになったシェーン様は、頷いてコーヒーを飲み干すと、

「じゃ、週末にな。迎えに来るから。邪魔をした」

と私の頭を撫でて帰って行った。

ああ、社交の世界は面倒だわあ。……でも珍しく無表情Dが見れたからいいか。

表情筋が完全に死んでる訳じゃないのよねシェーン様も。もっと意識して使った方が、よりモテると思うのだけど。

私は木槌をまた掴むと、キャットタワー改の製作に勤しむのだった。

「ですからそこを何とか」

「いいかねルシア君。それは王子の婚約者として当然の義務だからして、やらねばなるまい。だが、何故ワシが付き合わねばならんのかね？　んー？　んー？」

翌日、私はミーシャの屋敷を訪れていた。

ミーシャの家の伯母夫婦、現在はご両親だが……はとても優しくて穏やかそうな方だった。

私のような余りよろしくない噂の立っている令嬢と知っていても、ミーシャが明るくなったのはルシアのお蔭だ、と下にも置かない扱いをしてくれる。

まあ、現在私はミーシャの部屋の床で土下座をしている訳だけれども。

ミーシャってば、屋敷の中でも繊細な刺繍の入った白のツーピースとか着ちゃって、本当に可愛いったらありゃしない。

よそ様の家に来るので、私も一応上品に見える濃紺のワンピースを着てきたし、まあまあ可愛いとは思うものの、淑女レベルは一。

常に満点のミーシャとは造りからして違うので勝負にもならない。

そして私の土下座によって、更に力関係も顕著になり、【大手企業の社長と零細町工場の親父】プレイになっている。

「ワシだって社交なんぞは肩が凝るから嫌いなんじゃよ。週末は家で家族水入らずで楽しく過ごしたい訳だしのう。ほれ、帰った帰った」

しっしっ、と手を振られ、私は四つん這いでミーシャと距離を詰める。

「ですが社長っ、マブダチアピールもできますし、心強いのです。私と社長の仲ではありませんか！」

「どんな仲だ……えー、だってミーシャめんどくさーい」

「くっ、また王道のアホの子アピールして！　美人度が下がらないわね。尊いから拝んでもいいかしら？」

「やめれ。――それに、私は誰にエスコートしてもらうの？　またグスタフ様？　ガキには興味がないのよ」

「ふふふ、ご安心下さいませミーシャお代官さま」

私はニヤリと笑みを浮かべた。何故か時代劇モードになる。

「ほお？　どういうことかのルシア屋よ？」

ミーシャが身を乗り出した。

ちゃんと小舞台を切り替えてくれるところも、ミーシャは前世と変わらない。

「シェーン様が、お代官さま一推しのアクセル様を押さえましたゆえ、そちらはご満足頂けるかと」

「ルシア屋、それはまことか？」

「私がお代官さまに嘘を申したことがございましょうか」

「それは、好きにしてもいいのか？　あの引き締まったいい体の雄っぱいや尻を揉みしだくとか腹筋触るとか」

「好きにできるかはお代官さま次第でございますが、鼻息荒く行けば痴女待ったなしでございます。今の美しくか弱い見た目でありますれば、わざとよろけるなどして抱き起こしてもらいつつ、という手も」

「ほう、噂に聞くラッキースケベという奴じゃな？　……ルシア屋、お主もワルよのう。そこまで用意されればワシも力にならない訳にはゆかぬのう」

「お代官さま程では。ほっほっほっ」

「はっはっはっ」

よし。週末はぼっち回避できたわ。


週末、ミーシャを巻き込んだ私はデビューダンスパーティーにやって来ていた。

渋々だったミーシャも、アクセル様に、

「ミーシャ嬢、私のようなオジサンがエスコートで申し訳ありません。個人的には美しいご令嬢の隣に立たせて頂けるのは光栄でしかありませんが」

などとバリトンボイスで言われてテンションストップ高になっていた。

「来る！　いやあ、ダイレクトに子宮に来るわあ。声だけで孕(はら)みそう。耳のご馳走(ちそう)ね……どうせなら股間も勃(た)たせてくれればいいのに。そう思わない？」

などと目を潤ませ、見た目に反した肉食女子発言を私にかまして来たが、神様が本気を出して生み出したような美しさでエロ発言をされても、詩的な香りまで漂わせるのだから困ったものである。

「思うのは自由だけど、そんな野獣は嫌だわね。一応今は嫁入り前なのだから、早まっては駄目よ？」

「アクセルってクソ真面目設定だった筈だから、食い逃げはしないと思うのよ」

「とは思うけど、やっぱりこの国では結婚してからの方がいいと思うの。処女性を重視する人多いもの」

　できちゃった婚とかもない訳ではないが、全体の一％程度だし、かなり評価が下がる。

『神が夫婦として認めるまでも待てなかった堪え性のない奴ら』

というレッテルを貼られてしまうので、どんなにやりたくても素股ぐらいで我慢するというのがセオリーらしい。

　残念ながらこの世界にコンドームないですからねえ。

ヤると高確率で妊娠だろう……とは言っても、前世でも経験のない耳年増なのでイマイチ素股とかもよく分からないんだけど。

「ルシア、私ちょっと化粧室行ってくるわね」

「いってらっしゃい」

　ソワソワと化粧直しに向かったミーシャを見送って、邪魔にならないように壁際の方へ寄り、ボーイから貰ったオレンジジュースを飲んだ。前回の件でシェーン様に叱られたので、本日はノンアルコールだ。

　アクセル様と踊れる機会なんてなかなかないから張り切っちゃって。でもミーシャなら何の問題もないと思うんだけどなあ。

　シェーン様の様子を窺うと、もう三人くらい踊っていたが、三人目であの小柄な美人さん……コレクションでぶつかった可愛い子がいたので、思わずおおぅと目を見開いた。

あの子十六歳だったのか。十六歳であの完成度とかドーピングよねえ。

さて、私もジュースのお代わりでも貰おうかな、と思って歩き出したところで、いきなりドーンと横から誰かがぶつかってきた。

「きゃぁっ！」

派手につまずいたご令嬢は、あのコレクションで会った美人さんだった。

「大丈夫？　ほら私に掴まって」

私はグラスを近くのテーブルに置いて彼女を助け起こした。

「あ、ありがとうございます！　ドレスはまだ着なれていないもので……あの、失礼ですが先日広場でお会いしませんでしたか？」

おう美人さん覚えていてくれたのかね。

「まあ！　やっぱりあの時の？　私も見覚えがあったの。お元気な姿を拝見できて何よりだわ。私はルシア・バーネットと申しますの」

淑女の礼をしながら微笑んだ。

「バーネット侯爵家の……私ったらそんな格上の方に二度もご迷惑を！　本当に申し訳ございません！　私はエリザベス・ベクスターと申します」

あー、ベクスター家と言うと……伯爵家だわね。

脳内の貴族名鑑をパラパラとめくり、情報を引き出した。自慢じゃないが、記憶力の良さだけで社交をしのいできたと言っても過言ではないのだ。

「以前お会いした時にも綺麗な御方だと見とれてしまいましたが、今日もルシア様は周りを寄せ付けないような美しさでございますね」

違うのよ。周りを寄せ付けないんじゃなくて、周りが寄り付かないのよ。

「私、デビューしたばかりで分からないことが沢山ございますの。もしよろしければ、これから仲良くして頂けたら嬉しいですわ」

「私でよければ喜んで。でも申し訳ないけれど、私はデビューこそ貴女より一年早いけれど、社交はそれほど得意ではないのよ」

得意ではないっていうか苦手なんだけれど。

「……実は私、ルシア様のような滴るような大人の色気のあるレディーになりたいと思っておりますの。ですからおそばで学ばせて下さいませ！」

きゅるん、と音がしそうな上目遣いでエリザベスが見上げて来て、おいおいそれはビッグな勘違いだぜセニョリータ、と内心で焦りまくる。

私に滴るような大人の色気などどこにある。

客観的に見たらまあちょっとキツめの美人系ではあるが、あくまでも【系】である。主流ではないのだ。大河の横を流れる支流のようなものである。

大体、大人の色気がある女が自宅で「なのだ」な格好で大工仕事はしないし、腹筋も割れてないと思う。

私よりもミーシャの方が断然将来性がある。

「私はそんなに褒めて頂ける程のものはないわ。私の友人の方が素敵だと思うのよ……あ、ミーシャ！」

　化粧を直して戻って来たミーシャに手を上げた。

「まあルシア、こんなところにいたのね。捜したじゃないの——あら、そちらの可愛いご令嬢はどなた？」

　ミーシャは目映いばかりの美貌に笑みを浮かべ、エリザベスを見た。

「エリザベス・ベクスターと申します。ルシア様とお近づきになりたくて急いでたらつまずいてしまいましたの。お恥ずかしいですわ」

「まあそうでしたの。私も最近デビューしたばかりですのよ。よろしければ仲良くして下さるかしら？　ミーシャ・カルナレンと申します」

「こちらこそよろしくお願い致します。……あ、そう言えばルシア様とミーシャ様は、来月のスイーツフェスティバルにはお出になられますの？」

「一応そのつもりだけれど、エリザベス様も出られるのかしら？」

「ええ、私はお菓子を作るのが好きなので。ルシア様たちが出られるのなら心強いですわ！　あの、良ければ一度、私の作るお菓子を試食して頂けませんか？　家族だとどうしても採点が甘いというか、美味しくなくても美味しいと言いそうなので頼りにならないんですの」

「あら、そんなことで良ければいつでも誘って下さいな。ねえルシア？」

「あ、ええ勿論よ」

「ありがとうございます。楽しみにしておりますわ！　それでは、迎えが待っておりますので今夜はこれで失礼致します。ごきげんよう」

綺麗なカーテシーを取ると、エリザベスは去って行った。

「あの子可愛いわよね。ミーシャがいなかったらゲームのヒロインでもイケた感じじゃない？」

私はミーシャに囁いた。

「自分の見せ方を心得てるって感じの美人よね。だけど、何でルシアに？」

私はコレクションでの出会いを語った。

「ああ、あの派手にスッ転んでた子なの？　全然気がつかなかったわ」

「そういうハプニングでもないと、私に近づく子なんてなかなかいないわよね」

だから貴重なのである。私の評判を聞いて、引き潮のようにフェードアウトするまでは何回かはお茶会ができそうだ。

「――ミーシャ嬢、お話し中のところすまない。ダンスをお誘いしても？」

振り返ると、アクセル様がむんむんと匂うような大人の男の色気を振りまいて、礼服で微笑んでいた。

もう公務がすんだのかシェーン様も立っていた。

「まあアクセル様！　喜んで！」

ミーシャはアクセル様の手を取り、フロア中央に向かって歩いて行った。

「シェーン様もデビューダンスは全て終えられたのですね？」

「ああ……どうだ、ルシアも踊るか？」

「ご存じの癖に意地悪ですわね。……いえ待って。ここで私がド下手なダンスを踊れば一時的にシェーン様に恥はかかせてしまうけれど、婚約者として相応しくないコールが起きてめでたく婚約破棄に……シェーン様、踊りましょう！」

「心にしまっておかないといけない秘めた願いがフルオープンになってるが、それで私がじゃあ踊ろうと言うとでも思うか？」

「あっ、ついうっかり」

「……なあ、そんなにルシアは私が嫌いか？」

見上げると、眉間にシワが寄って無表情Aに近い顔で私を眺めるシェーン様がいた。

「いいえ？　シェーン様を嫌いになったことなどございませんわ。ただ結婚は家同士の問題もございますし、私には王族に嫁ぐには足りないモノが多すぎますもの」

それにまだ死にたくないし。これからどうなるかも分からないのに、確実にフラグとなりそうな【王子との婚約維持】は避けたい。

「……そうか」

「ところでデビューした令嬢でかなりの美人がおりましたでしょう？」

「──さあ、（ルシアかそれ以外だし）記憶にないが」

「まあ。シェーン様はもう少し女性に目を向けるべきではございませんか？　世の中には美しい花が咲き乱れているというのに。私は広い心で応援致しますわ。いつでもいい出会いがあれば、一言下さればサラッと婚約破棄をし──」

「しーなーいー。ルシア以外と結婚するつもりはないと何度言えば分かるんだ」

私はこっそり溜め息をついた。

侯爵、公爵家での年頃の娘は私ともう一人。でもそちらは既に婚約済みである。

別に伯爵家や男爵、子爵家でも構わないハズなんだけど（一回ウチや他の公爵家に養女に出せばいいし）。

未だに昔の約束ごとを律儀に守ろうとするシェーン様は融通が利かないわよね。

でも、こんな誠意も愛情もめっちゃありますーみたいな感じでも、ゲーム内ではしれっとヒロインと真実の愛を見つけたと言って速攻で婚約破棄してくれましたけども。

当事者になると分かるけど男性不信になるわよアレは。うーやだやだ。

好きな人に突然裏切られるのは辛い。

そんな思いをするなら一生独り身がいいわ私は。

「シェーン様、とりあえず何か飲み物でも頂いてゆっくりしましょうか」

「そうだな」

私は差し出された腕に手を絡めると、デザートの乗っているテーブルに足を向けるのだった。

この日はミーシャもご機嫌、私もダンスも踊らずにすみ美味しいデザートが食べられてご機嫌、というすこぶる満足の行く一日であった。


「『……これからは、キミと二人で生きていく。一生キミだけを愛してるよ……』テケテンテンテンテンテンテンテンッ♪　つるららでーきあーいマジーック？♪　花が示す恋人〜たちのラブロード〜♪」

「――だからノリノリで台詞パートやドラムパートも入れて歌うのは止めれ」

かっこんかっこん木槌を振るっていると、ミーシャが後ろでしゃがみ込んで私を眺めていた。

「あらミーシャ、盗み聞きはよくないわよ？」

「あんな大きな声で歌ってるのを盗み聞きと言うのならば、もう何も言わないわ。ところでその網はなあに？」

「ああコレ？　トロロが先日ようやくキャットタワーの上まで行けたのよ！」

「んん？　良かったじゃない！　……それで？」

「ササミジャーキーをくわえて一番上から落ちたのよ、足を踏み外して。だから危ないから、落ちてもいいように周りにネットを張ってるの」

「……ルシア、貴女この妖怪猫モドキを本当に痩せさせたいと思ってるの？　落ちる以前にネットをハンモック代わりにして爆睡してるじゃない」

ミーシャが既に完成した方のネットをぶらんぶらん揺らした。

もうミーシャの存在にもすっかり慣れているのか、トロロは揺らされるまま起きる気配もない。

「ほら、トロロは機敏に動けない体だから、受け身が取れないと怪我するし」

「セルフクッションが標準装備だと思うけれどそれはまあいいわ。それより今日はお菓子作りの後で来るんでしょ例の子？」

「え？　ああエリザベスのこと？　そうね、もう三週間を切ったからフェスティバルの提出予定作品を試食して欲しいんですってよ。私は何にすればいいのかしらねぇ……」

ジジが運んで来たアイスティーを飲みながら首を捻った。

「ほら、ミーシャは何作っても失敗しないけど、私は元がガサツだから、味はともかく見た目的にアメージングなモノが多いじゃない？」

「確かに味はいいのよ。味は問題ないのよ。だけど、どのぐらい参加者がいるか分からないけれど、見た目がアレだと得票率もアレだから、ベストスリーにも食い込めるかと聞かれると、アレよねぇ」

「指示代名詞の連呼で曖昧にしないでちょうだい。やっぱり私には無理なんじゃないかしらね、ミーシャと競い合うレベルっていうのは……あ、今日のマスカットゼリーも美味しいわー」

「ありがとう。フレッシュフルーツ入れるとゼラチンがなかなか固まらな……いや呑気に貪ってるんじゃないわよ。エリザベスのレベルも趣味というのがどのぐらいのものか確かめないとならないし、ルシアも気合い入れないと駄目よ！」

「気合いだけはいつでもあるのよ。ほら呑気に漂ってるアヒルが水面下ではめっちゃ水かきしてるみたいな」

「……いえ、チャンスはまだあるわ。ルシアはやればできる子なのよ。シェーン様に褒めてもらったお菓子は？」

「えーと、クッキーかしらね」

「ちょっとシンプルすぎるわね……他には？」

「……こないだのエクレア？」

「あれは固すぎてお年寄りには向かないわ……まあ焼き菓子でいいとして、もっと派手な……マカロン、そうよマカロンがいいわ！　カラフルにすれば焼き色誤魔化せるし、見た目が可愛いし、お年寄りにも子供にも受けが良さそうじゃない！」

「あんなオサレなスイーツ私にできるのかしら……」

「意外と簡単なのよアレ。メレンゲを泡立てるという大好きな力仕事もあるわよ。それにできるのかしらじゃなくてやるのよ。マカロンぐらい出さないと私のチョコトリュフに迫れないわ」

「あー、美味しいわよねぇミーシャのチョコトリュフ……ココアのとナッツがまぶしてあるのが特に」

「あの口どけの柔らかさと甘さ控えめ具合は私のオリジナルだもの。コンパクトで食べやすいのは基本だし」

「マカロンねぇ……確かに見映えもいいし、視覚的には華やかよね。……今日はそれにしてみる？アーモンドプードルはあったわよ確か」

「やあね、エリザベスが来るのに勝負アイテム出してどうするのよ。今日はそこは無難に……無難に……えーと、何が無難なのルシア？」

「親友の研ぎ澄まされた言葉の刃が結構刺さるわ。体は鍛えてても心まではノーガードなのよ私。無難にクッキーでも焼くわよ」

「……悪かったわ。別にルシアが悪いんじゃないもの。貴女の天性の不器用さが問題なだけなのよね」

「優しい言葉をかけたつもりでより傷口を抉るケースもあるのね。無意識のディスり参考になったわ。さて時間もないし、急いでシャワー浴びて来るから待ってて」

私は椅子から立ち上がると、早足で汗を流しに浴室へ向かった。

「ルシア様にミーシャ様。本日はお時間を作って下さってありがとうございます！」

私がシャワーを浴びてクッキーを作り、さほど失礼でないジャージーの紺のワンピースに着替えた頃に、エリザベス・ベクスター嬢がフワフワした薄いピンクのチェック柄のワンピースでやって来た。

可愛いわねえ。妹がいたらこんな微笑ましい気持ちになるのかしら。

「いらっしゃいエリザベス様……エリザベスと呼んでもよろしい？　堅苦しい感じは苦手なのよ私」

フェルナンドに連れられて居間にやって来たエリザベスは笑顔になり、

「勿論ですが、よろしければリズと呼んで頂けますでしょうか？　デビューしたばかりで友達もおりませんから、その方が親しげで嬉しいのです」

うむ、エエ子やないか。

「嬉しいわ。それじゃリズ、どうぞお座りになって」

「ありがとうございます」

ちょこん、とソファーに腰掛けたリズも小柄である。

「リズ、不躾だけれどヒールを履いてないと小柄ね。身長どのくらい？」

「一五三センチですわ。もう少し伸びて欲しかったのですけれど……」

「ミーシャ。貴女は一五十センチくらい？」

横に座っているミーシャに尋ねると、

「一五一センチよ」

「二人とも小さくていいわねえ」

一六五センチは日本だったらごく普通だが、こちらの世界では結構高い。

ヒールを履いて一七十センチを軽く越えるか一六十センチそこそこかというのはかなり与える印象

が違うのだ。

「背が高いと脚も長く見えますから、私はルシア様の方が羨ましいですわ」

「そう？　でも男性に気を遣わせる身長だわ」

シェーン様は一八十センチ以上はあるから、隣でヒール履いていてもなんてことないけど、一七十センチ前後の男性は意外と多い。

これから婚約破棄して新たな愛を探すにしても、大柄よりは小柄な女性が好きだと言う殿方は多いだろう。見下ろされるのは嫌だとかプライドもあるだろうし。

まあ独身を貫くというのでもいいんだけれどね、死なないのなら。

ぼんやりそんなことを考えていると、

「それで、本日はエッグタルトをお持ちしましたの。お気に召して頂けると良いのですが」

いそいそと籠からタルトを取り出すと、ふわっとバターの香りが広がった。

「ありがとう！　楽しみだわ。私のクッキーも……少し形が崩れたけれど食べてみて。ナッツを沢山入れてみたの。ミーシャはマスカットゼリーを持ってきてくれたけれど、これ全部食べたら太りそうよねえ。ふふっ」

「ナッツ大好きですわ！　果物のゼリーも！」

嬉しそうにテーブルを眺めるリズは、早速クッキーに手を伸ばした。

私もエッグタルトを食べる。美味しい。何でみんなこんなに楽々と完成度の高いお菓子が作れるのだろうか。不思議で仕方がない。

「ルシア様、クッキー美味しいですわ。素朴な感じで子供たちも好きそうですわね。フェスティバルにはクッキーを？」

「いえ、――まだ考え中なのよ。私は不器用だから早めに決めて練習しなくてはいけないのだけれど」

マカロンの話をうっかりしそうになったらミーシャがゲジ眉の殺し屋みたいな視線を向けたので、慌てて誤魔化した。

「……左様でございますか。楽しみですわね」

リズは勉強熱心なようで、自分のエッグタルトも舌触りはどうか、甘さはちょうどいいかなど色々聞いて来てはメモをしている。

ミーシャのマスカットゼリーも、ゼリーの部分にもマスカットのエキスが使われてて固めるのは大変だっただろうとか、普段はどんなモノを作ることが多いかなど質問をバンバンと飛ばされて、ちょっとタジタジとしながらも趣味の話なので楽しそうに二人で熱心な菓子トークを繰り広げている。

女子がきゃいきゃいしてるシーンを見ると、一緒にいるだけで友達って感じで嬉しい。ぼっち生活が長かったのでちょっとこの空間にうっとりしてしまった。

お茶会などにはいくつも参加したが、屋敷に来てくれたのはミーシャとリズだけである。好きなお菓子については私も参加できるので、ちょいちょいと相槌を打ったり、どこそこのショートケーキが美味しいのよとか、ごく普通の会話を交わしたりした。

思ったより長居してしまったと気づいたのか、ハッとした顔をしたリズが、

「申し訳ございませんついこんな時間まで！　そろそろ帰らないと家の者が心配しますので、本日はこれで失礼させて頂きますわ。また改めてお伺いしてもよろしいでしょうか？」

「喜んで！　そんなに気を遣わないでいつでもいらしてね」

「リズ、またお会いしましょうね。ごきげんよう」

ペコペコと頭を下げて帰って行ったリズを見送った後、ミーシャは苦笑した。

「リサーチかけてきたわねあの子」

「……え？　リサーチ？」

私は何のことか分からず問い返した。

「やあねルシア、筋肉が脳にまで回ったの？　あの子、私たちがフェスティバルで何を出すのか気になって仕方ないって感じじゃなかった？　今日は探り出せなくてガッカリしてたわよ。きっと優勝狙ってるのね。嫁入りに箔がつくしねえ」

「筋肉を病原菌みたいに言わないで欲しいのだけど。なるほど。敵の視察も兼ねていたのね。出すもの被ったりしたら困るものねえ」

私は頷いた。

「そうね、あとはライバルのスキル確認ね。多分今のところルシアは敵じゃないと思われたわよ。……ルシア、マカロンだけは何としてでも上達してもらうわよ。私の全パティシエ能力を注いでみせるわ。宝石のような煌めくマカロンを作って、フェスティバルまでには期待の流星現わる、ぐらいまで進化させるわ！」

「流れ星って落ちるんだけどそこのところは」

「じゃあ彗星でいいわよ」

「アレも元は塵とかなのだけど……まあロクな例えがされないのは私の実力のせいだわね。頑張るわ私」

「そうよ！　あのアライグマだって日々努力を重ねて、キャットタワーの上まで登れたじゃない。ダイエットも頑張ってるように見えなくも……なくもないわ。いつかは猫に戻れるかも知れないし」

ミーシャはガードネットをハンモック状態にして爆睡しているトロロを指差した。

「現在進行形で猫なう」

「別に猫でなくてもアライグマでもオオサンショウウオでもいいじゃない。ルシアの家族であることは変わらないいんだから。いやトロロの話はいいのよ。コレの進化よりもルシアの進化が喫緊の課題なのよ。明日からもっとマメに来るようにするから、マカロンの材料どっさり仕入れときなさいね」

「……はーい」

ああ、どうして食べる側じゃなかったのかしらねえ。

私は溜め息をついて空を見るのだった。


「なあグスタフ」

「はい何でしょうかシェーン様？」

「先日、たまたまルシアの家に顔を見に行ったんだがな」

「たまたまって……いつものことですよね？　遠回りになっても、ルシア嬢の屋敷のそばを通るルートでしか最近では視察もして頂けませんし」

「それぐらいは権力を使わせろ。それはともかく、屋敷の使用人が何故か全体的に丸みを帯びたというか……脂がのった感じになっていたんだが、何故だろうな」

「肥えたということですね。それがどうかしましたか？　――ほら書類をさっさと片付けて下さい」

「分かってる。……いや、それにだな、去年は直前になって急なギックリ腰だか座骨神経痛がどうとかで参加しなかったのに、今年はやけにやる気満々だと思わないか？　スイーツフェスティバル。とうとう王宮に入る心が決まって、上位ランクになって箔をつけて嫁入りする気持ちになったとか」

「――ルシア嬢が？　ははははは、面白い冗談ですね。はいはい仕事して下さい仕事」

「真顔で笑うな悲しくなるから」

「シェーン様も、生活苦でずっと家族として大事にしていた鶏を食卓に上げる日がやって来たみたいな顔で恋愛相談しないで頂けますか」

「む。そうか、すまない」

ぐにぐにと私は両手で顔をマッサージする。

もう少し表情豊かであれば、ルシアも私に寄り添ってくれるだろうか。

「シェーン様、愛しています！」

とか言ってぎゅっと抱きついて来たら、もう正直その場で押し倒すかベッドで押し倒すかの二択しかない訳だが、何しろ嫌いじゃないけど結婚はしたくないと言われている。切ない。婚約破棄などするつもりは一切ないが、どうせならば政略結婚という渋々コースより、ラブラブ恋愛結婚コースがいいに決まっている。

「……どうすればルシアが前向きに結婚してくれる気になってくれるんだろうな」

「ルシア嬢の場合、王族を嫌がっているというよりは、何かに怯えてるような気がするんですけどねえ」

　グスタフがペンを走らせる手を止めて首を捻った。

「私は決して暴力は振るわないぞ？　父上も怒りっぽくもないし、ネチネチいびるような親族もいない」

「いえ、そういうのではなくて……うーん、もっと潜在的な恐怖心みたいなものが時々……自分の勘違いかも知れませんが」

「……グスタフは私より人の心の機微には通じてるからな。怖がらなくても私が守るから心配無用なのに」

「まあ徐々に探ればいいのではと。ところでそろそろお茶でもと思うのですが、引き出しにしまい込んでいるココアクッキー、いい加減出してくれませんか？」

「駄目だ。これはルシアが珍しく形も味も大成功だとくれたんだ。私が全部食べる」

「最近雨続きで湿度高いですからシケりますよ？　どうせ【皆様でどうぞ】って言ったに決まってるのに、独り占めしようとしてせっかくのクッキーをシケらせてしまったら、きっと泣いちゃいますよ彼女。ひどいわっ、せっかく成功したのに～って。あー、シェーン様嫌われちゃうんですかねえ」

　呼び鈴でやって来たメイドにお茶を頼むと、グスタフがわざとらしく溜め息をついた。

「――どうしてルシアの言ったことが分かるんだ」

「ダテに長いこと側近やっていないもんでね。ルシア嬢の思考パターンもシェーンの思考パターンもお見通しなんだよ。ほれ出せ。すぐ出せ。疲れて甘いものが食いたいんだよこっちは」

　休み時間になると途端に扱いが雑になるグスタフに苛立（いらだ）ちつつも、確かに美味しいものを不味くするのはよくないな、と引き出しからルシアのクッキーを出した。

メイドがお茶を運んでくると、早速という感じで油紙を中に敷いた紙袋に入ったクッキーを取り出した。

「……へえ、動物の形か。この走ってる犬とかよくできてるな」

グスタフが感心したように言う。

「違う。それは立ち上がったクマだ」

「え？　ああそうなんだ。え、じゃこれは間違いなくタヌキだろう？　腹がポッコリしてるし」

「貝を抱えたラッコだ」

「……なあ、これは絶対に犬だろ？　な？」

「惜しい。トロロだ」

「すまん、どこが大成功なのか聞いてもいいか？」

「動物であるという原型が保たれている。その上殆ど焦げてないし美味い」

「生き物という大きな情報以外は本人の意図した形が全く伝わってこないけどな。……ん。まー確かに美味いけども」

サクサクと音を立ててグスタフが一枚また一枚と食べていく。

「おい、あんまり食うな」

私も慌てて手を伸ばす。

ああ、ルシアの手で作られたクッキーだと思うとそれだけで幸せだ。甘いのは苦手だがルシアの作るお菓子はいつも甘さが控えめで私の好みである。

「シェーン、ルシア嬢は本当にヤル気満々なのか？　一応見映えとかも投票には関係すると思うんだが」

「今回は三位以内を狙っているそうだ」

「……そうか。うん、まあ何が出て来るか分からないけど、俺は心から応援する。だが、選ばれなかった時の慰め方も勉強しておいた方がいい」

「──必要か？」

「八割は必要な気がする」

グスタフはそう言いながらも五枚のクッキーを平らげ、味はいいんだよ味は、と呟いていた。


チャリティースイーツフェスティバル当日は空気もサラッとして、気温はそれなりにあるが、体もベタつかないカラリとした晴天だった。

朝イチで会場で受付して参加者の番号札をミーシャと貰うが、どうやらランダムに配布しているらしく、ミーシャは五番なのに、私は十三番だった。

何やら不吉な番号でちょっと先行き不安である。

実際の参加予定者は二十一人もいるそうだ。

「……五人の参加者とかで上位三位までならワンチャンありそうだけど、二十一人もいたら無理だってば私」

私はミーシャに半泣きで訴えた。

「五人中で三位なんて参加賞レベルじゃない。大丈夫よ、マカロン美味しいし見た目も可愛いし！最悪プラスアルファで色仕掛けもありかとメイクもバッチリ決めて来たじゃないのよ」

そう。私は肌も荒れるし面倒臭いので、普段は最低限のメイクしかしないのに、今回はミーシャが気合いを入れまくってとても綺麗にしてもらったのだ。

きつめの顔立ちがピンク系のシャドーで柔らかい印象になり、髪の毛もアップにして編み込みをし、邪魔にならないようにしてある。

白いレースのエプロンは明らかにやりすぎな気もするが、若草色のワンピースでお淑やかなエエとこのご令嬢感も出ており、鏡を二度見した程だ。

会場を見ると、私以上に気合いの入った子たちがせっせとマイテーブルに自分のスイーツを取り出して飾り付けている。

肝心のマカロンは、上手く作れるようになった。クッキーより完成度は高くなった程だ。

あれ、そういえば、と思い出したようにミーシャが言った。

「リズも来てるのよね？　何にしたのかしら。やっぱりエッグタルト？　でもあれだと会場でシュガーパウダー振るくらいしかやることないわよねぇ？　時間が余らない？」

リズから手紙は何度か来たのだが、当たり障りのない内容ばかりだったし、スイーツフェスティバルの出し物はみんな当日まで内緒にすることが多い。

「そんなの分からないわよ。でもあの子も勝ちに行くつもりだろうから、違うの出して来そうよね。確かに先日のエッグタルトは美味しかったけど、余りひねりがないものねえ……」

そんな話をしていたら、タイムリーにリズの姿が見えた。

「ルシア様！　ミーシャ様！」

と声が聞こえて、パタパタと小走りでエリザベスがやって来た。子リスのようである。

「まあリズ！　ごきげんよう。朝から元気ねえ」

私は緊張して寝不足だと言うのに、ツヤツヤほっぺにぱっちりおメメ。メイクもナチュラルでとても愛らしい。

まあミーシャには敵わないけれど、リズも小柄でかなり目鼻立ちが整っている。守ってあげたいタイプの女性って、リズやミーシャみたいな人を言うのよね。

「今日は頑張りましょうね！　私は、色々試したんですけど、プチタルトにしました！」

テーブルに案内されると、皿にイチゴやチェリー、葡萄などが乗った美味しそうな一口サイズのタルトが所狭しと並んでいた。宝石のようにキラキラしてる。

彼女のテーブルには七番の札が置いてあった。

私のチェーンソーを持ったホッケーマスクの男しか連想できない番号と比べると、見た目も運も既に負けてるような気がする。

「美味しそうね！　私はマカロンで、ミーシャはチョコトリュフなの。後で味見させてね」

「ええ、私もお願いしますね！」

リズはにっこりと笑うと、またテーブルのセッティングに集中し出したので、私とミーシャも後でね、と目配せしてそれぞれのテーブルに向かう。

（さあて、と）

私は自分の番号のテーブルに到着すると、各種クリームやマカロンの入ったケースを取り出す。

五種類作ってみた。抹茶、紅茶、コーヒー、オレンジ、イチゴをベースに練り込んだマカロンは、甘さ控えめ&カラフルである。シェーン様が食べやすいように間に挟むジャムやクリームも、それぞれ甘さを抑えて香りを楽しめるようにした。

私はぺったらぺったらとバターナイフでジャムやクリームを塗っては挟み、塗っては挟みを職人のようにこなしつつ、別にシェーン様のためだけにそうした訳じゃないのよ、と心で言い訳をする。カロリーも抑えて女子にも受けがいいようにしたかったもの。使用人たちもむちむちしちゃったし。

誰に言い訳してるのか自分でも分からない。

シェーン様には甘くて食べられないスイーツを沢山作って、私の好感度を下げまくった方が婚約破棄してもらうのも前向きになってくれるかなとは思うのだが、私個人もそんなにでろ甘なスイーツは好きではないし、美味しいと思ってもらえないと食べ物も可哀想だ。

それに、本当に美味しいと思ってる時のシェーン様は、激レアの「E難度」の無表情になることがあるのだ。秒で戻るが一瞬口角までかなり上がるのだ。

とはいっても、コケそうになった人が踏んばって回避できた時に浮かぶホッとした表情に近い程度なのだが、何しろシェーン様は普段から眉間にシワがデフォルトのような人である。落差が激しくてちょっと胸がきゅんとなる。

まあベースの完成度が元からメイン攻略キャラなだけある。目に優しくない眩しさを放つのだ。

……いや、私の前世での推しは穏やかタイプの司書のハーバート・ケリガン様だったので、ツンの要素が高いシェーン様は特に何とも思っていなかったのだが、人間ギャップ萌えというのはあるものである。

こちらの世界に転生して、これもアリだわと思ったんだけど、私に悪役令嬢の縛りがあるならば、いつ何が起きるか分からない。

何しろ前世での恋愛経験がゼロだ。うっかりシェーン様を好きになってしまって、後で現れた女性に惚れてポイ捨てされるように婚約破棄されたら、正直立ち直れる自信がない。

命も大事だが、恋愛メンタルが虚弱体質なので、やはり私には危なげない婚約破棄が一番なのだ。少なくとも心穏やかに天寿を全うできる。

よし。やっぱりここはスイーツフェスティバルを終わらせたら、また婚約破棄に向かってひた走ろう。

私はアプリコットジャムのついた指をぺろっと舐めて、誓いを新たにした。


「シェーン様、分かってますか？　公平に審査して下さいね。ルシア嬢を贔屓したらダメですからね？」

「当然のことを言うな。審査に不正は良くない」

私は頷きながら馬車を降りた。

しかし、このところルシアが熱心にお菓子作りを頑張っていたのは、使用人たちの体がみるみる膨らんでいったことでも分かる。

また以前の体型に戻ったようだが。きっとルシアのように運動したのだろう。

あそこの使用人がスイーツに目がないのは昔からだが、ルシアを全面的に支援するのも昔からである。

「うちのルシアお嬢様は、何故か見ていて飽きないと言いますか、普通のご令嬢とまるで違うと言いますか……。本音を申せば、いっそ結婚などせずにのびのびとこの屋敷にいて下さればよろしいのにと思います」

と以前執事のフェルナンドが呟いていたが、ちっともよろしくない。そんな本音は一生しまっておけ。わざとらしく婚約者の前で言うな。

私がああそうかと婚約破棄でもすると思っているのか。絶対にしないからな。

ルシアが性格も良くて、可愛くて優しくて味わい深い——というか考えが読めない——稀有な女性だというのは私だけが知っていればいいことなのに、使用人たちは一番長い時間をルシアと過ごしているため、ルシアの素晴らしいところが常時だだもれになってしまっている。

グズグズしてると他の貴族のバカ息子どもに付け入る隙を与えかねない。さっさと自分のモノだということを広くアピールせねばと思うのに、王宮での堅苦しい生活が向いてないから、とちょいちょい婚約破棄に持ち込もうとするルシアのせいで、甘々なムードにすることもままならない。

ルシアは世界一可愛いし、それだけでも充分なのに、もし見た目も味も完璧なスイーツなんか作れるようになってしまったら、向かうところ敵なしではないか。

グスタフは勘違いをしているようだが、私はフェスティバル上位に入れる程お菓子作りが上手いルシアなど求めていないのだ。いつも作ってくれているような、少し焦げてたりするクッキーとか、皮の固いシュークリームやエクレアでいい。元々味は美味いのだから。

それよりも「シェーン様愛してます」とか「ずっと一緒にいたいのです」とか、そういう甘い言葉が貰えたならば、それだけでもう天にも昇るような気持ちになって、何でもできそうな気になる。あのルシアからそんな言葉を引き出すのは、これまた恐ろしく難しい。だが諦めてなるものか。

しかし何故にああもルシアは可愛いのか。一日中そばで見ていても、飽きるどころか永遠に眺めていたい。

今日は三日ぶりにルシアに会えると思うと、胸がドキドキして落ち着かない。

私の様子を窺っていたグスタフが、

「……これからくさるほど甘いモノを食べて審査するんですから、もうちょっと甘い顔はできませんかシェーン様」

「む。また不機嫌そうか？」

私はむにむにと頬っぺたを揉んだ。

「まあ俺から見ればかなりご機嫌に見えますが、王子のことを分かってない人間からすれば、下ろし立ての靴で歩き出して早々に馬糞(ばふん)を踏んづけて、どこに怒りをぶつけていいか分からない、という感じでしょうか」

「……表情で気持ちが伝わらないのもしんどいものだな」

「本来ならば『王族が表情を読まれないようにするのは政治の場では基本』ですけども、常時だと確かに困りますね。特にルシア嬢や……まあ主にルシア嬢には。これから会場に入りますので、ちっさいルシア嬢が常時肩に乗っていると思って、落とさないようにゆっくりと歩いて、できる限り眉間のシワを伸ばして、どんなに不味いものを食べても凶悪な顔をしないようにして下さいね。出場者はまだデビューしたての若いご令嬢です。穏やかな顔を意識してないと泣かれますからね？　――聞いておられますかシェーン王子？」

……手乗りルシア。いや肩乗りルシアか？　どっちでもいいが、なんて可愛い響きだろうか。そんな愛らしいものが私の肩にいるなんて、考えるだけで動悸が激しくなるではないか。

(シェーンたま。ルシアはねぇ、プリンさんがしゅきなの。つるんとしておいしーの)

(――そうか。私も食べてみていいか？)

(うー。……一口だけよ？　はい、あーんしてね)

(分かった。あーん)

「――どんな想像してるか知らないが、俺の前で目をつぶって口を開けてんじゃねぇぞシェーン。俺がシェーンとただならぬ関係になっているとか噂が広まったら、一生恨んでやるからな？」

いかん。余りに幸せな想像すぎて、つい夢の世界でちっさいルシアとたわむれてしまった。咳払いをしてグスタフを見つめて謝罪した。

「すまない。いや、しかしグスタフも悪いんだぞ？　手乗りルシアなんて可愛いものを妄想させようとするから私はだな――」

「誰が本当に妄想の世界へ旅立てと言った！　あくまでも【いるつもり】で険しさを薄めろと言ったんだよ！」

「こらこら、仕事中に素の口調に戻ってるぞグスタフ」

「それもこれもシェーンのせいだろうがっ！　……大変お聞き苦しい言葉遣いをしてしまい申し訳あ

りません。イメージ作りは万全のようで眉間のシワも消えておりますので、そのまま参りましょう」

額に手をやり、いつもの冷静さを取り戻したグスタフが私を促した。

「む。そうか。では行くか。……ちなみに手乗りルシアの方はそのまま想像しておいてもいいだろうか？」

「……肩乗りルシア嬢ですね。ええ構いませんが、語りかけや先程のような行動はくれぐれもお控え下さい」

（ルシア、怒られてしまったな）

（シェーンたま、ルシアは応援してるから！　がーんばれ、がーんばれ！）

（ルシアにそう言われたら頑張るしかないな。私は精一杯努力するぞ、ルシアのために）

（わーい、シェーンたまだいすきー♪）

（私の方が大好きだぞ。はっはっはっ）

「……分かった」

「言ってるそばから既に脳内で語りかけが発生していませんかシェーン様？」

「いや気のせいだ」

なんと鋭い男だ。我が友人ながら時々怖くなる。

「……まあいいでしょう。顔もそのままキープでお願い致します」

「努力する」

会場で他の一般の審査員である施設の老人や孤児院の子供たちにまざり、やたらと甘ったるい匂いの漂うお菓子を試食しなくてはならないのは苦痛だが、手乗りルシアに癒してもらえばオールオッケーである。

……本物のルシアに癒してもらいたいが。


「――ルシア、審査員の反応はどうだ？」

私は小さな子が持ってきた紙皿へマーマレードを塗ったマカロンを乗せ、「美味しかったらおねーさんに点を入れてね～♪」と営業しつつ手を振っていると、背後から重低音のシェーン様の声がした。

グスタフ様も一緒だ。

「まあシェーン様いらっしゃいませ！　まあまあと言った……あの、審査お疲れなのでは？」

振り向いた私は、辛うじて無表情Bを保っているような疲れきったシェーン様の顔を見て、慌てて二人に休憩用に提供されていたイスを勧めた。

「――悪いな。少しだけ休ませてくれ」

イスに座って深く溜め息をついたシェーン様とグスタフ様に、家から持ってきていた無糖のアイスコーヒーを紙コップに注いで出した。

「シェーン様は甘いものが苦手ですものねえ。グスタフ様も苦味で口の中をリセットした方がよろしいですわ」

「……すごく有り難い」

「ルシア嬢、俺まで申し訳ないが、もう口の中が甘ったるくて限界だったよ。ほんとに助かる」

二人は嬉しそうにコーヒーを飲んだ。

「ルシアのマカロンは、味がそれぞれ違うのか？」

一息ついたのか、シェーン様がテーブルの皿に乗っている色とりどりのマカロンを眺めた。

「そうですね。マーマレードやチョコレート、コーヒークリームにピスタチオクリームなど、色合いもカラフルにしましたの。あ、ですがそんなに甘くありませんのよ。こちらのコーヒーのマカロンお一つ如何ですか？」

「貰おうか」

シェーン様が端っこから一つ指でつまむと、口に放り込んだ。

「美味いな。見た目も綺麗で子供受けも良さそうだ。甘みもほんのりで食べやすい」

「俺はこのピスタチオの奴を貰おうっと。――ふーん、本当に全体的に甘さが控えめみたいだね。生地のところもクリームのところも甘いのがさほど得意じゃない俺でも平気だ。ルシア嬢がいつもシェーン様に差し入れるクッキーは好みだけどね、バターの風味が強くて甘くないから」

「今回ウチの使用人が試食のせいで一時的に太ってしまいましたから、普通よりかなり砂糖を少なめにしております。クリームなどで甘味が感じられる程度ですわ。子供とお年寄りには甘い方がいいのかも知れませんが、健康も大切ですし」

「いや、甘味が強すぎると味が分からなくなるから、ルシアの作る味の方がちょうどいいな。――だが贔屓をするつもりはないぞ。審査はフェアにやるからな」

シェーン様は常に公平であろうとする真面目な方である。融通が利かないと言われることもあるが、私はそんな真っ直ぐなシェーン様に好感を持っている。

「当然ですわ！　贔屓をされて勝ったところで虚しいだけではありませんか。きちんと審査して下さいね」

「――ああ」

「さ、シェーン様、そろそろ残りのご令嬢たちの作品の審査に参りましょうか」

「分かった。それではまたな、ルシア」

「はい。お気をつけて」

頭を下げて見送った私は、シェーン様が歩きながらなぜか度々右肩を気にしている様子を認めた。

肩でも痛めておいでなのだろうか？　と少し心配になったが、おばあちゃんがマカロンを試食したいと声をかけてきたため、接客に集中することにした。

ふと顔を上げると、少し離れたテーブルでチョコトリュフを配っているミーシャが見えたが、彼女のところが一番活気がある。

まあそりゃーあれだけの美人でスイーツも美味しいんだもの、鉄板よねえ。

リズのところもなかなか盛況である。タルトは私も大好きだし人気があるのも頷ける。

そしてまた彼女も大変可愛らしい。

他にも二、三、テーブルに人が群がっているところがあるので、私の表彰台はなさそうだ。

「お菓子の見た目が良くても、甘味が少ないと子供とかには不利かも知れませんわ」

とジジが言っていたけれど、シェーン様が食べることを考えるとちょっとねえ。

長いことシェーン様のためにクッキーを焼いたりしていたので、彼の口に入るものに対して体が甘すぎるモノを作るのを自然に拒否してしまうようだ。

た。

（これも婚約破棄したら自然に治るのかしらねえ）

私はポツポツと試食をしに来る審査員の人たちをもてなしつつ、ぼんやりとそんなことを思っていた。

これまた不思議なことに、表彰台は無理だと諦めていたのに、投票が終わってみたら、それがしはなんとなんと！　得票数で三位に入れたのでござる。身に余る光栄。

……いけない、余りに動揺してソウルに侍が乗り移ってたわ。

勿論一位はぶっちぎりでミーシャだった。二位にはエリザベス。

やはり趣味を高めたものは強いのだ。

私には順当なものだと思うのだが、発表時にちょっとザワワザワワとしていたのは、「次期王太子妃が一位ではなく三位ではお立場というものが」ということだったらしい。やだもー、私の料理スキルで一位なんか取ったら、それこそ二〇〇％ヤラセじゃないの。

それに、本来なら私は参加賞レベルの腕だったのを、パティシエミーシャ先生の情け容赦のないしご……愛のムチのお陰で、何とか三位まで食い込める腕にして頂いたのである。

感謝こそすれ、立場がどうとか余計なお世話というものだ。

クッキーオンリーだった私のレパートリーに、エクレアとマカロンというお洒落(しゃれ)なアイテムが加わったのは、ミーシャの努力の賜物(たまもの)だし、私にとってはミーシャとリズとも抱き合って喜べて超ラッキーである。

この仲良しアピールで、私がミーシャを虐めるようなことはないというアリバイにはなるだろう。

アリバイと言うと、何だか犯罪を犯す前提のようで、頭にほっかむりをするような後ろめたい気持ちになるが、先々のミーシャ虐め事件の首謀者にならないためには大切なことである。

「――ルシア、今回は頑張ったな」

私がテーブルの片付けをしていると、改めてシェーン様がグスタフ様とやって来た。いや、さっきも表彰式で言うてましたやんかシェーン様。

「ありがとうございます。まさか三位に入賞するなんて思ってもみませんでした」

「……私もだ（そんなに頑張られると周りの男に目を付けられるだろうが。もっと下手でいい下手で）。今までのルシアからは想像もできなかった」

私はさっきのザワワも思い出して、ハッと顔を上げた。

「それですわ！　次期王太子妃としては三位というのは私もダメではないかと思うのです！　ええ。ですから、ここは丁度いいディスりポイントですので『一位も取れないようでは、次期王太子妃どころか次期王妃としても周りの手本にはなれんな』と吐き捨てるチャンスですわシェーン様。公衆の面前でのシェーン様に非がない婚約破棄の絶好の機会です。ちょっとワンクッションおいて棒立ちの上で、目元をハンカチで押さえて『謹んでお受け致します』と即答致しますので、ここはどうか一つ。どうか一つ」

「――だから何百回も繰り返しているが婚約破棄はし、な、い、と言っているだろう。何がどうか一つだ。親族の借金のお願いじゃあるまいし」

無表情Aになったシェーン様を見て、この堅物には婚約破棄という余りよろしくない響きのワードが良くないのではないかと考えた。確かに大きな理由がないと、いくら王子とはいえ非難される可能性はある。ゲームでは気軽にほいほい婚約破棄していたが、リアルではそうもいくまい。

　私が個人的に令嬢にあるまじき大工仕事や大道芸をしたり、オッサンのような格好で屋敷でくつろいでいても、独特な趣味嗜好、というくくりでそれを理由に婚約破棄を、というのは私もスイートな考え方だったかも知れない。

　ちょっとだけ冷静に考えてみよう。

　例えば前世の日本で私がネット相談やＳＮＳ等で、

「顔も良く性格もいい、身分もこれ以上ないぐらい高い男性と婚約をしていますが、彼と結婚すると九割方断罪され、ギロチンか監禁凌辱、拷問輪姦轢死コースなので婚約を破棄したいと思っています。何かいいアドバイスをお願い致します」と相談した場合、一五〇％の高確率で「病み属性乙」「心の闇が深い」「モテ自慢かふぢこふぢこ」「むしろバッドエンド待ち」などと回答が来て、それに三億ぐらいのイイネが付くだろう。親身になってくれた人でも、せいぜい何件かの精神科クリニックの電話相談窓口のコピペがいいところだ。

　逆に、これがシェーン様の立場ならどうだろうか。

「顔はそこそこの女性と婚約中ですが、料理は下手だし、男みたいな格好で木槌で釘を打ってたり、腹筋が割れるぐらいのウェイトトレーニングをしたり、女性としての魅力に疑問が残ります。ただ家と家との関係に伴う婚約なので、そう簡単には婚約破棄をしたいとは言えません。どうすればお互い傷も浅い状態で白紙に戻せるでしょうか？」

　と相談した場合、当然ながら「もげろ」「結婚できるだけ上級市民」「年を取れば男か女か分からなくなるケースも散見されるので、早いか遅いかの違い」という回答はあるだろうが、「個性をつぶす男尊女卑の考え！」「女性の腹筋が割れてて何が悪い？」「女性は料理が上手くて当然というのは、男性は筋骨隆々で身長は一八十センチ以上でお姫様抱っこが楽勝であるというのと同じで、単なる幻想であり願望である」という私に対してのフォローが来る可能性もある。

婚約破棄の要素としてはまだまだ弱いのかも知れない。

これが、メンがヘラって朝から晩まで付きまといが発生し、ふと夜中目が覚めたらベッドの横で嬉しそうに立っていただの、自分の血染めの刺繍糸でバラの刺繍をしたハンカチを三日に一回は送って来て、顔色がドンドン土気色になって来ただのがあれば立派な円満婚約破棄コースになると言えるだろう。

でもなー、トレーニングもできないわ「なのだ」な格好でくつろいだり大工仕事もトランプ芸の練習もできないわ、釣りもいく時間が取れないわ夜中も眠らずにシェーン様の枕元に立たないといけないわじゃ、婚約破棄される前に私の方がストレスでメンタルがボロボロになりそうよねえ。

一番困るのは、私には夜中起きているということができないのだ。夜十時を過ぎると、心のカラータイマーがベッドに入れと警報を鳴らす。

だが、メンがヘラるという方向性は悪くない。そんなに極端ではなくても自分にできる範囲で……。

「……ルシア、どうした？」

少々考えすぎてぼんやりしていたらしい。

「いえ何でもありませんわ。これからも頑張ります！」

「(何をだ？)……ああ、ほどほどにな」

よく分からないながらも頷いたシェーン様に頭を撫でられた。

よおし、ミーシャと作戦会議だわ！


さて、決まったとなればメンヘラ作戦について、内容を詰めなくては。

数日後、さっそくミーシャを呼び出して参考になる話を聞くことにした。

最近、ミーシャとの社交やスイーツフェスティバルで、婚約破棄活動ができていなかったけれど、このままでは破滅エンドなのだ。スイーツフェスティバルでも、何やら私とシェーン様が談笑しているところを見て、周りはあたたかい目で見ていたし、このまま外堀が埋まってしまったらと考えると恐ろしい。

今のところミーシャはシェーン様と付き合うつもりはないのかも知れないけど、何があるか分からない。ゲームの疑似世界のようなところなのだ。強制力がいつ働くかも分からないし、とにかく私は婚約破棄をしてもらってフリーな身にならなければ！

「で、折り入ってのご相談ってなあに？」

ジジが運んで来たアイスティーを飲みつつ、ミーシャは私を見た。

「ああそうだったわ！　私ね、婚約破棄のためにメンをヘラった女子になってみようと思うのだけど、インパクトが強くて睡眠時間も減らないで、まあできたら痛いのも少なめの効果的な方法はないかしらと思って」

ミーシャがガーデンテーブルをドンッ、と叩(たた)いた。

「ねえルシア、貴女メンヘラを舐めてない？　あのね、睡眠時間を削りもせず自傷行為もせず、大事な付きまといもやらずにインパクトが欲しいですって？　労多く実り少ない行動も取れないのに、メンをへラれるとでも思ってる訳？　ちゃんちゃらおかしいわよ」

「ごっ、ごめんなさい。そんなに険しい道のりだとは思わなかったわ。詳しいのねミーシャ」

「……昔、前世でいたのよメンでヘラな男が」

「まあリアルでっ？　是非ご教示をお願いします！」

　私は身を乗り出した。


「……私には無理かも」

　ミーシャから聞いた体験談は、予想外というか、思ってた以上に修羅場だった。

　一時期付き合っていた七歳上の男だったそうだ。

　トークアプリの内容は友達の分まで常にチェックされる。

　毎日朝と夜には短時間でも電話する。

　会社の人と飲みに行くとか、休みの日に友達と買い物に、というと恐ろしく不機嫌になって、その間は十分おきにアプリからメッセージが来て、急ぎでもない返事を催促してくる。その上すぐ返事しづらい長いメッセージばかりを連チャンで送ってくる。

　いきなり思い立つと平日の真夜中に電話してきて、どうでもいい内容を一時間以上ぐだぐだ喋ってくる。明日仕事だからと切ろうとすると「俺のことを好きじゃないのか」とごねられる。

　会う予定もないのに、残業帰りで疲れ切ってアパートに戻ったら、家のそばで「会いたくなったから」と凸（複数回）。

　もう無理と別れ話をしたら「死んでやる」と錠剤山盛りの画像アップして来たり、ビルの屋上から動画を送って来たりで言えない状況にさせられる。

無意味にナイフで腕の見えるところに傷をつける。それを見せて自慢げに【愛の証】とか訳分からないことを言い出す。

愛してると言う癖に、結局自分語りしかしないし聞かない。そして如何に自分が会社で虐げられてるか優れてるかアピール（数えきれず）。

――もうホラーやサスペンスの世界である。

「……あの、それ、どうやって別れられたの？」

「もう私だけじゃどうにもならないから、相手の親を引っ張り出したわ。初めはいやうちの息子がそんな、って全然信じてくれなかったんだけれどね」

合コンで知り合った時には上場企業に勤めてるし、頭も顔もいいので大人気だったそうだ。人というのは外見だけじゃ分からないものである。

相手の親に、ずっとスクショしておいたアプリのメッセージや保存していた自傷写真、自殺を仄めかす動画を見せて、ようやく信じてもらえたらしい。

その時にも嘘の用事を作って内緒で来たので、話してる間も怒濤の長文メッセージのラッシュが止まらなかったのもある意味良かったらしい。

デート名目で連れ出して、人目の多いホテルのラウンジで、彼の親も同席のもとできっちり別れて、二度と近寄らないという念書まで書かせたとのことで、その後彼は仕事のストレスもあり心を病んでたのもあって、会社を辞めて病院に入ったらしい。

「ずっと親身になって相談に乗ってくれたのが、前世で付き合ってた彼よ」

「……なるほどねえ」

メンをヘラするのも大変だわ。

「ルシアはね、メンをヘラするには闇が足りないのよ。ただ、ファッションメンヘラなら何とか偽装できるだろうけど。――でもいいの？　本当にシェーン様と婚約破棄で？　今のところフラグは感じないじゃない」

　確かに、ミーシャと仲良くしてるので、私が虐めてるだのそんな噂話も入っては来ないのだが。

「――私、怖いのよ。シェーン様は無愛想だけどすごく優しくていい人だし、私も嫌いじゃない。むしろ好きだと言ってもいいけれど……本気になった時にね、豹変（ひょうへん）して婚約破棄されるような展開があるかもと思うだけで怖い。それも自分の問題じゃなく、ゲームの強制力みたいな力がかかってるのかどうかも分からないのがイヤじゃない？　ずっとモヤモヤするもの。それに、前世を含めて初めての恋愛らしきものに絶望してしまったら、死ぬことよりも生きる気力みたいなものが全部なくなりそうな気がするの。だからリセットして、ちゃんとゲームの流れみたいなものを断ち切れたと判断できてから、きちんと恋とか愛とかを考えたいのよ。まあ王子と婚約破棄して次があるかは難しいけど、その時は屋敷でこのまま嫁（い）き遅れとしてトロロと両親とのんびり暮らすわ。仕事もできれば何とかやれるでしょうし」

「……そっか。ちゃんと考えて出した答えなら協力するわ。いつまでも怯えるのは嫌だものね」

　ミーシャは私の手をぽんぽん、と叩いた。

「あり、ありがどうぅぅミーシャぁ～」

　優しい言葉に、私は涙がぽろりとこぼれた。持つべきものは前世からの友人だ。

ミーシャはバッグからティッシュを取り出すと「とりあえず鼻をかみなさいよ子供じゃないんだから」と私に押し付けた。

涙を拭いズビビビー、と鼻をかんでいる私を見ながら考え込んでいたミーシャは、小さく頷くと、

「よし、それじゃルシアバージョンのメンでヘラな講習を始めるわよ。メモとペンを用意しなさい」

とキラキラした美貌で私に微笑みかけた。


……どうしたのだろう。ルシアがおかしい。いやルシアは前からおかしかったのだが、と言うかそこがいいのだが、今回はおかしさの方向性が違う。私は心の中で自問自答していた。

執務机に乗る山積みの書類の上でペンをコロリ、コロリ、と転がしながら、私はぼんやりと考えにふける。

私は昨日いきなり執務室に現れたルシアのことを思い出していた――。


「シェーン様が呼んでおられないのに、珍しくルシア様が来ておられますが」

ノックをして執務室に入って来たアクセルが、書類のサインに追われる私と、急ぎ・普通・ちょい先OKとついたトレイに書類を仕分けしているグスタフのところまでやって来た。

「ルシアがか？」

「ええ。ですがシェーン様もお忙しそうですし、ルシア様には日を改めていた――」

「待て待て待て。お前が決めるな私が決める」

ルシアに日を改めさせてみろ。絶対に忘れる。そしてそのまま放置される。

そして、後日私が我慢できずに訪問したら、

『まあ、そんなことありましたかしら？』

とか言いながら、あのトロロとかいう猫っぽい何かの運動用のキャットタワーの増設か、甥っ子の遊び道具を木槌でとっかんとっかん作っているに違いないのだ。

しかし、ルシアから訪問してくれることなど殆どない。こんな滅多にないビッグチャンスを逃す訳にはいかないのだ。

「イエスかウェルカムならウェルカム一択なのだが……なあグスタフ、どうにもこうにも逃げられない、本気で急ぎのヤツだけ選んでくれないか？」

「シェーン様、このトレイの前に書いてある【急ぎ】って文字読めますか？　この中ぜーんぶ急ぎのヤツばっかりですよ！　【普通】も【ちょい先】のトレイも片付けないと増える一方なんです」

「………」

「その千キロ離れた戦地で『ハハキトク』の電報を受け取った兵士みたいな切ない顔止めてもらえますかね。秘書としてはごくごく正当なお願いですからね？　おい、アクセルも何とか言ってくれよ」

「──ルシア様が、『突然で申し訳ないのですが、少々シェーン様にお会いできたら嬉しいのです。あ、いえ勿論お忙しいのであればまたそのうちに……』と仰っていました」

ルシアの『そのうちに』は、そのうちに来るじゃなくて、そのうちに忘れるのそのうちにだ。私はグスタフにすがりつくようにして懇願する。

「分かるだろう？　ルシアからの訪問が如何にレアなのか。これを逃すと次がいつ訪れるか分からないじゃないか」

「そうやってね、いつでもはいそうですかと俺が――」

「私にはルシアが足りてない」

「それは分かりますけどね、仕事はさっさと片付けてもらわないと困るんですよ。――ですから、急いで馬を走らせて戻ったけど、やっぱり母さんの死に目には会えなかったみたいな絶望感溢れる顔も止めて下さい」

「……」

「――一時間」

「え？」

「一時間だけ休憩にします。その後はみっちり働いてもらいます。いいですね？」

「ありがとうグスタフ！　アクセル、ルシアは控え室か？」

私はぎゅううっとグスタフの手を握ると、アクセルに振り返った。

「はい。控え室の方にお茶をお持ち致しますか？」

「そうしてくれ」

私は慌てて立ち上がるとルシアの待つ控え室に急いだ。

「……ルシア、珍しいな」

控え室に入ると、相変わらずどこもかしこも愛らしいルシアが、ソファーに腰かけて私を待っていた。

「まあシェーン様、わざわざこちらまでいらして下さったのですか？　本来なら私の方から執務室に伺わねばなりませんのに。本当にありがとうございます」

立ち上がり頭を下げたルシアは、よく持参するクッキーを私に手渡した。

「今日のクッキーは砕いたアーモンドを入れておりますのよ。焦げ目もほぼないですわ！　よろしければグスタフ様やアクセル様の分もお持ちしましたので、お渡ししたいのですけれど」

「有り難いが彼らは仕事中だ。後で私から渡しておく」

ルシアから少し強引に紙袋を奪うように掴むと、向かいのソファーに腰を下ろした。奴らには一枚二枚与えておけば充分だろう。

せっかくルシアが作った貴重なクッキーだ。友人とはいえ本当は一枚たりともやりたくはないのだが、私が着服したとバレたらルシアに軽蔑されてしまう。

自分のダメージの大きさを考えると、全て着服するのは割に合わない。ちゃんと「渡した」「食べた」という事実は大事である。

「それで、どうしたんだ？」

言葉にしてから、これじゃ素っ気なさすぎるだろうと落ち込む。

どうして私はこう話を広げるとか、飽きさせないように話を持っていくことができないのだろうか。

だがルシアを間近で見ていると、心拍数が上がってしまって、可愛さの余りに叫び出したくなるのを抑えるのに忙しくてそれどころではないのだ。

「あの、ですね……」

上目遣いとか本当にクソ可愛い。声も可愛いとか卑怯この上ない。

落ち着け。落ち着け自分。

「ああ」

「シェーン様の、今日から一週間のスケジュールを伺いに参りました」

「……ん？」

私は、ルシアの言っている意味がよく分からずに首を傾げた。

「何故、スケジュールを？」

今まで一度も聞かれたことなどない私のスケジュールをルシアが？　聞き間違いではなかろうか。

自分に興味が出たとか、そんな都合のいい話がある訳がない。きっと幻聴だ。

ルシアを見たまま私がぼんやりしていると、否定と取られたのか申し訳なさそうな顔になる。

「あの、やはり機密事項もあるでしょうし、そう簡単に他人に教える訳には参りませんわよね。今のはお忘れ下さい。お時間頂きましてありがとうございました。それでは私はこれで失礼致します」

とお辞儀をして、今にも控え室を出ようとするので慌てて止めた。

「おい。何を勝手に納得して帰ろうとしている。……本当に聞きたいのか？」

「――教えて、下さるのですか？」

その上目遣いはやめろ。可愛さが振り切れるじゃないか。

ああもう本当に可愛い可愛い可愛い。可愛さ余って愛しさ倍増だ。

「ルシアは婚約者だし知りたいなら教えてやるが、どうして急に？」

ルシアは私の問いに俯いてモジモジと体を動かし、またそれが可愛いったらない訳なのだがそれは置いといて、ようやく顔を上げた。

「婚約者の動向を把握しておきたいという気持ちが、その、最近ふつふつと湧き上がりまして。ええ。決して悪用しようとか、そのような気持ちはなくてですね、純粋につけ回……いえ、シェーン様が何をしておられるのかなあ、とか、たまにお疲れの時に差し入れなどもさせて頂きたいなあ、などとですね、その」

……奇跡か？　私に奇跡が訪れたのか？　可愛いルシアが私の仕事を気にして、更には差し入れをしたい、だと？　襲われたいということなのか？　いや違うそれでは私はただの変態になってしまう。だが特にこのところ、私がルシアを喜ばせるようなことができた記憶もないが、スイーツフェスティバルで交わした会話で、何かルシアの恋の琴線に触れるパワーワードが？

──分からない。分からないが、嬉しい。とても嬉しい。私の心は震えた。

「──分かった。少し待て」

私はベルを鳴らし、やって来たメイドにグスタフを呼んでもらった。

「お待たせしました。如何されましたかシェーン様？」

グスタフが現れると、溢れる喜びを必死に堪え、

「ルシアが婚約者として知りたいそうなので、私の今週のスケジュールを彼女に教えてやってくれないか」

ルシアが、というのを強調して伝えると、ちょっと目を見開いたグスタフがルシアに顔を向ける。

「……ルシア嬢、えーと、本当に知りたいのかい？　いいんだよ正直に言っても。シェーンに何か脅されたりしてない？　無理矢理に自分の予定を知らせて、何かさせようとかしてないかい？」

長年の友人なのに酷い言われようだ。

「いえ！　私がお願いしたのですわ！　ですからメモもペンも持って参りましたの。グスタフ様、よろしければ教えて頂けますでしょうか？」

ルシアが微笑んだ。また笑顔の破壊力が凄まじい。

要らぬところに血が集まってしまいそうで、気を逸らすために足を組み顔を伏せ、頭の中で大臣たちの失われつつある毛髪を一本一本抜いて更に荒野にしていくシチュエーションを繰り返しながら、グスタフがルシアに伝えるスケジュールを聞いていた。

「——とこんな感じですね今週は。でもルシア嬢、これ聞いてどうするんですか？」

黙々とメモをしていたルシアが顔を上げた。

「うふふ、内緒ですわ」

そう言うと、人さし指を彼女の艶やかな唇にあてた。

目眩がするほどクッソ可愛いんだが。本当に私をどうしたいんだろうかルシアは。

脳内で抜いていた大臣の髪は、もう荒野というより更地になってしまっている。

このままでは平常心を保てない。まずい。

何か別のことを……よし、アクセルがいきなり同性愛に目覚めて、いきなり私の尻を撫でて来た。

——よし、秒で興奮が収まった。

最初からこれにしておけば良かった。

私の頭の中の戦場は、ルシアがメモを閉じて「ありがとうございました」と告げた一言でようやく終戦を迎えたが、崖っぷちの際どい勝利であった。精神的には完全に敗戦だ。

「それでは、私はこれで失礼致します。シェーン様、何か顔色がよろしくないようでございますわね？　お仕事でお疲れのところにお邪魔致しまして、誠に申し訳ございませんでした」

「……ああ。気をつけて帰れ」

立ち上がり、淑女の礼をしたルシアが帰ると、グスタフが疑うような眼差し（まなざし）を向けて来た。

「おい、ルシア嬢に何かしたのか？　有り得ないだろう、急にシェーンに興味を持つとか。白状しろよ、バーネット家に脅しでもかけたのか？」

「冤罪（えんざい）だ。私が不正を働いてルシアを無理に振り向かせるようなことをするとでも？」

私はキッと見返した。

「うん……だよなあ……だが、ルシア嬢の豹変ぶりが俺には信じられん。今まであれだけ逃げ回って、婚約破棄してもらうために全力を注いでたんだぞ？」

「確かにな。――神はいるんだ。ルシアへの一念が石をも穿（うが）ったのかも知れん」

私は神など信じてはいなかったが、こんな奇跡は神しか起こせない気がする。

「差し入れもしたいとか言っていた。もしかしたら私は死ぬのかも知れない」

「いや、この程度のことで死んでたら、命が幾つあっても足りねえよ。それにルシア嬢のことだから、何か考えがあるとか？」

「だが、私を喜ばせてたら婚約破棄などできないだろう？」

「うーん、それはそうなんだけどさ。……何か悪いモノでも食べたのかなあ」

「ルシアの気持ちが変わったのかも、という可能性が何故すぐ出て来ないんだ」

「ルシア嬢だから」

「……幸せな気分に水を差すなよ」

「いやまあこのままルシア嬢とシェーンが仲良くする方向で進んでくれれば、願ったり叶ったりなんだけどな」

若干、自分でもこのルシアの唐突な変化に、何か含むモノがあるんじゃないかと思いはするが、どんな理由であれ、可愛いルシアと私との距離が少し近づいた気がするのは確かなのだ。今はそれだけで充分だ。

「——さあ、仕事を片付けようか」

私はソファーから立ち上がると、グスタフに声をかけた。

「お、えらくご機嫌だね？ ——それではシェーン様、本日はちょっと先の書類まで片付けましょう」

「……」

「何でそう極端に機嫌が悪くなりますかねえ。仕事はなるべく片付けといた方が突発的な事態に対応できるんじゃないでしょうかね、主にルシア嬢関係で、とか？」

「む。言われてみればそうだな。頑張ろう」

「それでこそシェーン様！ いやあ、ルシア嬢さまさまですね。仕事のできる男って、女性にはモテ要素ですよ。ささ、気が変わらないうちに急ぎましょう」

「そうか。モテ要素か」

私はグスタフに背中を押され執務室に戻りながらも、ルシアがいない時に仕事ができる男というのをどうやってアピールできるのだろうか、と首を捻っていた。

「――あらルシア、お帰りなさい」

　私が屋敷に戻ると、庭でトロロを猫じゃらしで遊ばせながら待っていたミーシャが立ち上がった。

「どうでもいいけどこのモモンガモドキ、せっかく猫じゃらしで遊んであげてるのに、三回に一回ぐらいしか手も出さないのよ？　それも仕方ないって感じで。接待かってのよ」

「何度も言うけどモモンガモドキじゃなく猫よ。もう正しい種別すら見当たらないじゃない。トロロはこう見えても繊細なのよ。それに三回に一回ならいい方よ？　私なんて五回に一回ぐらいだもの。それも最近は、無理に運動させたがるせいか、ブラシかける時と食べ物もらう時、お腹撫でて欲しい時ぐらいしか近寄っても来ないわ。枕を涙で濡らす日々なんだから」

　ジジがアイスカフェオレとチョコチップクッキー（ミーシャ作）を置いて下がる。

「枕を涙で濡らす割には、庭にアスレチックみたいに日々増えてるわねルシアの力作が。メンタルが雑草並みにしぶといわ。絶対に都合のいい女扱いされてるわよトロロに」

「ふぅー……あー美味しいわねえ夏場の渇いた喉に冷たい飲み物って!!　天国天国♪　――あ、ごめんなさいミーシャよく聞こえなかったわ。今なんて？」

「いえ大したことじゃないからいいの。――ところで首尾はどうだったの？」

　私はふふっ、と思わず含み笑いをしてしまった。

「バッチリよ。予定を聞きたいと言った時点で手がブルブル震えてたわシェーン様。あれは何するか分からなくて怯えたのねきっと。後は私が仕事で忙しい彼の見える範囲でウロチョロして、圧をかけて行けば良いんでしょう？」

私のできる範囲のメンがヘラる行動は、日中のスケジュールをアイドルばりに追い続け、シェーン様に見せつけることだ。

「……普段からおかしかったけどまさか本格的に病んで来たのか？（疑惑）」

↓

「こんな不気味な女と結婚とかいくら政略でも無理（病み確定）」

↓

「円満婚約破棄」

というルートをパラリラパラリラと爆走する予定なのである。

勿論、夜の窓からの覗きも考えないではなかったのだが、婚約破棄よりも王宮不法侵入で一発投獄首ちょんぱ案件になる可能性が高いので諦めた。

死にたくないために死に急ぐとか本末転倒である。

「へえ、それはそれは。ふーん。ちょっとスケジュールを見せてもらえる？」

「これよ」

ミーシャにメモした紙を渡す。

「視察、書類の処理、騎士団での訓練参加、書類の処理、視察、予算会議……かなり忙しいのね王子なのに。お国っていう大会社のボンボンみたいなものなのに、何でシェーン様はこんなに忙しいのかしら？」

「王子だからじゃないの？　先々国を治めて行くのだから、色々学ぶことも多いんだと思うわ。権力に伴う責任や義務を疎かにしないところがシェーン様の素晴らしいところなのよ！　普通ならあの美貌に権力、家柄と三点あれば多少バカでもお釣りが来るというのに、更に努力を惜しまないとか、人格者にも程があるわ」

私は力説した。

そう、公爵家だろうがよその国の王女だろうが、彼はよりどり見取りなのだ。

私の首ちょんぱがどうこう以前に、そんな素晴らしい人が「なのだ」仕様のなんちゃって令嬢と結婚すること自体がおかしな話なのだ。共に国を支える素晴らしい伴侶と連れ添ってこそ、この国の繁栄と平和は護られる。

私との婚約破棄は国益と言っても良いはずだ。

「よおし、どんどんヘラって婚約破棄よ！　大丈夫、やればできるわ。何たって私ヒッキーでコミュ障だもの、頑張ればメンヘラへのアップグレードも楽勝よ!!　ゴーゴー♪」

「まあやる気は大事よね。ルシア、私も全力で支援するわ」

「ありがとうミーシャ！　やっぱり持つべきものは前世からの親友よねえ」

私はミーシャと抱き合い、明日からの戦いに全力を傾けようと誓った。

「シェーン様、あちらの木陰にまたルシア様とミーシャ様が……」

「ああ、分かってる」

私は少々心拍数が落ち着かない状況で、小声で囁くアクセルに返事を返した。

ルシアが私の予定を聞いた翌日から、五日。

現在、かなり控えめに言っても至福の日々であり、毎日溢れる多幸感でどうにかなりそうなほどである。呼び寄せてもいないのにルシアが毎日私のそばにいる。

それも見えるか見えないかの微妙な位置にいたり、かと思えば騎士団との鍛練の時にちょこちょこやって来て、

「シェーン様、水分はマメに取らないと倒れてしまいますわ！」

などと可愛いことを言いながら、大きな水筒にレモン水やアイスティーを持ってきてカップに注いで渡してくれる。そしてまたすそそ、と離れたところからじっと見ていたりするのだ。

時々友人のミーシャも一緒に現れるが、彼女はアクセルに惹かれているのか、アクセルにタオルや飲み物をプレゼントしたり、熱い眼差しで鍛練を見つめていたりする。

「アクセルはどうなんだそろそろ結婚とか考えてないのか？　ミーシャ嬢、大分脈ありじゃないか？」

とからかった。

「いやあ、オッサンですからねミーシャ嬢から見れば。今は年上の男に惹かれるお年頃ということではないでしょうか？　あんな美しいご令嬢とガサツな騎士団の人間では釣り合いませんよ」

とさらりとかわされた。

しかし満更でもないのか、ミーシャ嬢が顔を出すと、優しげな声で対応しているのを私は知ってい

る。

まあ人の恋路はさておきルシアである。

こんなに毎日近くにいるのを感じてしまうと、体がそれに慣れてしまい、ルシアの気が変わってまた引きこもりに入った際、私は寂しくて死んでしまいたくなる。既に眠る時にも、今ここにルシアがいればいいのにと思ってしまっているのだ。

なぜ急に婚約者としての立場に目覚めたのか不明だが、ルシアのことだ、また何かのきっかけで他の趣味に走ったり、私のことを避けだして婚約破棄を持ち出す可能性もある。この密接した関係の間に、来春の結婚式を早められないかと根回しをするのが得策だろう。先程ルシアが差し入れと共に現れた際に、

「シェーン様……私がここ数日、その、長時間に渡ってあちこちに現れるのは、かなり鬱陶しくないでしょうか？」

と尋ねてきた。

「……ルシアが疲れないかとは思うが（もっとグイグイ来て欲しい）」

「いえ！　疲れませんのよ！　でも視察の際に女性が近づいたりすると腹が立ちますし、やはりイライラしますわね。私、最近気づいたのですけれど、実は粘着質で嫉妬深くて執着系の人間のようなんですの。この頃では衝動が抑えられないと言うか、自分でも恐ろしいなと思うことが多々ございまして……」

――ルシアが私に嫉妬？　粘着？　執着？

そんなご褒美みたいなワードを出して来るなんて、あれか？　もう一気に婚前交渉に持ち込んでく

れのサインなのか？　そういうことなのか？　いや私はやぶさかではないし、むしろよし来たなのだが、男は誤解しやすい生き物だ。ここは冷静にならねばなるまい。それに義父になるバーネット侯爵には「結婚まで待てもできないケダモノのような男」と思われるのは避けたい。

だが嬉しくて頬が緩みそうになるのを必死で堪えていたら、唇を切ったらしく血の味が口に広がった。

「まあシェーン様、血が！」

ルシアが慌ててバッグからハンカチを取り出して、私の口元を拭う。

「ええそうですよね、怖いですよねえこんな話されたら。分かりますわ、通常であればそんな女を好きになる男性などおりませんものねえ。あ、気にしないで下さいね。私もちょっと異常かなあ、って思いますもの」

「……？　いや、待てルシア」

全然異常とも思ってないんだが、それを言うと逆に私が異常ということになるのか？

ルシアは異常な男と喜んで結婚するような女性だろうか？　違う気がする。

頼むからもっとまとわりついてくれと言われたらルシアはドン引きするのでは？

ここは嘘をついてでもこの数日の行動を諫める（いさ）べきなのか？　いや止めて欲しくないんだが。

どうすればいいんだ。神よ、私に助言を！

「あ、そろそろ休憩も終わりますわね。それでは私はこれで。あの、端っこの方で少し鍛練を見ていてもよろしいですか？」

「……ああ（幾らでも）」

失礼します、とすそそそ、と下がっていくルシアを見送った。

少し離れたところに立っていたグスタフがやって来て、

「ルシア嬢、ここ何日かで何だか急に危ない感じになったんじゃね？」

と素に戻って私を見た。

「ん？　どこがだ？　ルシアは相変わらずエンドレスで可愛い」

「なら何で昏切れるまで噛んでるんだよ」

「余りの嬉しさを我慢していたら、つい力が入っていた」

「……うん、そうだった。シェーンは元から危なかったわ。ルシア嬢には」

「何気に酷いことを言われている気がするが、最近の私は怒りが長続きしない」

「はいはい幸せなんだな。――コクコク頷くな。幸せならもっとデレた顔をしろよ」

「む。また顔が怖くなってるか？」

もにもにと頬をマッサージする。

「だが、大人の男として、余りデレデレした感じはよろしくないと思う」

「大丈夫だ。シェーンがデレたところで周りの人間には伝わらん」

「そうか。……今でも喜びに溢れているんだが」

「お前はもっと表現力を高めた方がいいぞ。ルシア嬢にも嫌々相手をしていると思われているかも知れないだろうが」

「それは困る」

せっかくの幸せが失われるかもと思うだけで怖い。

「練習した方がいいよな……いつまでもこのまんまじゃなぁ」

「頼む。ルシアに嫌われたくない」

私はすがるような目を向けた。

「んー……オッケー。今いいこと思いついたわ。俺に任せといて！」

グスタフは私の肩を叩くと、

「それでは仕事にお戻り願えますか、シェーン様？」

と仕事の顔に戻って私を促した。

グスタフが何を思いついたのかは分からないので少し不安だが、可愛いルシアとのラブラブな結婚生活のために、私は何でもしてみせるのだ。


メンヘラ作戦に付き合ってくれているミーシャがいつものように迎えに来た。悔しいことにトロロが大人しく抱き上げられている。

「放流～、っと」

とトロロを下ろしたミーシャは、首と腕をグルグルと回して、ぽふ、と椅子に座った。

「ああ肩が凝ったわ。きっと奴から近づいて来たのは、私から食べ物の匂いがしたからに違いないわ。ほら、私から何ももらえないものだから、ルシアに早速愛嬌（あいきょう）を振り撒（ま）いてるじゃない」

確かにトロロが珍しく私のそばでニャゴニャゴ言っている。

嬉しくなって、つい砂糖やバターを入れてないトロロ用の小さなクッキーを棚の小瓶から取り出してあげてしまった。いかん、これではダイエットの意味が。

トロロはクッキーをもらった途端に食べ尽くして、そのまま扉の前で開けろという体勢で私を見た。扉を開くとするりと消えるトロロ。きっと母様のところでおねだりするのだろう。

「ほら悲しそうに見ない。あの謎の生命体Xはどうせ屋敷内に生息してるんだから、どこかでまた遭遇するわよ。お茶飲んでシャワー浴びたらシェーン様のところでしょ？」

「ああそうだったわ。今日は確か隣町の橋げたの工事の視察よね？」

私はアイスコーヒーを飲みながら、チョコレートムースを一口頂く。

「ん～、今日も美味しいわあ。やっぱりミーシャのスイーツが一番好きだわ私」

「ふふっ、ありがとう。——それで、シェーン様の様子はどうなの？」

「それが聞いてよ！　いい感じなのよ。私のメンがヘラってる気配に心底怯えている感じね。先日なんて唇切るぐらい怖がっていたもの私のことを。ほら、シェーン様は優しいから、表だって気持ち悪いとか言わないいんだけど、あと一押しね。私もやればできる女だったんだわ。最初っからこの方向性で行くべきだったわね」

「……ふうん。どっちかって言うともう一押しで理性が切れるって感じだけど」

囁くような声で呟いていたミーシャの声は私には聞こえず、チョコレートムースを頬張りながら如何にシェーン様が不気味がっていたかを細かく語るのであった。

婚約破棄まであと一歩。長時間のストーキングで疲れ気味だけど、頑張れ私！

「……ねえミーシャ」

「ルシア、これはどういうことなのかしらね？」

私とミーシャは、橋げたの工事を見守り、時々作業している人たちに声をかけているシェーン様と、すぐ横で油断なく辺りを見ているアクセル様を、少し離れた場所に止めた馬車の中からそっと眺めていた。

シェーン様は相変わらず王族としての責務を立派に果たそうとしている。それは国民として大変誇らしいし喜ばしい話である。

だが、馬車でこそっと後ろから尾行していた時には、もうシェーン様やアクセル様は馬車に乗った後だったので気がつかなかったが、現地に到着して馬車を降りたのは彼らだけではなかった。エリザベス……リズが一緒だったのである。

それも、シェーン様が馬車から降りるリズに手を差し伸べている。

馬車から降りたリズは、ライトブルーの膝丈の清楚なワンピースに身を包み、とても嬉しそうな笑顔で頬を紅潮させシェーン様を見ていた。

珍しくシェーン様も無表情Bという不機嫌さが見えない顔で、パっと見たらごく普通の恋人同士のようである。

「ねえ、だから何でリズがいるのよルシア？」

「それは無茶ぶりだわね。私が知る訳ないでしょう？　知ってたら来ないわよ、邪魔したら悪いじゃないの」

そう言いながらも、私は何だか胸がむかむかするのを感じた。

朝食を抜いてオレンジジュースだけにしたせいかしら。いえ、思ったより暑いものね今日は。夏バテ気味なのかしら。

「何を呑気なことを言ってるのよ。リズもリズだわ。何でシェーン様と同じ馬車になんて！　誰が婚約者だか知らない訳じゃないでしょうに、軽率にも程があるわよ」

かなりお怒りモードのミーシャを宥めつつ、私はシェーン様の様子を窺っていた。

普段なら女性と喋るのはルシアとメイドと母上ぐらいだとか言っていたのに、リズとはむしろ積極的に彼の方から話しかけているように思われる。

私がストーキングしている時には気がつかなかったけれど、もしかしたらスイーツフェスティバルとかがきっかけで、ヒロインのミーシャではなく、リズと親しくなるきっかけがあったのかも知れない。

私はふと窓から目を逸らして考えた。

シェーン様がヒロインと結ばれるというのは、ヒロインであるミーシャが前世の親友だったことが分かってなさそうだと思っていたが、幾らでも他に可愛い女性はいるのだ。可愛らしいリズがその相手になっても不思議ではない。

ただ、私が婚約破棄になるのは自分の生存確定で喜ばしいとしても、それだと悪役令嬢という立場が必要なくなってしまうのではないか？

私もミーシャもリズを虐めた覚えはないし、これからも虐める予定はない。

リズから虐めを受けているような話も聞いたことがない。さっきからずっとむかむかは収まらないし、胸がズキズキするが、これは夏バテだ。これは私にはハッピーな話ではないか。シェーン様も好きな人と結ばれて幸せになる、私も投獄打ち首拷問轢死案件の不安は消える。

だが、ゲームの強制力が存在する場合、そんな生ぬるいエンディングが果たしてあり得るのだろうか？「皆が幸せに暮らしましたー、めでたしめでたし」などドラマティックな要素が欠片もないではないか。主要キャラがヤンデレにもならない、思い切った行為に出る敵キャラもいないのでは、他で帳尻合わせがあるのでは。

あのゲームの攻略キャラはヒロインに注ぐ愛が途方もなく重たかった。

ということは、もしリズに好意を寄せている男性がいたら、シェーン様に危害を加える可能性はないだろうか。

いや、それはダメだ。シェーン様は志が立派で優しく、誰よりも幸せになるべき人であり、これからこの国を背負って立つ大事な人である。

リズがシェーン様と上手く行くのであれば、私はメンをへラっている場合ではない。遅かれ早かれ婚約破棄になるだろうし、せっかく鍛えた丈夫な体もあるのだ。

婚約破棄をすませたら、無事にシェーン様が挙式を終えるまでは、隠密行動でシェーン様を守る忍びとして陰から彼を護るべきではないのか。

なるほど、【悪役令嬢】から【隠密令嬢】へのジョブチェンジという訳ね。

淑やかな気品溢れる侯爵令嬢、という霞（かすみ）のようなキャラよりは、そちらの方が向いているかも知れない。いや絶対に向いている。

ああ何だか心臓がズキズキするのと一緒に頭痛までしてきたわ。やっぱり食事って大切ねえ、家に戻ったら何かちゃんと食べないと。

食事をすればきっと治るわ。私は本来健康だもの。
「――ねえミーシャ、私、黒い上下の目立たない服が欲しいんだけれど、売ってるところを知ってい
る？」
ずっと馬車の窓からシェーン様たちを見ていたミーシャが、振り返り私を見た。
「……前世からルシアの思考回路って思いもよらぬ道筋を辿るから、何をどうしたら黒い上下になる
のかサッパリ分からないけど、一先ず撤収しましょ。話は帰り道で聞くわ」
少し呆れたような顔をしたミーシャは、それでもやはり羨ましくなる程の美人だった。

「……シェーン様、考えごとはともかくいい加減仕事をして頂けませんか？」

執務室で私と一緒に書類を処理していたグスタフが、深く溜め息をついて私に声をかけた。

「……すまん。だがなグスタフ、ルシアがおかしいんだ」

「彼女は前から面白いですが」

「違う、愉快な方のおかしいじゃない。いやルシアは一緒にいると面白いし可愛いし優しいし、二十
四時間見続けても飽きないんだが、今回はそれではなくてだな、表だって姿を見せてくれないんだ。

また一週間の予定を聞いていったのにだぞ？　どうにも不可解じゃないか？」

私は不安でいてもたってもいられなかった。

「――はぁ」

「はぁ、とは何だ、はぁとは。かと思えばだな、黒ずくめの体にフィットしすぎている長袖のシャツとパンツに身を包み、髪の毛を一まとめにして、うなじも露にこそこそと私の通る移動ルートをチェックしていたり、私の居室の中に不審な物がないか調べていたり、かと思えば厨房で私の飲む茶葉などを一つ一つ確認していたとの報告を受けている。……なあ、一体彼女はどうしたんだろうか？」

「どうしたんだろうか？　はこちらの台詞ですが。『報告を受けている』というのは、ルシア嬢のおかしな動きを使用人たちが誰も止めないで、なすがままにさせているということでしょうか？」

「ルシアの行動については一切邪魔をしないように以前から言っているからな。ほら、お前も知ってるようにルシアは親しくない人間と接するのが苦手だから、向こうから話しかけて来ない限り、対応もしなくていいと伝えてある」

「――それで、ルシア嬢にエロい本でも見つかったりしたんですか？」

「エロい本？　何を馬鹿なことを。私のルシアはな、どの方向から見ても四季を通じて他の女性となど比べようもない程完璧な可愛さだぞ？　なぜワザワザ他のどうでもいい女性の猥褻な絵や小説を見なくてはならないのだ。なぁルシア？」

「……そのポケットから出した人形は、もしやルシア嬢？」

「ポケットルシアだ。可愛いだろう？　このワンピースを縫うのは難しくてな、丸二日徹夜した」

私は掌より小さな自作のルシア人形をグスタフに自慢した。

「おいシェーンが作ったのかよっ！　っ、いえ失礼致しました、つい仕事中であることを失念してしまいました」

グスタフが目を見開いて叫んだ後、ハッと気を取り直し頭を下げた。

「気にするな。どうせ今は私たちしかいないんだし、親友として相談してるのだから普段の話し方でいい」

　私がそう告げると、グスタフは天井を見上げて、ワイシャツの第一ボタンを外した。

「――分かった。んで何でルシア嬢の人形を作ったんだ？」

「手乗りルシアの妄想も大変楽しいのだが、もし人目に見られたら頭がおかしくなったのではないかと疑われるだろう？　それに、やはり人形とはいえルシアを模した物がそばにいるのといないのとでは、私の仕事のモチベーションに大きな差が出る」

「こわっ、お前こわっ！　なあその人形もっとよく見せて……うわぁ、髪の毛まで少しずつ縫い付けてるし。これ刺繍糸か……職人みたいな丁寧さだな。昔から手先は器用だと思ってたけど……何気に似てるしルシア嬢と。――え、まさか？」

　そっとスカートをめくろうとしたグスタフからルシア人形を取り上げた。

「なんて破廉恥(はれんち)な真似をするんだ。変質者か？」

「変質者か？　は俺が言いたいよ！　何？　まさか下着までお手製なのか？」

「当然だ。そもそも何故下着だけ他の者に任せなければならないんだ。他の誰でもないルシアの下着だぞ？　私が縫うに決まっているだろうが」

　何度も興奮しすぎて失敗した事実は墓場まで持って行く。確実に変態扱いされるに決まっているからだ。何しろ直接見たこともない女性の、それもルシアの下着を人形用とはいえ自作したのだ。閨(ねや)の真似事すらしたことがない私にはかなり刺激が強すぎた。こういう下着を本人が穿(は)いているかも定かではないが、図書室でデザイン画や人体図などを見て頑張った。

だが、ブラジャーというのは存在は知っているが、一体どういう作りなのか全く想像がつかなかったので、それだけは作れていない。

だからこのポケットルシアは、ワンピースの下はブラジャーもつけてないという危険な状態なので、親友とはいえ余り触らせたくない。

髪を整えそっと腰のポケットに戻すと、私はグスタフに視線を戻した。

「……やべえ。ルシア嬢が最近付きまとって来て怖いと思ってたら、シェーンの方がよっぽど怖かった」

「何故だ？　別に毎夜人形を舐め回したり、下着を脱がしたりはしてないぞ？　枕の横に置いて、話しかけながら眠るだけだ」

「普通は婚約者の人形を自作しないし持ち歩かない。ましてや枕の横に置いて話をしながら眠るとか、目に見える執着がもう……ルシア嬢に超逃げてと叫びたい」

「愛情が溢れてるということだろう？　少なくとも徹夜までしてこんな人形製作などルシアだからやるのであって、他の女性なら面倒でやる気も起きない」

「なあ、自分の愛が重たいと感じたことはないか？」

「愛が軽いと言うのは、相手への愛が足りてないということだろう？　私はそんな浮ついた気持ちでルシアを愛している訳じゃない」

「んー、そういうことじゃなくてだな……いやもう遅いか。えーと、そうそう、ルシア嬢がこそこそと陰で動いてるって話だったか。それさあ、こないだのエリザベス・ベクスターとの練習が関係してないか？」

グスタフは急に話を戻すと、私に問いかけた。

「——エリザベス・ベクスター？　誰だ」

「一緒に視察に付き合ってもらったルシア嬢の友人だよ！　なんですぐ忘れるんだよもう」

私は考えた。ああ、顔の表現力を高めるレッスンの時に頼んだ女性のことか。

「そのエリーゼがどうした？」

「エリザベスだ。あの視察の時に、ルシア嬢たちが姿を見せなかったとアクセルから聞いていたからラッキーだと思っていたが、見られていたんじゃないか？」

「？　何をだ？」

「ほら、アクセルからなるべく笑顔で話しかけろとか、馬車から降りる時には支えは早めにとか、色々言われたとか言ってただろう？」

「確かに。だから頑張って言われた通りにこなしたぞ」

「もし、それをルシア嬢が見ていたとしたら？」

「見ていたとしたら？」

「考えられるのは二つ。エリザベスと仲良くなったのなら、自分は円満に婚約破棄できると思って、もっと証拠を集めたいケース」

「……もう一つは？」

「一緒にいる時間が増えたせいで、婚約破棄しなくていいかと思い出した頃に、お前の浮気が発覚して挙動不審になっているケース。まあ嫉妬とも言う。可能性は低いような気がするけどな」

「ルシアの嫉妬……」

私の背中をゾクゾクと何かが走り抜けた。

「だから、可能性は低いって言ってるだろ！　嬉しそうにしてんじゃねえ！　浮気を疑われてたら、バーネット侯爵だって婚約破棄を申し出ることは可能なんだぞ？」

「浮気など一生する気もないし、した覚えもない」

「ルシア嬢が、どっかの貴族子息と馬車から降りて町中を歩いてたら？　疑わないか？　もしかして婚約破棄したいのは王宮の堅苦しい生活が嫌なんじゃなくて、結婚したい別の男がいたのか？　とか絶対思わないか？」

「…………」

ルシアにそんな男がいたらどうしたらいいんだ。

ルシアには勿論幸せになって欲しいが、私が幸せにしたいのに。そいつには金か女か社会的な地位でも与えて、遠方の領地に飛ばすか。うん、飛ばそう。

「……おーい戻って来いシェーン。ルシア嬢方面の妄想は置いといて、浮気を疑われたのであれば、早く説明しないと拗れるぞ？」

「……ルシアが嫉妬してくれるという幸せを味わいたいのは山々だが、もしそれで嫌われたら死ぬ。精神的に死ぬ」

私は胸を押さえた。

「だが可能性は低いのだろう？」

「ルシア嬢は本当に読めないから分かんないんだよなあ。捕まえて白状させるのが一番早いんだが、彼女本当に逃げ足が早いんだよなー。危機察知能力も高いから、屋敷に行っても『別荘に静養に行った。戻り時期不明』とか使用人が口裏合わせそうだし。シェーンのとこの使用人たちに捕獲させるのは……はいはい嫌なんだな」

「……私のルシアをみだりに触らせたくない」

「分かったから眉間のシワを広げろ。……あ、エリザベス嬢に説明してもらうのもありか。友人の話ならちゃんと聞くかも」

「それで頼む。――早くルシアが姿を見せてくれないと、私の方が耐えられなくなる。ポケットルシアと眠るだけでは生のルシアが不足する」

「友人として止めたいくらいにキモい病み発言だが、ルシア嬢限定だから許す。だからな、俺がエリザベス嬢には話をするから、まず仕事を片付けてくれ」

「む、分かった」

私は仕事に戻りサインをしながらも、今夜はポケットルシアに【浮気を疑い嫉妬する可愛い婚約者】になってもらおうと決めた。

下世話な話だが、そのシチュエーションだけで三回はイケてしまいそうだ。

いや、私は変態ではない筈だ。愛する婚約者のいる若い男として、当然の生理的な欲求だと思う。

とにかく早くルシアには、スパイのような隠密行動から抜け出てまたイチャイチャして欲しい。至福の日々よ再び。

【間章　三】

　アタシはその日、期待で浮き立っていた。

　シェーン王子は女性への接し方が苦手なので、視察の移動のついでにもう少しスマートにエスコートできるように学ばせたい。ついてはルシア嬢の友人であるエリザベス嬢に協力を仰ぎたい、というグスタフ様の話はアタシの心をときめかせるには充分だった。

　シェーン様だって、セカンドの主役であるアタシがそばにいれば、幾らなんでもこの美貌や魅力に気づくのではないかと思っていたし、悪役令嬢であるルシアはまだ婚約者ではあるものの、本来はモブなのだ。アタシ、エリザベスからしてみれば雑魚（ざこ）の筈なのである。……まあ思ったより悪い人ではなかったし、むしろ好感の持てる人たちだ。それでもアタシはヒロインなのだ。ヒロインには幸せになる権利があるのよ。

　だが、これで何か発展するのかと思いきや、何にも変わらなかった。最低限エスコートはしてくれたし、それなりに会話もしてくれた。けれど、会話の主題はルシア、ルシア、そしてルシア。どう考えてもシェーン様はルシアにベタ惚（ぼ）れで、アタシのことなんか欠片（かけら）も気に留めていないことは明らかだった。

　この世界は予想していたゲームのシナリオとは違う。それは理解した。でもそれとアタシがそれで納得するかどうかは別の話だ。

アタシはシェーン様と結婚するためにヒロインとして生まれ変わったのだもの。悪役令嬢が王妃とか絶対におかしいじゃない。ねえ?

家に戻ったアタシは大切なノートを眺めながら暫く考えていた。

——この手は使いたくなかったけれど、強制的に流れを変えないと、このままじゃ本当にルシアとくっついてしまうもの。しょうがないわよね。不可抗力だわ。アタシは悪くない。

アタシはノートに書き込みをすると、グリグリとペンで丸く囲んだ。

待っていてねシェーン様、ちゃんと正規ルートに戻してみせるわ。

「るらで～きあ～いマージック～♪　花が示す恋人たちのラブロ～ド～♪」

鼻歌を歌いながら、いつものごとくしゃーこしゃーことノコギリで板を切っていると、ジジがリズを連れて庭にやって来た。

「あら、リズじゃないの。いらっしゃい」

声を掛けられた私は振り向き、ノコギリを片付けて服の木屑(きくず)を払いながら言葉を返しハッと気がついた。

……しまった。【なのだ】モードでリズに会ったことはなかった気がする。

ジジやフェルナンドがミーシャと同じように案内してきたが、同じ友人でもミーシャとリズでは違うのだ。前世仲間のミーシャならともかく、一般的に侯爵令嬢がなのだの格好で大工仕事してるのは流石(さすが)に余り外聞がよろしくない。

だが、もう見られてしまったのだから仕方ない。風変わりなタイプとして平常心で行こう。

「……まあ、ルシア様は様々な趣味をお持ちなのですね。得意なことが多いって素敵ですわね」

リズは少し驚いてはいたが、まあ私のようなぼっちと友人になろうとした人間なので、少々のことには動じなかった。

「体を動かすのが好きなのよ。今は甥っ子のジェイソンのためにブランコを作ってる最中なの」

「まあ！　きっと喜びますわね」

案内されたガーデンテーブルにお茶を用意してもらうと、ジジが、

「エリザベス様がドーナツをお持ち下さいました！　ルシア様のご友人様方は、皆様お菓子を作るのがお得意なのですね。私たちにまで本当にありがとうございます」

と嬉しそうにお辞儀をした。皆様って二人しかいないけどな、と思いながら屋敷に戻るジジを見送り、改めてリズにお礼を言う。

「私も好きだけれど、うちの使用人たちもとても甘いものが好きなの。気を遣わせてごめんなさいね。でも嬉しいわ」

テーブルに載っているドーナツはミニサイズで、片側半分にチョコレートがかかっていてとても美味しそうだ。

「いえ、好きで作っておりますから、喜んで下さるなら私も嬉しいです。召し上がって下さいな」

「ありがとう！　頂くわ」

一口食べて思わず笑みがこぼれた。

「外側のカリカリしてる食感もいいし、甘味が控えめでとても美味しいわ！　リズもミーシャも本当に上手よね。感心するわ」

モグモグと紅茶を飲みながらドーナツを食べるが、内心ではちょっとドキドキしていた。

先日のシェーン様の視察の時にリズがいたことが脳裏に浮かぶ。……まさか堂々の交際宣言とか？

でもまだ私が婚約破棄してないから、それはないわよね？

別れてくれとか言うのは、シェーン様が私にしてくれればすむ話だし。こういう時にミーシャがいてくれればいいのだけど、生憎と今日はリズと私の二人だけだ。

そして私は腹の探りあいというのが向いてないのだ。

「……リズ、ところで今日は突然どうしたのかしら？　いえ、私は屋敷にいるのが好きだし、友人が少ないから、いきなり来られても困りはしないのだけど」

前回はちゃんと事前に手紙を寄越したのに。

『アポなし』というのは、淑女としては仲の良い相手に対しても余り好ましくないと一般的に思われているので、ミーシャも事前に手紙を寄越すことが殆どだ。

「申し訳ありません。実はグスタフ様から依頼されまして……」

「グスタフ様から？　どういうことかしら？」

「ルシア様、私は先日グスタフ様から依頼されてシェーン様の視察の付き添いをしたのですが、もしかしたらその様子をルシア様がご覧になっていたのではないかとシェーン様が気にしておられまして」

「……？　依頼されて？　……よく意味が分からないのだけれど」

仲良さそうだったじゃないの。リズからそっちの話を振ってきたのはいいが、予想外の方向で戸惑う。

彼女がにっこりと微笑み、

「ふふっ、やはりご覧になっておられたんですね。大変な誤解ですわ。シェーン様は、余り表情豊かではないと申しますか、無愛想になりがちだそうですので、ルシア様に不快な思いをさせたくないと思われ、私がレッスンの相手になっただけなのです」

「……まあ。それじゃ、リズがシェーン様と恋人になったとかは」

「一切ございません。勿論この国の王子でおられますし、眉目秀麗な御方ですから憧れがないとは申しませんけれど、ルシア様しか見ておられない方を振り向かせるのは大変ですわ。それに私は伯爵家とルシア様から見れば格下の爵位でございますし。……現実は〝ゲームのように〟は参りませんでしょう？」

「そうよね……え？　ゲームのように？」

私は思わずリズを見た。

「実は先程こちらへ案内される時にルシア様の歌が聞こえましたの。とても聞き覚えのある歌で驚きました。――ルシア様、もしや前世の記憶がおありなのではないですか？　例えば、前世の日本のゲームの記憶ですとか？」

「……まさか……まさかリズ、貴女もなの？」

前世の記憶持ちが三人？　まさかそんなことが？

「やっぱりそうでしたの。だとしたらミーシャ様もでしょうか？」

「え、ええそうなの。何てことかしら……大変だわ、ミーシャを呼ばないと！」

私は思わず立ち上がり、ジジを呼ぼうとベルに手を伸ばすが、その手をそっと押さえられた。

「勿論ミーシャ様を呼ぶのは構わないのですが、日を改めて頂きたいのです。その前に、ルシア様に重要な話をお伝えしたいのです」

「――重要な話？」

私はリズからの言葉を待った。

「それがですね、えーと、あのぉ……いえ、はっきり申し上げますわ。【溺愛！　ファイナルアンサー】が出た三年後に、【ファイナルアンサー：セカンドシーズン】というのが配信されたのはご存じでおられますか？」

「いえ知らないわ。その前に飛行機事故で死んでしまって……」

「――えっ⁉　もしかして、大きなニュースになってた二・五次元舞台の最終日に墜落した、あの？」

リズが驚きに目を見開いた。

「あら、ニュースにもなったのね。そりゃそうよね、恐らく沢山の方が亡くなったのだろうし……私とミーシャはその飛行機に乗っていたの」

「そうでしたの……」

リズはそのセカンドシーズンが配信された後暫くして、トラックにはねられて二十八歳で亡くなったのだそうだ。それもセカンドシーズンをやっていて周りを見ていなかったと言うのだから、まあ彼女にも非はあったようだが。

前世では年上だったけど、亡くなったのが私たちより後だから年がいっこ下になったのだろうか。

「私は、そのセカンドシーズンのヒロインなんです。それでですね、実はそのセカンドには、ルシア様もミーシャ様も出て来ていないんです。……いえ、ミーシャ様はモノローグだけ出て来たのですが……」

「え？　どういうことなの？」

　私は訳が分からなかった。ファーストとセカンドの登場人物が交ざっている？

　リズから聞いた話をもとに、内容を整理してみた。

・セカンドシーズンはＲ18ストーリーである。

・男性の登場人物はほぼ同じ。新キャラが二人いる（昔国王が手を付けたメイドが生んだ庶子設定の第二王子と、イケオジ宰相）。

・シェーン様はミーシャと婚約していたが、ミーシャが他の男の子供を妊娠したことで婚約破棄し、女性不信に。だがこれはミーシャが裏切ったのではなく、王子との婚約で恨みを買った他の令嬢の手引きで、荒くれ者数名に輪姦されたためだそうだ。セカンドのヒロインを活かすためとはいえ酷い設定である。

　更には婚約破棄されたことで、精神的に病んでしまったミーシャが、その後首を吊って亡くなるのだが、王子以外の種を孕んだ淫売などと言われ、誰からも同情されないという救いもない展開がさらりと描かれているだけだとか。

「とんでもないシナリオね……」

　私は腹が立って仕方なかった。

　Ｒ18ゲームとは言っても、そこまで前作のヒロイン貶める必要があるのかしら。

「そうですよね。ですから私も、ミーシャ様が生きているのも不思議だったし、ミーシャ様が婚約者ではなく、前作の通りルシア様が婚約者になっておられたのも驚きましたわ」

「そりゃそうよね。だけど一体、どっちのルールで動いているのかしら？　ファースト？　セカンド？」

「それは私にも分かりません。……ですが気になっているのは、ファーストとセカンドの人物がいるのであれば、入り交じる状況によってはどちらの状況も起こり得るのではないか、ということなのです」

「どういうこと？」

「現に今はルシア様はシェーン様と婚約しておられますし、ミーシャ様がシェーン様を奪う展開も、前世からのご友人ならば――まあありませんわよね？」

「そうね。元からタイプではないとも言っていたし」

「ですがミーシャ様はヒロインですから、何らかの力が働いて、ファーストのようにルシア様と婚約破棄をしたシェーン様と婚約になる可能性もあれば、セカンドのようにその、凌辱されて自殺されるというルートもあります。私だってここがファーストのルールで動いているならただのモブ、という場合もありますし、ルシア様もセカンドのルートならモブになりますわよね？　本来出ておられないのですから」

「確かに。……ああ、頭がグルグルしてきたわ。ミーシャがシェーン様と婚約するのは、ファーストで言う私の生存フラグになるから構わないのだけど、ミーシャが婚約して誰かの恨みを買うと、セカンドのように悲惨な最期になるかも、ということよね？　逆に私がモブなら、別に誰と結婚しようが死亡フラグは立たないのよね？　ややこしいわ。でもね、今のミーシャはアクセル様推しなのよ。シェーン様と結婚したいと思ってないのは確実だわ」

「本当にややこしいですよねえ……」

リズが溜め息をついた。

「まあどう転ぶのかはともかく、ミーシャ様にはセカンドのルートの件は触れない方が良いと思うんですす。余りにも悲惨ですし、変に怖がらせてしまうのも……」

ですから、日を改めて頂きたいと申し上げたのです、とリズは小さく答えた。

「そうよね。私も十歳でルシアに生まれたのが分かった時には絶望したもの。ミーシャにまでそんな怖い思いはさせられないわ」

「私たちが混在していることで、アナザーエンドになる可能性も捨てきれませんし。ですからルシア様、ここはお互いに転生してきた者同士で助け合わないと、と思うのです。私もヒロインとは言え、セカンドがR18ゲームということもあって、ハッピーエンドに進めないと、闇堕ちエンドとか監禁エンド、凌辱エンドや快楽堕ちエンドなどもあるえげつなさですの」

「まあ！　ヒロインなのに悪役令嬢の私と大差ないじゃないの！」

「私も、せっかくの二度目の人生ですから、せめて長生きだけでもしたいと思うのです」

「分かるわその気持ち。……すると、もし私がシェーン様とそのまま結婚することになれば、ファーストでもセカンドでもないパターンだから、アナザーエンドってことになるわね」

……それなら別に婚約破棄しなくても、というかむしろ安心して嫁に行けるんだけど。

「いえ、どんなイレギュラーが起きるか分かりませんから、慎重に行きましょうルシア様。皆がハッピーエンドルートで終えるまでは油断はできませんわ！」

「ねえ、明日ミーシャにも話をしたいから、改めて来てもらってもいいかしら？」

「勿論ですわ！　ですが……」

「分かってるわ。あの件は内緒よ。最初からセカンドでは出てこなかった、ということで通しましょう」

あんな可愛くて綺麗で優しいミーシャに、凌辱だの自殺エンドなんてさせてたまるもんですか。何があろうと私が守ってみせる。

でも、私はシェーン様と婚約破棄するのが正解なのか、そのまま結婚するのが正解なのかこれでさっぱり分からなくなってしまった。

「ちょっとルシア、緊急事態だのラブレター来てたら全部持って来いだの……一体なんなのよ」

翌日の昼、私の急ぎの手紙を受け取ったミーシャが、フェルナンドに案内されて私の自室に現れた。既にリズもやって来ており、私の部屋に待機中である。

「あらリズじゃない。ごきげんよう。——何なの皆真剣な顔しちゃって。あ、ジジにマンゴープリン渡しておいたわ」

疲れたあ、と肩にかけていた大きな布のバッグを足元に置き、テーブルに配置された背もたれのついた椅子にぽすっと体を預けた。

「最近はガーデンチェアが多かったけど、鉄製だから座り心地がやっぱりイマイチよねえ。やっぱり弾力の効いている椅子の方が楽だわ、主にお尻が」

「いつもお菓子ありがとう。今日はリズもチーズタルト持って来てくれたから、うちの使用人も休憩時間が楽しみだと大喜びよ。椅子についてはごめんなさいね、私は基本庭で作業してることが多いものね。今度は来る時にはクッション用意しておくわ」

ジジがお茶とマンゴープリンを運んでフェルナンドと下がって行くと、私はリズを見る。

「話してもいい？」

「ええ」

いつもと違う私たちの様子を見ていたミーシャは真顔になり、

「何よ。どういうことなの？」

と身を乗り出した。


「まー……何というか、転生者が三人も。それもみんな日本人……」

私たちの説明を聞き終えたミーシャは、ふう、と息をついた。

「こんな偶然もあるのねえ。まあアプリそのものが日本での配信だったものね。だけどセカンドが出てたなんて！　それもR18よ！　R18！　ああ、アクセル様の生着替えとか裸とか、ベッドシーンとかエロボイスとか、なんて惜しい……でも、きっと湯水のように課金してたに違いないから、ある意味では存在を知らないままで死んだのは幸いだったのかしら……」

「でも生きてたら絶対にやってみたかったから、悔いはあるわよね。——まあ他の悔いも沢山あるけれど」

父や母、妹、友達、全くモテてはいなかったけれど楽しく暮らしていた生活。

もう考えても仕方のないことだが、飛行機が墜ちていなかったら、と考えたことは何度もある。いや、感傷に浸っている場合ではなかった。

「まあそれはともかく、ファーストもセカンドも、基本的に攻略キャラの愛情が束縛の重いヤンデレ気質になりがちじゃない？　ゲームの分岐までは全般的にキャラクリアのため好感度上げてるから、一人と上手く行き出すとストーカーみたいになる人もいるし。だからね、三人で協力して、早く結婚相手を決めてハッピーエンドコースに進まないと、不幸フラグが連鎖するんじゃないかとリズと話し合ったのよ」

「ファーストとセカンドのキャラが混在してるんだものね。どれが正しいのか分からなくなるわ。それが得策よね。――ああ、だから私へのラブレターがどうとか言っていたのね」

思い出したようにミーシャが床に無造作に置いていたバッグを持ち上げた。

中から山のような手紙を取り出し始める。

「社交界にデビューしてからのものだけ持って来たわ。本当に重たかったわよ」

「すごい数ですね。私もデビューしてから結構来ましたが、ミーシャ様程では」

リズもティーカップやプリンの乗っていた皿を脇に避けて、自分のバッグから紐で閉じた束をどさどさとテーブルに乗せ出した。

二人のモテようがすごい。私なんか一通もないのだけど。

……まあ十歳からシェーン様の婚約者だものねえ。そら王子の婚約者に手紙を出そうという不毛なことをする人はいないだろうが、一応前世よりはそれなりに可愛いつもりなのよ私も。ちょっと寂しいじゃないの。

「同じ人からの手紙が何通も来てたら、執着すごそうだし、闇堕ちする可能性は高そうよね。そういう人たちを二人とも選り分けた方がいいわよ」

「「みんなそうだけど」」

リズとミーシャがハモったように返してきて、私は思わず（ひいいいい）と心の中で悲鳴を上げた。

攻略キャラじゃなくても重たいじゃないの。

「顔写真もない世界だものねえ、私、実物見ないと信じないタイプなの」

「そうですよねえ。ほら、こっちって日本と違って女性は離婚・再婚とか評判が余り良くないって言うか、一度したらおしまい、みたいな価値観があるじゃないですか？　失敗できないっていうか、慎重に選ばないとこの先地獄ですものね」

「そうなのよ！　ＤＶモラハラ野郎だと思って逃げ出せてもその先一生独り身とか、私の愛と性欲どうしてくれるのよって感じよね」

「まあいい人だったとしても体の相性までは分かりませんけどねえ。ま、粗チンでも人間的に好みなら許せますし、体が満足できなければ、こっそり愛人でも作ればいい話ですものね。まあ人間性と体の相性どちらか諦めなきゃいけないなら体の相性ですし」

「そうね。まあ私たちお金はそんなに困ってないから、家柄も正直そんなにこだわらないし、せめて見た目の好みとお人柄くらいはこだわらせてもらいたいわよね。竿なんて年取りゃ誰だって枯れるものだし」

「まあミーシャ様、マジリスペクトですわ！」

「ちょっ、貴女たち昼間っから何て会話をしてるのよっ！」

あけすけな会話に私の方が恥ずかしくなってしまう。

こんな惚れ惚れするような綺麗どころの女子たちが、性欲がどうとか粗チンがどうとか、いくらなんでもオープンすぎるではないか。

「ルシアは乙女ねえ。昨今は婚約者と婚前交渉だって普通にありらしいわよ」

「えっっ!? 本当に？」

「まあ殿方の希望もあるんでしょうが、どうせ結婚するんだから、というのが免罪符になっているとも言いますわね。初夜でベッドが破瓜で血まみれになるのも男性側の後処理が大変とも言いますし、どうせなら結婚初夜はお互い気持ちいい方がいいですものね」

リズの言葉で、なるほどそれはあるかも知れないと私も思った。

何しろ前世でも処女だったので、どのぐらい出血するかも分からないが、そんなに血が出るのなら、とてもコトが終わってすぐ自分でシーツを交換するとか、風呂で夫のナニや自分の股間を綺麗にする、などという作業ができる元気があるのか不明だ。面倒なことは先にすませたいという気持ちは分からないでもない。

日本では結婚する前から普通にセックスしている人は多いし、ビッチがいいとは言わないまでも、純潔は恋人同士の間、婚約者同士ではさほど重要ではないのだろう。

「……もしや、ミーシャもアクセル様を陥落させたら結婚までに致そうと？」

「当然じゃないの。初めてはアクセル様に捧げると決めてるもの。アクセル様は体が大きいから早めに慣らさないと、ほら、私は小柄だから厳しいと思うのよ」

何が厳しいのかよく分からなかったけれど、とりあえず頷く。

アクセル様と結婚を希望しているならば、尚更セカンドのようなバッドエンドのフラグを立てさせてはならない。

「それで、リズは誰かいい人はいるの？」

ミーシャがリズに顔を向けた。

あ、そういえばリズは本命が誰なのか聞いてなかったわ。

「――いえ、私は今のところ、これという方は。死んでしまったのでセカンドは余りやってないですが、ファーストは一通りクリアしましたので、フェルナンドさんも攻略キャラなのは知ってますし、アクセル様やグスタフ様、シェーン様もクリアしました。ただ、主要なキャラ以外の求婚者もいるので迷っています」

「二人とも綺麗だもの。別にゲームの攻略キャラでなくても、よりどり見取りで幸せになれそうだわ」

私は、今は婚約破棄を急いで求めるよりも、ヒロインたちの幸せを先に見届けるつもりだ。彼女たちが幸せになれば、私に対する死亡フラグは立たないだろう。

何しろ二つのゲームのヒロインがいるのだ。世界観がどうであろうと、何より優先すべきはヒロインのハッピーエンドではなかろうか。

「それで、闇が深そうな男性は、なるべく早めに断りを入れるべきだと思うの。手紙を持って来てもらったのは、文章でヤバさがにじみ出る人もいるからよ。ミーシャもリズも、これはまずいぞ、って感じの人はいる？」

「えーと……そうねえ。この十六通来ている伯爵家の嫡男って人は、三十八歳でまあ年齢的にはＯＫなんだけど、この年まで結婚してないってのが何かあるのかと思うわよね。それに毎回便箋五枚はびっしり書いてくるんだけれど、如何に私が好みかということと、自分が如何にできる男かというマウントアピールがすごいわね。あと、こっちの七通の人は侯爵家の次男なんだけど、二十五歳ですごい女好きで熟女からデビュー前の少女まで食ってるとか周囲に自慢していたらしいのでドン引きね。あとは……」

「いやそこまで手紙来る前に断りなさいよ」

「だってこの人ったら一日置きぐらいに来るのよ？　返事しなくちゃと思ったら次のが来て、他の人からも『パーティーで一目惚れした。君は我が家に来る運命だ』とかバカ属性な手紙もかなり来るから、そっちを先に断ったりね。後回しにしているうちにこんなに増えたのよ」

「ミーシャ様はとても人気がありますから、適齢期の男性からのアプローチが……あら？　この名前はどこかで見た記憶が……あああありましたわ！　やだこの伯爵家の男性、ミーシャ様にも？」

「ああ、その十九歳の小僧ね。直接花を持って来たことがあったから顔は知ってるわ。まあ顔は悪くないけど、若いのに筋肉の欠片もないし、顔の良さを若干鼻にかけてるところが気に食わなくて、速攻でデートも断ったわ。そっちにも何か？」

「私には美味しくもないお菓子を買って来て、世間話のついでにデートに誘ってやるから有り難く思え、みたいな感じでしつこく誘って来ましたわ。顔も好みじゃないですし、好きでもない男の粘着ってキモいだけですわよね。角を立てないよう断るのに苦労しましたわ」

「粘着執着束縛ヤンデレは両想いに限るわよね」

「好きじゃなければただの変質者ですからね」

私は話を聞いていてなるほどと頷くばかり。あれ、二人がしっかりしすぎてて別に私のサポート要らなくない？　いやいや、私だってどこかで役に立てるはずだ。鍛えてるし護身術は学んでるし、ボディガードはできるわよね。

それにしてもシェーン様との婚前交渉とか……考えたこともなかったわ。だっていつ婚約破棄するか分からなかったものねえ。あんな見目麗しい色気だだもれのシェーン様と真っ裸で、とか想像つかないなー。少なくとも私の鼻血は確実だろう。

ミーシャとリズの婚約が調えば、私も、少しは自分とシェーン様の将来について考えられるのかな。でも十八の誕生日まであと半年もないんだけど。

「とりあえず本命狙いのミーシャは、他の男性は不要でしょう？　冷たく思われても、きっぱりと断りを入れるべきじゃないかしらねえ」

私はミーシャへの手紙の山を見ながら呟いた。

「そうなのだけどね。まあ本当にヤバい感じのは断れるのだけれど、一応義父様や義母様が、不遇な生活をしていた私をいいところにお嫁に行かせたいと思っているから、せめて断るにしても顔合わせくらいはするべきだと言うのよ。お金も権力もないよりあるに越したことはないじゃない？　お金で買えないものはあるけど、大抵のことはお金で解決できるものね」

手紙をペラペラと振りながら、ミーシャは眉根を寄せた。

「だから何人かは、嫌だけど断るにしても立場的に会わない訳にもね。ほら、私も母が亡くなってから伯母夫婦に引き取ってもらった恩義もあるし」

「そうよね……まあ全部とは言わないまでも数人ぐらいは仕方ないかしらね……」

モテない私は気楽なものだが、モテすぎるミーシャもミーシャで大変だ。

ミーシャはぐいっと顔を上げた。

「私決めたわ！　アクセル様にガチでラブレターを書く！　一応アクセル様には好意アピールはしているのよ。若い女性の一時の気の迷いとでも思ってるのか、ちっともなびいてくれないけど、本気だってところを見せないと。本気で足掻いてダメなら、スパッと諦めて手紙寄越した男性から決めるわ。だからルシア、よろしくね！」

手をガシッと掴まれて驚いた。

「――え？　何を？」

「いやだ、アクセル様にラブレターを渡して欲しいのよ。アクセル様が普段護衛しているシェーン様のところに気軽に行けるのは、ルシアしかいないじゃないの！　それに私だって、直接渡せたとしても、迷惑な顔を一瞬でもされたら暫く立ち直れないもの。恋する乙女よう、無理だわ〜無理無理」

「え、ちょ、ちょっと待って、私が渡すの？」

「お願いよルシア、今夜中に超大作のラブレターを書いて明日の朝一で届けてもらうから、シェーン様のところにお菓子でも差し入れするついでに、彼にちょろっと渡してくれればいいから」

「いや、私が渡すのはどうかしらね」

そうは言ったが、ミーシャの気持ちも分かる。アクセル様は仕事熱心だから、その場で突っ返されたりする可能性もあるし、万が一面と向かって断られるなんて展開があれば、乙女としてはかなりのダメージだ。

　私ができる状況にあるのは確かだもの。

「……分かったわ。じゃあ是非頑張って熱量のあるラブレターをお願いね」

「頑張る！　頑張るわ私！　そうと決まれば、早速帰りがけに選び抜いたレターセットを買わないと。それじゃ私はこれで失礼するわね。リズもまたね！」

「応援してますわミーシャ様！」

　頬を紅潮させて帰っていくミーシャを見送ると、リズも立ち上がった。

「ミーシャ様の潔さに感銘を受けましたわ私！　私もこれはないな、と断れるのはサッサと断ろうと思います。侯爵位とか、同じ伯爵位でも立場が上の方とかには一応お会いして、気になった方は一応一度ぐらいはデートしてみて、お顔立ちや人柄を探ってみますわ。体は一つしかありませんから、変に期待を持たせたままですと先が怖いですものね。好意を持てる方がいるかは不明ですが、気に入る人がいなければ攻略キャラを攻めるという手もありますし！　ミーシャ様やルシア様のバックアップもしなくては。まあ十六歳は成人とはいえ仮扱いですから、両親もまだそれほど熱心ではないですし、婚約狙いの男性を少々ポイしたところでどうということもありませんわ」

　確かに十六歳でデビューすれば成人とは言うものの、十六歳になった途端に結婚して妊娠すると、体が未成熟で出産時に亡くなったりするケースもあるようなので、早くても大体十八歳から二十歳辺りで結婚することが多い。

「ルシア様！　アクセル様とミーシャ様の件、何かあればご連絡下さいませね！　暫くデートでご無沙汰するかも知れませんけれど、私も好みの男性がいたらご連絡しますわ！」

そう言って手紙を片付けるとご機嫌な様子で帰って行った。

なるほど。モテ期が来てるから嬉しくてどっちつかずにしておいたものの、放置してヤンデレ化も怖いし、好みでなければバッサリ早めに切っておいた方が得策だ、とミーシャの思い切りの良さで理解したということかしらね？

複数の相手に同時にラブレターを出しているような馬鹿な男もいるようだし、変に執着されるよりも、後腐れのないようにしておいた方がいいものね。

私も、頑張ってサポートしなくちゃ。

でもアクセル様は、シェーン様と同じコワモテでも、苦手な方のコワモテなのよねえ。彼と違って表情の変化がより乏しいせいか、機嫌の良し悪し(あ)が分かりにくいのよ。まあ接してる時間が少ないせいもあるわね。

「――よし。それじゃ明日のためにマカロン作るかな」

私は気合いを入れて厨房(ちゅうぼう)に向かうのだった。


私がいつものように執務室でグスタフと「急ぎ」と書かれたケースの書類を処理していると、小さくノックの音がして、アクセルが扉の外から声をかけてきた。

「失礼致します。シェーン様、ルシア様が差し入れに来られたのですが、ご都合は如何(いかが)でしょうか？」

「よろしいに決まっているだろう。そろそろひと休みする時間だろう？」

　私はグスタフの様子を窺った。

「急ぎ、急ぎ、ちょい先、普通、急ぎ、急ぎ、急ぎ、普通……」

「おいグスタフ、無視するな」

「……大臣たちはよー、本当にクソみたいに仕事ばかり増やしやがって何なん？　俺ハゲそうだわ。あ、今髪が一本抜けた。友達を連れて行くなよ一人で逝け。しっかし何で若者がこんなに働いてるのに、あの高給取りのオッサンたちは、家族とバカンスだの愛人との逢瀬だのと楽しく過ごしてんでしょうかねえシェーン様？」

「大臣たちも若い頃に働きすぎたからハゲたんじゃないか？　大丈夫だまだグスタフはハゲてない。まあ大臣たちの話はいいから休憩しよう。ルシアが差し入れを持って来てくれたらしい」

「ルシア嬢が？　――そうですね。少し甘いものでも食べてクールダウンしますか」

　グスタフが珍しくすぐ了承してくれたので、気が変わらないうちにアクセルに急ぎ案内するよう伝えた。

「シェーン様、申し訳ございません。いつも思い立ったが吉日とついお約束もせずに現れまして」

　相変わらず光り輝く太陽のような笑顔のルシアが扉から姿を見せて、味気ない執務室が一気に特別な空間に変わる。特に香水なども使わないと言っていたが、いつもルシアが来るといい香りがする。石鹸やシャンプーなどの香りだろうか？　ルシアそのものの香りかも知れない。

「ルシアはいつも突然だから（とても嬉しい）……今日は何を持って来たんだ？」

　喜びでだらしなくニヤついてしまうんじゃないかと顔を引き締める。

「マカロンを。せっかく覚えたのに作らないと忘れてしまいますから。ふふふっ」

いそいそとリボンでラッピングされた紙袋を取り出したルシアは、メイドがお茶を運んで来たのを見てより笑顔になった。可愛い。

「まあ。丁度お茶の時間だったのですね！　いつも仕事がいち段落ついた時に休む、という感じで決まっていなかったですものね。ですから私も読めなくて……ホッと致しましたわ」

私とグスタフに同じサイズの紙袋を渡したのが腹立たしいが、嬉しいことには変わりはない。

「ありがとう。早速だが食べてもいいか？」

私はルシアに断りを入れると、袋のリボンをほどいて中のマカロンをつまむ。

「……生地のコーヒーの苦みと挟んでいるクリームの甘みがちょうどいいな」

だからどうして私はこういう時に甘い言葉を吐けないのか。愛するルシアが作ってくれたせいかすごく美味いな、とかすぐ出て来ない自分に苛立つ。だが近くにいるだけで心臓がドキドキしてしまうので、それどころではない。しかしここで再度似たようなセリフを言うのは、いかにも取って付けたようで格好悪い。

「ルシア嬢お菓子作るの上手くなったよねえ！　ほら、全部焦げもせずに綺麗にカラフルに仕上がってるし！　隠れていた才能が開花したんじゃない？　……うわー、このオレンジのジャムの奴も酸味があって好みだなー。美味しいなー！」

「まあ大袈裟ですわグスタフ様。でもありがとうございます。オーブンの温度調整は自分でも多少マシになったのではないかと思いますのよ？」

グスタフの人好きのする喋りにルシアも笑顔で応えている。

社交性が高いグスタフが羨ましいが、ここ数年は特にルシアがそばにいるだけで、可愛いと愛してると抱き締めたいとドキドキがエンドレス状態な私にはかなり難易度が高い。せめて頼り甲斐のある大人の男として落ち着きを見せるのが精々だ。

静かにルシアのいる空間を堪能していると、ルシアが立ち上がり、

「では本日はこれで失礼しますわ。少し予定もありますもので」

と頭を下げた。

「もう帰るのか（残念だ。すごく残念だ）……慌ただしいな」

私は寂しさをグッと耐えた。ずっといられる訳でもないのに、予定のあるルシアを強引に引き止める訳にもいかない。

「また参りますわ。それではごきげんよう」

可愛さがすぎる笑顔で扉の向こうへ消えるルシアを見送り、次はいつになるやら、とポケットのミニルシアを無意識に撫でた。

「あ、ルシア嬢、手袋忘れてる」

ティーカップを片手にマカロンを口に放り込んでいたグスタフが、ソファーを指さした。

「まだ王宮内にいるかも知れないな。ちょっと出て来る」

私は急ぎ立ち上がると廊下に急いだ。扉を出て左右を見てもルシアの姿はない。

早足で馬車止めのある方へ向かっていると、ルシアの声が聞こえた。

（……ん？）

足を止めて耳を澄ませた。

「いえ、私は――」

「お願いします。精一杯の気持ちなのです。是非受け取って下さい！」

アクセルとルシアのやり取りに、一気に不穏な感情が湧き上がる。

そっと曲がり角から覗くと、ルシアが必死で手紙をアクセルに渡そうとしていた。

「決してただの憧れとかじゃなく、真剣なのです。それだけは分かって下さい！　お返事、どうぞよろしくお願い致します！」

押し付けるようにして手紙をアクセルに渡すと、そのままルシアは一礼して去って行った。余りの衝撃に、暫く呼吸することも忘れていた。

……あれは、あれはどう見てもラブレターだ。

ルシアがアクセルに？　まさか最近マメに現れるようになったのは、アクセル会いたさだったのか？　だがそんな気配微塵も見せなかったじゃないか。

いや、婚約者の前でそんな分かりやすい態度は取らないか。

アクセルは困っていたように見えたが、それはルシアが私の婚約者だからであって、そうでなければどんな男であろうと世界一可愛いルシアのラブレターを受け取らない選択肢などありはしない。

「ルシア……私では、ダメなのか……」

執務室に戻りながら、明後日はスイーツフェスティバルの賞品のドレスを作るため、町のオートクチュール専門店に連れて行く日ではなかったかと思い出した。

五分前はあんなに幸せだったのに、神は意地が悪い。私は深い溜め息をついた。

「シェーン様。本日はわざわざの付き添いありがとうございます」

「……ああ」

何だろう、今日はシェーン様が無表情Aに近い状態だ。お疲れなのだろうか。

私とミーシャ、リズの三人は、シェーン様と護衛の方四人に連れられて年末のパーティー用のドレスを作りに町へ来ていた。フェスティバルの副賞である。

普段は使わないようなちょっとお高いオートクチュールの店で、上品なマダムたちがミーシャやリズのサイズを測り、布地をあてではあーでもないこーでもないとやっている。彼女たちは一位二位なので、ドレスのデザインやらそれに合わせたアクセサリーや靴、バッグの一式プレゼント。組み合わせ等があるので、慌ただしい。

三位の私はドレスと靴のセットだけなので後回しだが、それでも目がびょーんと飛び出てしまいそうな金額だ。

いや、一応私も侯爵家の娘なので、別に買えない訳ではないのだが、何しろ普段からドレスに興味がないのだ。ドレスも最低限の枚数しか持っておらず、アクセサリーも幾つかのみ。あとは普段着のワンピースやツーピースなど、カジュアルな席で身につけるものしかない。屋敷内ではいつ汚れても洗いやすい【なのだ】な格好がベースなので全く困らないのだ。

用意されたお茶を飲みながらシェーン様とお話でも、と思っていたのだが、少々ご機嫌がよろしくなさそうなので、会話が続かない。

「あの、シェーン様。お疲れでございますか?」

「……いや、大丈夫だ」

「左様でございますか……あの、本日は珍しくアクセル様はおいでになっておりませんのね?」

ようやく話すネタを思いついたと問いかければ、

「――いた方が良かったか?」

と暗い眼差しで返された。……おうふ。

何故シェーン様は、食べ放題の店にグループで現れた相撲取りを見る経営者みたいな絶望的な眼差しで私を見るのだろう。普段はコワモテなだけで、こんな荒んだような目はしてないのに。何か辛いことでもあったのかしら?

黙々とお茶を飲むシェーン様をよく見ると、目の下に隈があるし、何だか頬も少しやつれた感じだ。美貌に凄みが増しているともいうが、健康的ではない。

シェーン様はすぐ無理をして頑張ってしまうので、体調が悪いのも隠しておられるのではないかと心配で仕方ない。

「大変お待たせ致しました。狭い店なので一気にできずに申し訳ございません。ミーシャ様とエリザベス様は採寸と大体のデザインまでおすすみになりましたので、ルシア様もどうぞ」

「あ、はい。ありがとうございます。シェーン様、それでは少々失礼致します」

「ああ」

私は気になりつつも席を立ち、マダムが案内する隣室へ向かった。

「ルシア様はやはりバイオレットがお似合いですわね。スタイルもよろしいですし、すぐ十八歳になられるのですから、デコルテの辺りは広げて、少しセクシーな上品さを出して……ヒールは少し低めにした方がよろしいですか？」

布地を取っ替え引っ替え合わされて、デザイン画をしゃっしゃっと恐ろしい程の速さで仕上げていくマダムやデザイナーに囲まれて、ヒッキーな私は既にぐったりだった。

「ねえルシア、今日はアクセル様は来なかったわね。やっぱり避けられてるのかしら……」

最終デザインが上がるのを待っている間に、ミーシャとリズがやって来て近くの椅子に三人で腰かける。

「アクセル様は騎士団の隊長だもの。そちらのお仕事だってあるでしょう？　ドレスの採寸程度の用ではそんな危険なこともないでしょうから、新人さんに経験を積ませてるんじゃないかしら。やーね、ミーシャが避けられる訳ないじゃないの」

女性の私ですらクラっとする美貌で、お菓子作りも上手くて護ってやりたいような愛らしさだ。女子の最終兵器レベルの完璧さと言っても過言ではない。

これを避けているのであれば、アクセル様は同性愛者かインポである。

「大体まだ手紙を渡して二日よ？　お忙しい方だもの、すぐ返事が書けるかも分からないじゃない、せっかちね」

「そうですわミーシャ様！　きっといいお返事が来ますわよ！」

リズも何の心配もないといった表情でミーシャの背中を軽くぽんぽんと叩く。

「――そうよね、ちょっと気が急いてたみたい。まだ二日だものね」

ようやくホッと安心したように笑うミーシャも天使のような可愛らしさだ。眼福である。

「意外だわあ、ミーシャも乙女だったのね」

私は驚いた目をしてからかった。

「あら、元々ルシアよりは乙女よ私。大工仕事も護身術もやってないじゃない」

……言われてみればその通りである。

「そうだったわ。皆の中で私が一番女らしくなかったわね。……まあ今回のドレスはセクシーで上品な感じらしいから、年末のパーティーは少しはましになるかしら」

「ルシアは美人だもの。華やかでしょうねぇ！」

「ミーシャ様のドレスもピンクホワイトでとても可愛いんです。私のもレースがポイントなのですって！　三人ともドレスの仕上がりが楽しみですね！」

マダムが見せてくれた三人のドレスのデザインを見ながらワクワクと話し合っていると、隣からノックの音がして、若い騎士団の男性が許可を得てから扉を開けた。

「恐れ入ります。打ち合わせが終わったのであれば、そろそろ日が落ちますので早めにお送りしたいのですが」

「失礼致しました。もう終わりましたので大丈夫ですわ」

私たちは急いでシェーン様の待つ部屋に戻った。

「では私はこれで。シェーン様、失礼致します」

「ああ。足元に気をつけて」

一番近いリズが馬車を降りて私たちに手を振ると、自宅の屋敷に入って行った。

この道だと次はミーシャで最後が私になるようだ。

ゆっくりと動く馬車の中でシェーン様はぼんやりと外を眺めており、心ここにあらずといった体で、私たちに話しかけることもない。

（シェーン様何だか元気がないわね。ルシア何かやらかしたの？）

小声で囁くようにミーシャに尋ねられたが、私は首を振った。

（何にもしてないわよ。何故私がやらかす前提なのよ。やらかしてるのはかなり昔からだもの。今更じゃない）

（そうよねえ……お疲れなのかしら。女性の洋服選びは大抵長いものねえ）

まあその前から何だか様子がおかしいのだけど、言っても仕方ない。

その後暫くしてミーシャが降り、馬車の中は私とシェーン様だけだ。騎士団の人たちは前方の御者席に二人、背後から徒歩で二人付いてきている。

……無言の空間がいたたまれない。

ふと窓から外を見ると、屋敷からジジといつも歩いて買いに行くお気に入りのパン屋の近くであることに気がついた。ヒッキーの私は、使用人と近所の川で釣りをするか、買い物に付き合うくらいしか出掛けることがないので、近隣の道だけは詳しい。

むしろ近隣の道しか覚えていないとも言う。

「シェーン様、私は家族にお土産を買って行くので、ここで降ろして頂けますか？　外はまだ明るいですし、屋敷までは数分でございますので」

明日の朝食は、いつものパン屋のクロワッサンとオムレツにしてもらおう。父様も母様もあの店のクロワッサンはお気に入りである。

「……そうか。ルシアも気をつけて」

私を見たシェーン様は、いつもの聡明な瞳の輝きがなかったが、早めに眠って疲れを取って頂ければ明日は元気になって下さるだろうか。

私は頭を下げて、

「……シェーン様もお気をつけて」

とだけ言うと馬車を降りた。

カラカラと車輪の音を立てて、ゆっくりと動き出した馬車を曲がり角まで見送ると、私もパン屋に向かった。さて、売り切れてないといいけど。

先程より夕暮れが深まっている。日本に暮らしていた時と違って、この国はあまり道路に街灯が多くないので、私も一人の時は、日が落ちてからは出歩かない。夜はほぼ真っ暗で足元が見えなくて怖いのだ。

馴染みの店に入ると、幸いなことにクロワッサンは人数分買えたので一安心し、ついでに使用人たちの明日のおやつにとクッキーの詰め合わせも購入した。

「ありがとうございました〜♪」という声に見送られて店を出た私は、五分もかからない屋敷に帰るため足を速めたのだが、シェーン様の様子を思い返していたので注意を怠り、曲がり角で何かにつまずきよろけた。

道にうずくまる男性がいたのでぶつかってしまったようだ。

「申し訳ありませんでした！　お怪我はございませんか？」

焦って私もしゃがみこむと、

「……大丈夫ですよ、俺はね」

と返事が聞こえて、ん？　俺はね？　と疑問符が飛び交ったが、どういうことか尋ねる前に腕を掴まれて、濡れたハンカチのようなモノを口と鼻に押し当てられた。

「んっ!?　んんんっっ！」

咄嗟に外そうとして暴れたが、それが却って良くなかったらしい。息が上がって吸わないようにしていた息を吸ってしまったら、見ていた景色がくにゃり、と歪んだようになり、そのまま意識が遠のいた。

六章

体が何処か柔らかいところにとすん、と落とされた衝撃で意識が浮上した。

「うっ……」

少し息が詰まるような感じがする。何故だろう、目を開けようとするのに頭がぼんやりして、体もだるくて上手く動かない。

うーんおかしいな、私結構体力はあるつもりなんだけれど。

「ん？　目が覚めたかいお嬢さん？」

聞き覚えのない声がして、私は一気に頭が覚醒した。

無理やり目を開けると、そこは見たこともない部屋。

私はベッドの上にいるようで、三十歳前後の額に傷のある男と、四十代の髭の男、二十代のつり目気味の男が周りに立っていた。

「な、何ですか？　誰よ貴方たち！　ここはどこ？」

確か、私はパンを買って、屋敷に戻るところだった筈だ。

それで、シェーン様が元気がなかったことに気を取られてぼんやりしていたら、誰かにつまずいて……あ、何かキツイ匂いのする布を口元に当てられたような……。

腕が何だか痺(しび)れると思ったら、後ろ手に縛られているではないか。

「これは、ゆ、誘拐なの？　お金？」

確かにウチは侯爵家だしそれなりにお金もあるけど、誘拐ならもっと子供とかじゃないの？

「ぶぶー。半分当たってるけど半分外れかな」

若い男が私の乱れた髪を手ぐしで整えてくれたが、触られるだけで気持ちが悪い。

「お嬢さんはねえ、これから俺たちにばっこんばっこんされるの」

「ばっこ……何？」

「エッチなことをするっていう意味」

「ほら、怪我(けが)だけはさせるなって言われてるから縄は解(ほど)いてあげる。大人しくしてくれないとまた結んじゃうけどね。まあそういうプレイも嫌いじゃないけど」

手首の縄をほどきながらつり目の男がニヤニヤと笑う。

「何で……？」

「本当はね、最初はミーシャちゃん？　あのすっげー綺麗(きれい)な子。あの子の予定だったんだけどさ。彼女は一人で行動することが少ないし、今日もすぐ屋敷に入っちゃったから難しくてさ。ルシアちゃんもダメかなあって思ってたけど、都合がいいことに買い物で一人になってくれたからさ、こっちを先にしようかと思って。順番なんか些細(ささい)なことだろ？」

髭の男が私の足にごつい手を乗せ、太ももを撫(な)でている。鳥肌が立ったがそれどころではない。

「ミーシャの予定って、どういうこと？」

私はずっと黙っていた額に傷のある男を見た。

「……妬まれるんだよね、綺麗すぎる女とか、幸せに見える女ってさ」

ぼそりと言われて、私はゲームの世界が頭をよぎる。

リズに聞いたセカンドの方は、ミーシャが輪姦されるとか、それを苦にして自害するとか聞いた。私もミーシャとの仲良しアピールで、虐めの冤罪を受けないようにしたし、ミーシャも陰口は叩かれるが、面と向かって虐められることもないと言っていたのに。それは気のせいで、やはり恨みを買っていたのだろうか？

ここはセカンドの世界観で動いている世界なのだろうか？

「あの私は、そんな幸せじゃないですしっ」

このままだと追放闇堕ち首ちょんぱエンドの可能性があると思って、必死に婚約破棄を目論むような女だし、未だその可能性はゼロではない。

「ふーん。でも、婚約者を嫌っていて、婚約破棄したいらしいって聞いたよ」

「そーそー。でも相手がなかなか婚約破棄に応じない粘着質な男だとか」

粘着質とか言うな。真面目で愛のない政略結婚を受けようとしてる誠実な男なのよシェーン様は！

「確かに婚約破棄を考えてない訳じゃないですけども、それは相手の問題じゃなくって――」

「ああ、いいのいいの。そんな細かい事情はどうでも。ほら、俺たちにばっこんばっこんされたら処女じゃなくなるし、物理的によその男に処女あげた女なんて、真っ先に婚約破棄するでしょ。貴族様なんて見栄と外聞が大事だから。お互いにハッピーじゃん」

確かに、処女でなくなればシェーン様との婚約破棄は間違いないだろう。

だが、それでもこんな見知らぬ男たちにレイプされたい訳あるか。

「全然ハッピーじゃないです！　触らないでよ！」

「大丈夫、終わったらすぐ解放するから。まあ二回ずつくらいはやらせて欲しいけど。ほら、若い子とするの久しぶりだし、処女なんて何年ぶりかってくらいでもうガッチガチなの俺」

髭の男が私の手を無理やり自分の股間に持っていく。

ズボン越しに熱い棒のようなものが感じられた。

「ひゃっっ」

と手を引っ込めた。

前世を通して初めて触ったのが、好きでもないオッサンのおちんちんとかもうトラウマ案件だわ。

「おー、初心（うぶ）だねえ。流石処女。でもほぐせば痛くないから、最初は時間かけてやってやるから安心して」

つり目の男がワンピースの前ボタンを一つずつ外していく。

「やだ！　止めてっ‼」

「止めてと言われて止める訳ないでしょ。ああ、叫んでも無駄だよ。ここ空き家で周りに民家ないから。だーれも来ないよ……うわあ、おっぱい大きいねえ。揉み甲斐（がい）ありそう♪」

丸見えになったブラジャーから指を突っ込み、揉みしだかれると涙がこぼれた。

いくら護身術やってようが、男三人に囲まれて押さえられたら何にもできないじゃない私。

「嫌っ！」

必死に抵抗しながら、こんな形で処女をなくすならシェーン様とが良かった、と今更ながら思う。

もう遅いけど。

「やだーシェーン様ーっっ!!」

ブラジャーを外され、ぽろんとおっぱいが見えてしまい、もうおしまいだ、と思わずシェーン様の名前を叫んでしまった。

「もう、無駄だって言って――」

「ルシアーッ!!」

その時、激しい音を立ててドアが開き、ここにいる筈のない人が立っていた。

「シェーン様!!」

私は思わず起き上がろうとして、おっぱいポロリだったことに気づいて、

「いやあー見ないでーっっ！」

と脱がされかけた服で胸を隠した。

涙でメイクは落ちてるし半裸だし、もうえらい状態だ。とても顔が見れない。

「お前たち、その汚い手で私の婚約者に触るな……死にたいのか？　そうか死にたいんだな」

今まで聞いたことがないほど重低音のシェーン様の声が聞こえ、剣を抜く音がした。

「ひいっ」

「お、お許しを！」

傷のある男がナイフを取り出し、牽制しながら窓を開けて飛び出した。

それに気づき、跪いていた男たちも素早く窓から脱出した。

「無駄なことを……私が一人で来る訳なかろうが」

シェーン様がポツリと呟いたのと同じタイミングで、

「騎士団に敵(かな)うと思ってんのかチンピラが！」

「骨の一本二本折ったっていいでしょう？」

と外で声がして、男たちの叫び声が聞こえた。……助かったのか？

私はようやく実感して、安心したのか体がぶるぶる震えた。

「――ルシア、大丈夫か？」

剣を収め、私のそばにやって来たシェーン様は、私を見ないように顔を逸(そ)らした。

「ほら、早く服を直せ」

「あり、ありがとう、ござい、ます」

恐怖が改めて襲って来てうまく言葉も出せず、ブラを留め、ワンピースのボタンを留めた。

「……歩けるか？」

「大丈夫で、す……ふわっ」

足もがくがくしてよろける。私はこんな弱い人間なのか。

倒れそうになる前にシェーン様が抱えてそのまま抱き上げた。

「あの、重いですから下ろして下さい。大丈夫ですわ」

「さっさとこんなところを出たいからな。黙って掴(つか)まっておけ」

シェーン様はそう言うと、そのまま民家を出て、待っていた騎士団の人たちに鋭く指示を飛ばした。

「後は任せる。そいつら絶対余罪があるから吐かせろよ」

そう告げると、馬車に私を運びそのまま乗り込むと、何故か私を膝に抱えた状態で馬車が動き出した。

「あの、シェーン様」

「何だ」

「向かいに席がありますので私はそちらに」

「断る」

そのまま私をぎゅっと抱き寄せた。

「間に合って良かった……」

私はふと疑問を思い出した。

「あの……シェーン様、助けて下さったことは本当に感謝しているのですが、何故私がここにいることが？」

「……話すと長い。あとルシアの家には状況を説明ずみだ。今日は動揺しているから私の屋敷に泊めると伝えてあるから安心しろ」

王族は国王陛下とシェーン様それぞれに王宮内に個別の屋敷がある。

小さい頃に遊びに行ったきりだが、沢山(たくさん)部屋があった記憶が蘇(よみがえ)った。

「いえ、ですが」

「この件の解決のために、奴らがしたことや言っていたことなどの確認もしたいしな」

「……そうですよね。分かりました。ですが、やはり膝の上はちょっと」

「断る」

その後、下ろせ断るの攻防をしているうちに、シェーン様の屋敷に辿(たど)り着いてしまった。

（……しまった。手袋を返すのを忘れていた）

パン屋へ寄り道をするというルシアを降ろし、また馬車がゆっくり動き出し、少し経ったところで私は座席の隅に置かれていた袋に気がついた。

先日ルシアが忘れて帰ったものである。ちゃんと洗濯してアイロンまでかけてある。

「すまないが、さっきルシアを降ろしたところまで引き返してくれないか」

馬を御者台の護衛の一人に窓を開けて告げる。

（やはり謝ろう。今日の対応は幾らなんでも大人げなかった）

私はUターンした馬車がルシアを降ろしたところまで戻り出したのを確認しつつ、また自分の考えに戻った。

ルシアが誰を好きになることも止められはしないのだ。それが私ではなく、アクセルであったとしても、私のことは「嫌いじゃないけど政略結婚の相手であり、それも堅苦しい王宮の人間だから何とか婚約破棄したい」としか思っていなくても、それはルシアの自由であって、私だけを見てくれと言ったところで、どうなるものでもない。

だから、ルシアがアクセルに手紙を渡そうが、ドレスの仮縫いで「アクセル様は来てないのか」などとあからさまな恋慕を聞かされ腹が立ったとしても、不愛想に対応するべきではなかったのだ。

ポケットにしまっているルシア人形を上からそっと触りながら、

「それでも、ルシアには私のそばにいてもらいたい……」

と胸が締め付けられる。

そうだ、いくら彼女が誰を好きだったとしても、私を好きになってもらう努力をしないでどうする。

あんなぶっきらぼうに、冷たい対応をするような男に好意を持ってくれるだろうか。答えは否だ。

ちゃんと手袋を返して今日の振る舞いを謝罪し、改めてルシアの好感度を少しずつでも上げていかなくては。子供みたいな癇癪を起こしてどうするシェーン。頼り甲斐のある男としてルシアにアピールするんだろうが。

「シェーン様、先程のところに到着致しましたが」

いつの間にか馬車は止まっており、外から声がかかった。

「ああ、すまない。少しだけ待っていてもらえるか」

私は馬車を降りた。

ルシアのよく行くお気に入りのパン屋は何年も前にリサーチずみである。

私の寝室の鍵のかかる引き出しの中には、ルシアノートが何冊も保管されており、使っているシャンプーやトリートメント、基礎化粧品から気に入っている菓子店や洋品店、懇意にしている大工仕事用の工具の鉄工所まで事細かに記されている。

ルシア専門の情報員を雇っているので、二日に一度は新しい書き込み・修正要素がもたらされる。

そして情報を適宜最新のものに書き換えたりするのも、就寝前の私の日課でもある。書くことがなければじっくり読み返す。

ルシア本人よりルシアのことに精通しているといっても過言ではない。

自分でも若干普通じゃないのではなかろうかと思うことがある。

（確かここの筈だが……）

目当てのパン屋に入るが、ルシアの姿は見えない。

「……すまない。ここに綺麗なストレートのプラチナブロンドで、スモークグレーの瞳の美人が買い物に来なかっただろうか？　身長は一六五センチ程だ」

背後からいきなり声をかけられた店主の妻と思われる中年女性は、驚いて振り向き目を見開いたが、話を聞いてああ、と笑った。

「ルシア様でしょうかバーネット家の？　確かに先程見えられて、幾つかパンをお買い上げ頂きましたが、もうお帰りになりましたよ」

「そうか。ありがとう」

私は急いで店を出る。ルシアの屋敷はここから数分。もしかしたらもう屋敷に戻ってしまっただろうか？　早足で屋敷までの最短ルートである道を辿ると、背中まで愛らしいルシアの姿が少し先に見えた。

だが道を曲がろうとして、何かにつまづいたように見えて私は慌てた。

（本当にルシアはそそっかしいのだから……）

怪我でもしてたら大変だと駆け出そうとしたら、何故かルシアがぐったりと横たわっており、男性が彼女を抱き上げて馬車に運び込んだ。

もしや具合でも悪くして、通りすがりの人間に助けてもらったのかと思ったが、どうも様子がおかしい。男性は辺りを見回すようにして馬車に乗り込み、御者台の男に合図をすると、滑るように馬車は走り出した。

――まさかルシアが拐われたのか？

一瞬頭が上手く情報を整理するまでに時間がかかった。後ろから付いてきていた護衛の男に呼ばれる。

「シェーン様、急いで追わねば。馬車へお戻りを！」

ハッと振り向き、私は馬車へ向かって駆け出した。

「奴らは絶対に逃がさない。悟られないよう慎重に追え」

「はっ！」

私のルシアを拐うなど、神をも恐れぬ行為だ。

最近女性が拐われ、理不尽に乱暴される事件が何件か起きているので、調査を強化していたところだったが……まさかルシアを拐った奴らが犯人なのか？

あれだけ美しく可愛らしい女性だ。どんな男でも通りすぎただけで恋に落ちるのは当たり前だが、私の可愛い婚約者に手を出そうなどとは。何があろうと許すことはできない。ルシアの恐怖が自分にも伝わって来たように身震いする。

あいつら、ルシアに手を出したら命はないと思え。

ギリリッと歯を食いしばり、早く、早くと繰り返すのだった。

「ここか――姿が見えたのは三人か？」

馬車を降りると周囲に民家はなく、荒れた感じの一軒家がポツンと建っているだけだった。

「はい。中に他にも仲間がいるのかは不明です。……近くに騎士団の詰所があるので、馬で救援を呼びます。恐らく十分程で連れて来られるかと」

「急げ」

「はっ！」

装具を外した馬に跨って、護衛の一人が来た道を戻って行った。

私がそのままスタスタと一軒家に向かおうとするのを、護衛の一人が慌てて止める。

「シェーン様お待ちを！　大勢いたらどうするのです。味方が戻って来てから一斉に踏み込みましょう」

「それまでにルシアに何かあったらどうする？　彼女はか弱い女性で私の愛する婚約者だ」

聞く耳持たずという私の態度に、「あああもう！　どうしてルシア様が関わると冷静さが失われるんですかシェーン様は！」と年の近い護衛が思わず怒りを見せたが、そんなもの愛しているからに決まっている。

一軒家の入口は、いつもなのか鍵はかかっておらず、慎重に中に入る。狭い家なので一人だけ護衛を同行させ、二人は外が見渡せるところで待機させた。

足音を立てないように手前の部屋から様子を窺うが、人の気配はない。

（ルシア……どこだ？）

キッチンを抜けた奥に、二つ部屋が見えた。あのどちらかにルシアがいる。

他に奴らの仲間がいないかチェックを……と思っていた時に「やだ！　止めてっ!!」というルシアの叫びが聞こえ、冷静さは一瞬で消えた。

護衛が腕を引き止めるが振り払う。

「やだーシェーン様ーっっ!!」

「ルシアーッ!!」

と叫びながら部屋の扉を叩き壊さんばかりの勢いで開けると、そこには泣きじゃくるルシアがいた。

ワンピースはおろか、下着まで脱がせようとしている男たちの姿が見えて、ぷちん、と自分の何かが切れた音を聞いた。

「いやあー見ないでーっっ！」

とルシアが必死に肌が見えているところを隠そうと服をかき集めていた。

「お前たち、その汚い手で私の婚約者に触るな……死にたいのか？　そうか死にたいんだな」

剣を抜き三人の男に近づくと、何か懸命に命乞いをしていたかと思ったら、そばの窓を開けて逃げ出した。

「無駄なことを……私が一人で来る訳なかろうが」

外で叫び声が聞こえたので、待たせていた護衛が捕まえたのか応援が間に合ったのか。後でじっくり吐かせるにしろ、今大切なのはルシアだけだった。

ルシアがぶるぶる体を震わせていた。どんなに怖かっただろう。

「――ルシア、大丈夫か？」

剣を収めてルシアのそばに向かうが、ルシアを見ようとすると晒された肌が視界に入るし、目のやり場に困る。

「ほら、早く服を直せ」

「あり、ありがとう、ござい、ます」

急いでボタンを留めたりする気配がして、私の心も穏やかではない。

「……歩けるか？」

「大丈夫で、す……ふわっ」

ルシアがよろけたところを支えてそのまま抱き上げる。

「あの、重いですから下ろして下さい。大丈夫ですわ」

全然大丈夫そうに見えないのだから却下だ。

「さっさとこんなところを出たいからな。黙って掴まっておけ」

抱き上げたルシアはむしろ軽いくらいだった。酔っ払って眠っていた時と違って起きている方が軽く感じるのは何故だろうか、などと考えながら表に出ると、護衛とその周囲の騎士団の男たちに指示を飛ばす。

「後は任せる。そいつら絶対余罪があるから吐かせろよ」

それだけ言い、小声で一人の護衛に囁くと、馬車にそのままルシアと乗り込んだ。

あいつら未遂だからって、そのまま微罪で許すとでも思ってるのなら大甘だ。

私のルシアの服まで脱がそうとした時点で極刑レベルだ。

ルシアを膝の上に乗せたまま、合図をして馬車は動き出した。

「あの、シェーン様」

「何だ」

「向かいに席がありますので私はそちらに」

「断る」

そのまま抱き締めた。ルシアは少し落ち着いたようだが、私の方が怖かったのだ。

万が一私がルシアを追って戻っていなかったら。

拐われたことに気づかぬまま、ルシアが襲われてしまっていたら。

取り返しのつかないことになっていた危険だってあったのだ。

「間に合って良かった……」

正直自分も震えが来そうだったのを必死に抑えていたのだ。

そして、このままルシアを帰すのは、自分の精神的にも耐えられそうになかったので、馬車に乗り込む前に護衛に耳打ちしておいた。

今日はルシアを私の屋敷に泊まらせる。事情聴取など幾らでも理由はあるし、手袋も返せていない。謝罪もできていないのだ。

それに、私以外の男がルシアの胸に手を置いていた光景が頭から離れない。

……というか婚約者の私ですら触ったこともないのだ。

屋敷に戻ったらまずは風呂に入らせて、メイドに思いっ切り磨き上げてもらい、奴らの痕跡を消さねば嫉妬で夜も眠れそうにない。

「話は後回しだ。ルシアもあんな汚い空き家にいたんだ、気持ちが悪いだろう？　風呂でも入ってこい。屋敷の風呂は広々としていて気分も良くなると思う」

私は屋敷に戻ると、敢えて男のことは告げずに、汚い場所だったからという言い方でルシアに風呂へ入るよう促した。当然古くからいるメイド長には隅々まで洗うよう頼んでおく。

「え？　……あらあらまああまあっ！　そうでございますかっ！　かしこまりました！　シェーン様が文句の付けようがない程磨き上げますわっ！」

何故か異常なまでにテンションが高いメイド長は、胸をポンッと叩くと急ぎ足で浴室に消えて行った。

私も寝室に戻り、着替えのため寝室に取り付けてある方の浴室で髪と体を洗う。

（……あ、まずい……）

自分の股間を見ると、情けないことに無意識でさっきまで膝に乗せていたルシアの体の柔らかさを思い出してしまい、すっかり勃ち上がってしまっている。

愛するルシアが同じ屋敷内にいると思うと尚更元気になるばかりだ。

これは、鎮めておかないと。

己の手で処理するのは毎日のことなので手早くすませ、風呂を出た。

楽な服装に着替え、タオルで髪を雑に拭きながら、呼び鈴を鳴らす。

現れたメイドに夕食とワインを用意するように伝える。ルシアは酒に弱いので飲ませたくないが、あんなことがあったのだ。緊張感を和らげるために一杯くらいは飲んだ方がいいだろう。

ポケットルシアを着ていた服からそっと取り出すとじっと見つめ、やはり本人には敵わないなお前も、と枕の横に寝かせた。

「ありがとうございましたシェーン様。湯船が広くて手足が伸ばせて気持ち良かったですわ。ウチの屋敷ではあの浴室の半分の広さもございませんわね」

風呂に入って八割方いつもに近い状態へ戻ったように見えたルシアに、私は内心ホッとした。

それにしてもメイクをしなくても肌はツルツルだし乾かされた髪も光り輝いている。どうしてルシアはこうも可愛いのか。神の加護を受けているとしか思えない。

指示した通りに護衛が着替えと寝間着を受け取ったのだろう、先程と違うワンピースに変わっている。

テーブルで夕食をすませ、書斎に場所を移してルシアに一杯だけとワインを勧めた。そして、あのワンピースは下着と共に破棄する旨を謝罪し、新しい服をプレゼントさせて欲しいとルシアに伝えた。

「とんでもありませんわ。助けに来て下さっただけでも感謝しかございませんのに、そこまでされては――」

「いや、頼むから贈らせて欲しい。私が勝手にしたことだから」

「……私も流石に二度と手は通せないと思ってましたから、却って助かりましたわ。気に入っておりましたけれど……気を遣わせて申し訳ありません」

ワインをいつものように少しずつ嗜みながら、ルシアは「それで……」と切り出した。

「先の話の続きなのですが……何故私が拐われたことを？」

「……手袋を忘れただろう？　先日執務室に来た時に。それを渡そうと思っていたのにすっかり忘れていてな。まだいるのでは、と引き返したんだ」

「まあ、それで……。いつでもよろしかったのにと言いたいところですが、今回はそれで助かったんですものね。律儀なシェーン様に感謝致しませんと」

ルシアが両手を合わせて目を閉じ、何やら小声で呟いた。

やめてくれ、私はそんな聖人君子ではないんだ。

「――それと、今日の無愛想な態度も謝りたかった」

目を開いたルシアは、ん？　と首を傾げて、

「お疲れなのか、どこか具合でもお悪いのかと思っておりましたが、違っていたのでしょうか？」

と私を見た。

「――実は……先日見てしまったんだ」

私は緊張する口を滑らかにしようとワインをぐいっと呷った。いつもと違う空気を感じたのか、ルシアもワインを口にした。

「何をでございますか？」

「執務室に来た時に、アクセルに手紙を渡しているところを」

ルシアはハッとした顔になり、

「嫌ですわもう、ご覧になっておられたんですか」

と恥ずかしそうに顔を覆った。

ああ、見たくないのに恋するルシアはこんなにも可愛い。

「不機嫌だった理由は、それだったんだ」

「え？　何故ですの？」

とすっとぼけた返しをして私を見たルシアは、

「まさか、そちら方面だったのですかっ？　予想外すぎて考えもしなかったわ！　バカ！　私のバカ！」

と叫んで頭をテーブルにゴンゴン打ち付けた。

そっち、とは？　私はびっくりして立ち上がり、ルシアの動きを止めた。

「怪我をするだろう！　落ち着けルシア」

額を見ると、案の定赤くなっている。

「いえっ、シェーン様のお気持ちにも気づかず、差し出がましいことを致しました私が悪いのです。まさかそんなこととは露知らず……決してシェーン様のお邪魔をしようなどとは思ってもいなかったのです！　それだけは分かって下さい！」

必死にいい募るルシアに話が見えず、私も首を捻った。

「……？　全然落ち着いてないぞルシア。何がそういうことなんだ？」

「いえ、ですからその……アクセル様がミーシャに取られると思っておられたんですよね？　私も気づいていればそんな橋渡しなどしませんでしたのにっ！　本当に知らなかったのですっ！」

またテーブルに頭をぶつけようとするので、私は羽交い締めにして止めた。

「……何故そこでミーシャが出てくるんだ？」

「え？　だって、ご覧になったのでしょう？　私がミーシャのラブレターをアクセル様に渡すところを」

……ミーシャの？　ルシアのではないのか？

「……それだと、私がミーシャに横恋慕していて、アクセルに取られると思ったから怒っていると思ったということか？」

「？　いえ違いますわ。シェーン様が、ミーシャにアクセル様を取られると思っておられたの、でしょう？」

「――私がアクセルと恋仲に見えるのか？」

「見えなかったから驚いたんじゃありませんか！」

何故いつも彼女はこう予想だにしない方向に考えを巡らせるのか。

私は体中から力が抜け落ちるような感覚に陥り、深い溜め息をついた。

テーブルに置いていたグラスから、残ったワインを一気に飲み干す。

「他の考えには及ばなかったのかルシア？」

「シェーン様少々近いですわ。もう頭をぶつけるようなことはしませんから。他の考え？　……ええっと……え？　まさかグスタフ様とアクセル様が？」

「待て待て待て。どうしてそっちに流れるんだ。ルシアとアクセルが恋仲に、と私が邪推したと考えるのが自然だろう？」

今度はルシアが動きを止めた。

「……まさか。シェーン様にとって私は、子供の頃からの政略結婚の相手ですわよ？　私に好意があるような態度も言葉もありませんでしたし……」

何ということだろう。私の努力が一欠片もルシアに伝わってないなんて。

「何度も婚約破棄はしないと言っただろう？」

「家と家の関係を疎かにしない、というシェーン様の生真面目な性格ゆえだと思っておりました」

「……コレクションで手を繋いでデートしただろう？」

「でも、シェーン様は目がお悪いからだと……私、執務室で眼鏡をかけていたところをたまたま見てしまったんですの」

「眼鏡？　……ああ、あれはグスタフのだ。どのくらい悪いんだと借りて試しにかけたが目が回りそうになった。私の目はかなりいい方だが？」

「……えええー……」

私は二人掛けのソファーに座るルシアの横に腰を下ろした。ルシアが少しビクッとしたがそれどころじゃない。

「えええー、じゃない。ルシアは、本当に私が政略結婚のためだからルシアと婚約破棄しない『だけ』だと思っていたのか？」

「……だって、侯爵令嬢なのに筋トレしていたり、ラフな格好で大工仕事をしたり、いきなり大道芸人になると騒いだり、パンツ姿で川で釣りをしているような女ですよ？　逆にそれ以外に理由が見当たりませんでしょう？」

「客観的な自己分析力の高さは認めるが、私は別にルシアの趣味が悪いとも思ってない。むしろ毎日楽しそうで羨ましいと思っている」

「……それではまるで私のことが好きみたいではありませんか」

「だから、好きなんだが」

「……は？」


「ずーっと前から好きで好きで大好きだし、ルシアが私やグスタフ、アクセルに差し入れを持ってきた時なんか、奴らにお裾分けだと一つ二つぐらいやって、残りは自分で全部着服していたし、手袋を洗う前にはずっとルシアの香りだと思って嗅いでたりもしたし、ああそうだ、ちょっとこっちに来てくれないか」

ルシアの手を引っ張ると、そのまま私は自分の寝室にルシアを連れて行き、

「自作のポケットルシアだ。毎晩一緒に寝ている」

とドン引きされる覚悟で見せた。

この鈍感なルシアには、とことんまでアピールしないと駄目だ。ほんのり程度に匂わせてても話にならなかったのがようやく分かったのだ。

「まあ……これをシェーン様が？」

驚いたように人形を持ち上げて、慎重に眺めていたルシアが、

「私なんかよりよほど手先が器用じゃないですか……何これ、私の持っているワンピースと同じだわ」

チラリとスカートもめくって、

「あの、シェーン様、まさかこの下着まで？」

「自作した。おかしな奴だと思わないで欲しい。私の力で全て作りたかったんだ」

「……シェーン様は次の国王陛下ですよ？　何をされてるんですかもう。婚約者の人形を自作して一緒に寝てるとか、どうフォローしようとしても、まあド変態以外の何ものでもないですわね」

ルシアが真面目な顔で私を見た。

ド変態……ルシアに言われると辛い。思わず項垂れる。

「ですが、そんなに真面目一本ってことでもなかったのね、と少し安心しましたわ」

声に責める口調がなかったので、私は恐る恐る顔を上げた。

「分かって、もらえたか？　私が好きなのはルシアだけだ。アクセルも友人としては好きだが、恋愛をしようなどとは思ったこともない」

「え、ええまあ……その、理解は致しました、わ」

赤らめた顔を背けるルシアに、いくらド変態と思われてもようやく好意が伝わったんだ、と感極まり涙が出そうになる。

「分かってもらえたなら良かった。――それで一つ質問があるんだが」

「え？　何でしょうか？」

「助けに入る前に聞こえたんだが、私の名前を呼んだのは何故だ？」

「……それにしても本当に服まで細かくて……」

「なあルシア、何故だ？」

聞こえない振りをして人形をいじる彼女の顔を無理矢理こちらに向けた。

「――すみませんが、先ほどのワインの残りをお願いできますか？　素面(しらふ)ではちょっと……」

私は書斎に駆け戻り、八割ほど残っているルシアのワイングラスを掴むと早足で寝室に戻った。

「取ってきた」

「……ありがとうございます」

ルシアはグラスを受け取ると、一気に半分ほど飲み干した。

「ルシアは弱いんだから、そんな急に飲むな」

「いえ、とても真顔で言える話ではありませんし」

更にワインを飲むルシアが心配になったが、ほぼワインを飲みきると、サイドテーブルにグラスを置く。

「これはこの場限りで忘れて頂きたいのですが」

「（絶対忘れないと思うが）ああ」

酔いが回ったのか目が潤んで、いつも以上の破壊力のルシアが可愛くて感動していると、彼女が小声で何かを呟いた。

「……と思って……」

「？　すまないが小さくてよく聞こえない」

「ですからっ！　こんな奴らに処女奪われるくらいなら、シェーン様にあげておけば良かったって思ったら、思わず呼んでしまったんですよっ」

顔を真っ赤にして怒鳴るような大声で叫ぶと、顔を覆ってその場にしゃがみ込んだ。私は最初の驚きから速やかに復帰して、ルシアの手を取った。

「もっともな話だな」

「……はい？」

「ルシアは世界一可愛いから、こんな危険がまたないとも限らない。私はルシアのお願いは断らない主義だ」

そのままルシアを抱き上げてベッドに下ろした。

「……いえ、あの、シェーン様？」

「何だ？」

「それは、危険だった時に思わず出てしまった言葉で」

「危険な時ほど本音が出ると父上が以前言っていた」

脱がせやすいボタンで良かった、とぷちぷちと外していく。

「ちょ、ちょっと待ってシェーン様」

「待たない。全く心配いらないぞ、ちゃんと責任も取るし、私たちは数カ月後は夫婦だ。最近は婚約者との婚前交渉も普通になって来たらしいし」

全てのボタンを外し、そっとめくると、ルシアの本物のブラジャーが見えて、そこから覗(のぞ)く豊満な乳が余りに眼福で股間を直撃した。秒で勃つものなのだな。

何という攻撃力だ。

「いや本当に待ってシェーン様っ」

「待たない。私が知らない時にルシアがまた危険な目に遭って、拐った男に処女を散らされることになったら一生涯後悔する。最近は特に物騒な事件も多いんだ。私はその男を間違いなく殺してしまうだろうし、殺したところでルシアの初めては奪われた後だ」

ブラジャーというのは外しにくいものなのだな。何故わざわざ後ろに留め口があるのだろう。

「私も初めてなもので、勝手が分からないこともあるが、なるべく痛くないように努力する。ずっと一緒に生きていきたい。心の底から愛してるんだルシア」

「シェーン様……」

抵抗していたルシアから力が抜けた。

「……一生、私を愛してくれるのですか？」

「死ぬまでルシア一人だけを愛すると誓おう」

「——何があっても？」

「何があってもだ。私にはルシアしかいない」

「……明日には全て忘れて欲しいのですが、私もシェーン様が大好きです」

「絶対忘れない」

私はそう言うとルシアの唇を奪った。

頬への触れるようなキスは何度もしているが、唇でのキスも初めてだ。

ルシアの唇は何て柔らかくて甘いのだろうか。口内に舌を入れてルシアのそれに絡めると、遠慮がちに受け入れるルシアが愛しくてどうにかなりそうだ。

ゆっくりと胸に手を伸ばす。

「ルシア、ここを舐めたいがいいか」

力を入れないように揉みながらルシアに尋ねる。

「……聞かれると恥ずかしいので好きにして下さい……」

ああ、恥ずかしがるルシアがエロ可愛い。

ピンク色の乳首をくわえて舐めていると、乳首が立ち上がり、より感度が上がるのかルシアが身悶えする。声を我慢している姿も愛らしいが、唇を噛むのは頂けない。せっかくのぷるぷるの唇に傷がついてしまう。

私は自分の指をルシアの口に入れる。

「こら唇を噛むな。私の指を噛めばいい」

と囁くと、初めてのルシアのおっぱいを堪能した。一生舐めていられそうだ。

だが、股間が既に痛いほどガチガチで、いつまでもこの場所を堪能してる訳には行かない。驚かせないように太ももを撫でながら蜜口に手を伸ばす。ぬるりとした蜜が私の指に絡む。

「ルシアのここは濡れてるな」

「……ぁんっ、シェーン様……」

ルシアの甘い声など生涯初めてである。今日は本当に酷い日だと思っていたが、歴史的な一日の間違いだった。指を一本静かにルシアの中に収める。かなり締め付けがキツいが、濡れていたお陰で出し入れには問題はなさそうだ。

「痛かったら言ってくれ」

「あぁっ、そこはダメっっ」

一点を指がかすめ、のけ反るルシアを見て、重点的に攻めた。

ルシアの気持ちいいところがどこなのかを探りながら、徐々に指を二本、三本と増やしていく。

「いやって、いって、るのにぃ……んん……あっ！」

体をピンと伸ばし、入れている指が痛いぐらい締め付けられた。

「気持ち良かったかルシア？」

無言でコクコクと頷くルシアが、胸を上下させて私のベッドに裸で横たわっている。奇跡のような光景に胸まで締め付けられた。

「今のが恐らくイった、というものだと思う。ただ初めて男性を受け入れる時はかなり痛いと聞く。私もそろそろ耐えられないので、受け入れてくれるだろうか？」

「ゆ、ゆっくりお願いします」

「分かった」

どうにもならないほどそそり勃つモノを、ルシアの愛液にこすりつける。

ペロっと指についていた愛液を舐めると、ほんのりしょっぱくて甘い。ルシアの香りがする。

「挿れるぞ。力は入れるな。余計痛みを感じる」

そおっと入口にあてがい、少しずつ奥へ進める。

「……いっ……」

眉間にシワが寄るルシアに申し訳ない気持ちになるが、私も今更止められない。

ああ、死ぬほど待ち望んでいたルシアの中に入っている。途中で少し抵抗があったが、あれが処女膜というやつなんだろうか。

こんなに小さな穴に収まるとは思えなかったのに、慣らしながらなんとか自分の息子が全部収まったことに安堵した。気持ち良すぎて動いたらすぐイッてしまう。

「ルシア、全部挿入ったぞ。頑張ったな」

ルシアの頭を撫でる。

「痛いの……シェーン様」

「うん。大丈夫だ、少し休んでからゆっくりゆっくり動くからな」

必死に射精しそうな息子を宥めていると、ルシアが私を見て、手を伸ばした。

「シェーン様……痛いのぅ。だからルシアにちゅーして」

「っっっ！」

ヤバい。危うく精が出てしまうところだった。

そう言えばルシアはワインを飲んでいた。普段なら彼女がまず言いそうもない台詞がさらりと出て来て、心臓と股間に悪いことこの上ない。

勿論断るなど有り得ない。貪るようにルシアの唇を蹂躙し、ゆっくり始めた筈の抽送も気づかないうちに早くなり、努力が無駄なほど呆気なく白濁をルシアの奥にぶちまけてしまった。

ずるりと息子を抜くと、シーツと自身のモノに血がついている。

「ルシア、大丈夫か？」

「だ、大丈夫……」

「少しこのまま待っていろ」

ガウンを羽織り、息を整えているルシアにブランケットをかけ、風呂の湯を溜めながら呼び鈴を鳴らした。

何故かいつもなら既に休んでいる筈のメイド長が現れる。

「すまないが、これからルシアを風呂に入れるので、その間にベッドメイクを頼めるか？　……その、汚れてしまったのでな」

「かしこまりました。シェーン様、おめでとうございます。御心が伝わってようやく想いを遂げられたのかと思うと、私、感動で今夜は眠れそうにありませんわ」

既に涙を浮かべているメイド長に、今更ながらさっきやたらとテンションが高かったことを思い出して恥ずかしくなる。

「ありがとう」

そう答えることしかできなかった。

ルシアが「自分でできますから」というのを無視して隅々まで体を洗う。

髪の毛も洗いたかったが、乾かすのが大変そうだから、明日の朝メイドたちに洗ってもらおうと決めた。

タオルで体を拭っていると、ルシアがじろりとこちらを見た。

「シェーン様」

「どうした？」

「……背中に何か当たっております」

「……すまない。ルシアと初めてを迎えられたせいなのか興奮が収まらないんだ。直接ルシアに触れているせいかも知れないが」

「自分でやりますわ」

「断る」

せっかくの機会だ。できる限りルシアを堪能しなくては。

寝室に戻ると、すっかり綺麗になったシーツにルシアが真っ赤になる。

「まさか、あのシーツをメイドに交換させたのですか？　……何をしたかもろばれ……恥ずかしい。死にたい」

ベッドに腰かけて顔を覆うルシアの隣に座り込み、肩を抱く。

「でも、血まみれのシーツじゃ眠れないだろう？」

「そりゃそうですけれどもっ！　何で平気そうな顔をされてるんですかシェーン様はもうっ」

てしてしと私を叩くルシアが、それはもうとんでもなく可愛い訳で。

「何でと言われても……ただ嬉しいからとしか言えないのだが」

綺麗になったシーツにまた押し倒されたルシアが、

「あの、今お風呂入ったんですけど」

「そうだな。綺麗になって良かった」

ガウンの紐をスルッとほどくと、また生まれたままのルシアが目に入る。

「シ、シェーン様、今したばかりですよね？」

「ああそうだな」

「それでは何故また何かなさるような動きをされるのですか」

「それは間違いだ。なさるようなではなく、なさるのだ」

胸に吸い付きながら私は返事をした。

「何故二度目が始まるのか分からないのですが」

「私こそ何故一度で終わると思っているのか分からないが。私は初めてだと言っただろう？」

「それが、ぁんっ、どうしたんですかっ」

「愛してやまない女性と、ようやく思いが実って初体験がすんだんだぞ？　それも私は童貞、つまりルシアに操を立てていた」

「………あっ、……やっ……」

「この年までセックスをしたことのない男なんだ。ここで終わらせられる訳がなかろう。……ルシアもまた濡れてきたぞ」

「おっぱい吸われたり、アソコをぐりぐり弄られたら濡れますわよっ」

「それならいいよな。これからしっかりとココで私の形を覚えられるくらい、お互い学んで行こう。私もルシアの中を覚えないと」

グイッとすっかり固くなった息子をルシアの中に挿入する。

「ひゃんっっ！」

「ほら、水音がしてるのが分かるか？　私の先走りとルシアの蜜が溢れてるんだ」

「ああんっ、シェーン様っ、激しいっ、からっ」

ずちゅっずちゅっとイヤらしい音を聞きながら、もう一生ルシアは私のだ、という幸福感で私は抽送を深める。

「この突き当たるところが子宮と呼ばれるところで、ここに精子が入ると子供ができるんだ」

「あっ、あっ」

「ここに注いでいいのも私だけで、ルシアの可愛いココに挿入っていいのも私のだけだ……そんなに締め付けるなルシアっ、イってしまうだろう」

私は長くはもたず最奥で精を放つ。

だが自分で一度、ルシアの中で二度出したのに、私の息子が全く衰える気配がない。ルシアの中から出たがらない息子を誉めてやりたい。

「今、今出したのにっ」

「まだルシアに私の形を覚えてもらってないからな」

喘ぐだけで言葉も返せないルシアにキスをした。

「明日は久しぶりに休みにしたから、ゆっくりしようルシア」

本能の求めるままにうっかり抱き潰してしまいそうだが、ルシアも中でイくというのが体で理解できたようなので、お互いプラスになったと言えるだろう。

あとは明日ルシアを送り届けた後に、あの三人を締め上げるだけだ。

いや、ルシアが動けない状態であれば、もう一日休みを増やしてルシアの世話をする日にしてもいいな。


眩しさにうっすら瞼を開けると、窓から射し込む光は明らかに昼に近いのではないかと思われた。ものすごく体がだるい。

……まさか、シェーン様が本当に私のことを愛していてくれたとは、正直いって夢にも思わなかった。てっきり政略結婚だから、致し方なくこんな淑女の風上にも置けないような女と婚約していたと思っていたのに。まあ主役が現れる前に呆れてもらうように、破天荒に頑張っていたのは私なのだが。

あんな、私の人形まで作って毎日一緒に眠っているということを打ち明けるのは辛かっただろう。確かに無駄に完成度が高い上に、手持ちの服の再現力は恐ろしいほどでドン引きはした。だが、それよりもあれが私への愛情ゆえになのであれば、女として嬉しくない筈がなかった。まあ正直、下着まで製作しなくてもいいのではなかろうかという気持ちは芽生えたが。

あれだけ愛してくれているならば、別のヒロインの誘惑が万が一あったとしても、酷い捨てられ方はしないのでは、いや追放まではないのでは、と吹っ切れた気がして、ついウッカリ大好きだと言ってしまったような気がするし、お酒でぼんやりしたまま、何か甘えるような言葉を吐いてしまったような気も……いや気のせいだ。

ワインをグラス一杯まるまる飲んだので、眠気があったから夢と現実がごっちゃになったのかも。きっとそうよね。

だが、シェーン様と確実に致してしまったのは間違いない。明け方まで喘がされ最後は意識が飛んだが、あれがメインキャラの絶倫仕様なのだろうか？

それとも男性というのはあんなにノンストップで致せるモノなのだろうか？

どちらにせよ、この私の鍛えた体力がなければ、暫く身動きすらままならない状況だったことは確かなので、シェーン様のデフォルトがアレなのであれば、レベルを下げてもらわないと断罪云々以前に体がもたない。

昨日の今日でどうにも顔を合わせづらいのだけど、とりあえずこの真っ裸なのを何とかせねば……と薄目で周りを見渡すと、シェーン様がこちらに背中を向けて、サイドテーブルでカリカリと書き物をしていた。

（休みとは言っていたけれど、やはりお忙しい方だものね……）

と思って眺めていたが、

「……なるほど、肩紐はここで調節するのか」

「ワンピースのサイズから見ると、八八・六〇・八五というところか……」

という聞き捨てできない呟きが聞こえて、慌てて飛び起きた。

「ああルシア、起きたのか？　まだゆっくり寝てても良かったのに。疲れさせてしまったからな」

とシェーン様は無表情Dで私に振り返った。口角が上がって明らかに笑顔に見えるレベル、だと？

何というレアモノだ。美形の笑顔って凶器だわね。

間近でずっと直視したら致命傷だわ。

「シェーン様、何を書いておられるのですか？」

と尋ねた。

「……これは、あー、大したものではないんだ。覚え書きみたいなもので」

「でしたら見せて頂けますわよね？」

「いや、それは――」

「見せて、頂けますわよね？」

「……分かった」

受け取ったノートの表紙には『ルシアノート　No.八』と書かれており、明らかに地雷の匂いがする。

最初の方をめくると、ジェイソンに作った巣箱が色つきで描いてあり、その際に使った材木屋の社名に担当者の名前、トロロのキャットタワーのデザインまで見事に描かれており、更にはシェーン様の一言メモみたいなものまでついていた。

【ルシアのデザインセンスが素晴らしい】

【巣箱はもう少しだけ穴を大きめにした方が、餌をくわえた母鳥が入りやすかったように思う】

【ノコギリを購入した店には、若い年頃の男はいなかったので安全。ただしルシアがオジサン好き

だった場合は次回から別の店で購入を勧める】

などまーびっくりするほど細かく書いてある。

自分でも記憶にない『ルシア発言語録』には、彼の外見からは窺い知れない深い闇が垣間見えた気がした。私の日々の食事のデータは誰がリークしてるのか分からないが、どうせジジかフェルナンドだろう。

パラパラとめくっていくとまだインクも乾ききっていない文字が並ぶ。

【右より左のおっぱいを舐めるとより気持ちがいいようだ。可愛い】

【耳も弱い。可愛い】

【花芯から指の第一関節入った辺りの右上と第二関節まで入れた辺りの下方を弄ると声が出てしまうらしい。声がとんでもなくエロ可愛い】

という文字が目に入り、かあっと頭に血がのぼる。

更には身に付けていたブラジャーやパンティー、ワンピースのデザインまできっちりと書き込まれていたのを見てパタンと閉じ、シェーン様に詰め寄った。

「……シェーン様、何故こんな恐ろしいノートを？」

「――別に恐ろしくはない。ルシアのどんな情報も、国の情報と同じくらいに大切にしているだけだ」

「私が恐ろしいんです！　これではまるでストーカーではありませんかっ」

「……いや、これは私の七年に渡る努力の結晶なのだ」

「まあ七年も前から？　こわっ！」

思わず本音がダダモレしてしまい、シェーン様が傷ついたような顔になる。

……止めてよ私が悪いみたいじゃない。私は被害者よ。めっちゃ被害者。

イケメン無罪はフィクションの世界だけよ。

「だがルシアはずっとつれなかったから、せめてルシアの日常的な物事だけでもと……」

確かに婚約破棄のために、シェーン様にはなるべくアホな令嬢としてはじけることに注力していたけども。

いやいや、そうすると私がこのストーカーを育てたとでも？　冤罪よ冤罪！

「破棄して下さいませ」

「それは断る」

「どうしてですか？　私と、そのー、両思いになったのですから不要ではありませんか？」

「ルシアがいつまたド変態と判明した私を避けるようになるか分からない。ルシアの行動パターンは読めない。これは私の命綱なのだ、簡単には処分できない」

ノートを抱き締めるように抱えてぷい、と背中を向けたシェーン様に目眩がしそうになった。……何てくっそ可愛いのかしらこの人。

いっつも美形な癖に表情筋は瀕死だし、ほぼ仏頂面かひどく不機嫌そうな顔してて、私といてもそんなに楽しそうには見えなかったのに、二十二歳までずっと私のために童貞を守ってて、私の詳細データを黙々と集める程に私のことが好きだったとは。人形も含めて、彼の有能さが変な方向に花開いていて、私のような人間に、もう能力の無駄遣いとしか言いようがない。

私はただただ、怒っている振りをしながらも、嬉しくて泣けて来そうだった。

「ルシア、昼食は用意してあるから、えーと……一緒に、食べないか？」

一緒に、というところではにかまないで欲しいわキラキラと眩しいから。ラメでも撒いてるのかしら。

メイドを呼ぶからというのを断り、私は寝室にある浴室でシャワーを浴びる。恥ずかしいからに決まってるじゃないですか。タオルで体や髪を拭くと、屋敷から届けられたジャージー素材のグレーのツーピースに着替える。股関節は痛いものの、思ったより体が汚れてなかったのが不思議だ。沢山中出しされたし、体の上にもかけられて、更には吐精した物をなすりつけられた気がするのだが。

「私の精であのクソ共の触ったところを浄化しよう」

といって、触られた記憶もない腹部や足にまで手で広げてたような。

むしろシェーン様の方が汚していたと言っても過言ではなかった。

よく考えたら、記憶にあるだけでも七回か八回は吐精していたのに、洗っていても私のアソコから白濁が溢れるようなこともなかった。

私はシャワーを出てから彼に尋ねる。

「あのー、コトの後にタオルか何かで拭いて下さったのですか？」

「いや、湯船に湯を張って、ルシアの髪の毛以外は全て丁寧に石鹸で洗わせてもらった」

「まあ、申し訳ありません。寝ているのを運ぶのは大変でしたでしょうに」

頭を下げる。ただですね、それよりも意識がなくなるまで体力を奪うのを止めてくれれば良いだけの話なんですよ。

「私はそんなにひ弱ではないぞ？　ルシアの一人や二人全く問題ない。それに……」

「それに？」

「……愛する人と一緒に湯に浸かるというのは、あんなにも幸せだとは思わなかった。あのすぐ逃げたがるルシアが、私の腕の中で無防備に体を預けてくれるんだ。夢のような時間だった。特に少々中に吐精し過ぎてしまったので、トロトロと太ももを伝わって流れる私の名残がまた堪らなかった」

目の縁を少し赤くしながらも、無表情Cでコクコクと頷いているシェーン様が余りにも可愛いので、好き勝手しおってと叱る気持ちが失せてしまい、

「……ひとまずその官能小説のような語りを止めて欲しいとお願いしても？」

と言うだけに止めた。

そして、やたらと広い食堂に案内されると、昼食を食べるだけなのにメイドたちが勢揃いしており、私に対して拝むようにしている人、ハンカチで目頭を押さえる人、生暖かい眼差しを注ぐ人など、明らかに昨夜の状況を知られているとしか思えない、居たたまれない空気が流れている。

メイドたちに情報のパンデミックが発生している。

処女じゃなくなりましたー、という恋人以外に通常知り得ないネタがサラダバー並みに盛り放題になっているではないか。シェーン様ん家のメイド網が怖い。

この羞恥心を煽る状況の中で、膝の上席を強硬に主張するシェーン様の強心臓に感心しつつ、食べづらいからと頑なに固辞して椅子に座る。

しかしどこに視線を向ければいいか分からず、じっとホワイトソースの載ったオムレツと、茹でたブロッコリーの皿とバゲットの載った籠に視線を落としていると、シェーン様が私に話しかけた。

「ルシア、腹が減ってるだろう？　食べられる元気はあるか？　いや無理をせずとも私が食べさせ――」

「いえ全然問題ありませんわ！　頂いてもよろしいですか？」

放置しておくと生きた心地がしないので、開き直ってナイフとフォークを掴んで食べ始めた。

「……とっても美味しいですわ」

「そうか。それは良かった。……本当だ。可愛いルシアと一緒に食べるといつもより美味しく思えるな。食材に魔法でもかかるのだろうか」

シェーン様が昨夜から大分喋るようになっていたが、出てくる言葉に甘さが過多になっており、今までのシェーン様とは別人だ。

「シェーン様、何やら普段よりよくお話しになっておられますわね」

「……そうだな。愛情は言葉より態度で示すのが大人の男だとグスタフに言われて努力していたのだが、ルシアには全く通用してなかったことが分かったからな。これからは、言葉でもどんどんアピールせねばと誓いを立てたのだ」

「……左様でございますか」

私がそういった恋愛アンテナに疎いせいで、シェーン様の地道な努力をポイポイしていたのか。それは申し訳ない。申し訳ないとは思うけども、これを普段もやられたらたまったものじゃない。

ミーシャやリズがいるところでは尚更だ。

「ルシアは今日も愛らしいな。いやいつも可愛さが溢れているから当然だが」

などとやられたら、魂を抜かれて浮遊霊になりそうだ。砂糖を吐くのは二人っきりの時だけにしてもらうように話し合いが必要だ。

「……ああっ！」

　私は肝心なことを思い出した。

「シェーン様、昨夜の男たちですが、最初はミーシャも標的にしているような話をしておりました！　私がたまたま一人で買い物をしたから先にした、という話も。綺麗な女や妬まれるような女は気をつけないといけない、というような話もしていたのですが、何か見た目や地位など、恵まれた若い女性に狙いをつけて襲うような計画的な犯行をする組織があるのでしょうか？　私が妬まれるのは、シェーン様の婚約者だからだと思うのですが、ミーシャやリズは私よりよほど美しいですし、心配なのです」

「……神の奇跡のような可愛いルシアを……後回しにしようとした、だと？　あいつら目が腐ってるのか？　なるほど、竿だけではなく目まで不要なのだな」

　シェーン様の目が鋭くなる。

「いや大事なのはそこじゃなくて！　美的な価値観は人それぞれですから。でももし、捕まっている人たち以外にも仲間がいたらと思うと……」

　セカンドがメインの世界なら、ストーリーの強制力がまだ働くかも知れない。リズもセカンドのヒロインだけあって護りたくなるような可愛さがあるが、ミーシャは特にヒロインとしてというより、基本的に周囲の女性よりぶっちぎりで可愛いのだ。身びいきではなく完成度が高すぎる。

　せっかくアクセル様にラブレターまで書いてるのに、ミーシャの恋路を妨害する流れがあるなら私が何としても断ち切るわ。

「友人を気にするのはもっともだ。急ぎ警護をつけるように手配するから安心しろ」

「ありがとうございます！　シェーン様」

私はガシッとシェーン様の手を掴みぶんぶん上下に振った。私ごときの生ぬるい鍛え方では、この先ミーシャやリズを守り切るのは難しい。

自分一人も守れなかった程度のトレーニングは、これから要改善である。

「そうだわ、私は早速ミーシャやリズのところに行って、身辺を警戒するよう伝えなければ。シェーン様、本日はこれで失礼いた――」

ナプキンで口を拭い立ち上がろうとした私の腕を掴み、シェーン様はぐぐ、とまた椅子に座らせる。

「昨日あんな事件があったのに、一人で帰せると思うのか？　私が送る。捕まえた奴らの尋問もせねばならんしな」

「ですが、今日はお休みなのでしょう？　せっかくの大事なお休みを……」

「ルシアが帰るのなら、私の休みの予定など、先程メモした下着をポケットルシアのために縫うことぐらいだ。気にするな」

「そこは物凄く気になりますし是非とも止めて頂きたいのですが」

「……止めたら、デートを週に三回にしてくれるか？」

「いや、流石にいきなり増やしすぎでは？」

「だって全然会えないではないか。トータルすると今まで月一デートもやっとのような状態だった。正確に計算すると〇・八四二回だし、ルシアはデートとも思っていなかったようだが。せめて結婚するまでには一倍を超えたいという悲願がある」

就職難の有効求人倍率みたいなことを言うな。つうかきっちり計算するな。

確かに逃げまくっていたのは私だ。

でも美貌も権力も剣の腕も立つ優しいシェーン様がこんなにも私に執着するのは、つれなくされていた反発からなのでは？　却って頻繁に会うことで「追いすがるほど大した女でもなかった」とか思ってしまったら困るのだ。既に私がシェーン様を愛してると自覚してしまったのだから、今更後戻りはできない。

「……週二で」

「着替え用のワンピースも縫うことにする」

「ちょっとシェーン様もう！　……週三回も会って、もう見飽きたから要らないって言われたら困るじゃありませんの」

私はつい愚痴めいた本音がこぼれた。

少しの沈黙の後、

「――私がルシアに飽きたら困るのか？　婚約破棄したがっていたのに？」

と聞き返すシェーン様の声が弾んでいるように聞こえて俯いていた顔を上げた。無表情ではなく、満面のとは言えないまでも本物の笑顔である。

これは相当なご機嫌モードであるという証明だ。

神々しくて目がつぶれる。目がー目がー。

「お分かり頂けましたら週二でおねが」

「あのルシアが！　ルシアが私に飽きられたら嫌だと！　……私はそろそろ死ぬのだろうかいや死ねない！」

身を震わせているシェーン様は、笑顔なのに目には涙まで浮かべている。

メイドたちの一部は号泣と言ってもいいレベルで泣き出したし、真っ赤な顔で拍手をしている人たちまでいる。

「シェーン様！　今夜は腕によりをかけてご馳走を作りますわ！」

とメイド長とおぼしき年配の女性が叫んでガッツポーズをしていた。

いえあのー私、そろそろ本当に帰ってもいいですか？


それぞれの屋敷に向かうのも面倒だろう、と早馬でミーシャとリズを私の屋敷に呼び寄せるよう手配をしておいたとのこと。

シェーン様って、どうしてこうよく気がつくというか、痒いところに手が届くというか、マメなのだろう。いや、女の私がガサツすぎるのか。

改めて御礼を言い馬車に乗り込む。だが、向かい側からキラキラした目で自分の膝の上をポンポンと叩くのは止めて頂きたい。

「あの、そういう状況ではございませんでしょう？」

と少し強くたしなめると、少し下を向いた後、ぐいっと顔を上げ、更に期待に満ちた目で席の端っこに寄って、ポンポンポンッと自分の隣の座席を叩いた。

……子供か。子供なのか。その美貌でやられるとよりギャップ萌えするから勘弁して欲しい。心臓が痛くなる。だけどこれまで断ると絶対に拗ねるのは明らかなので、恥ずかしさを耐えて隣に座る。

逆の端っこに座ったのが納得できないのか、シェーン様は私の腰に手を回してぐいーっと自分に密着させる。

「……ゆったりした席なのにこれでは狭くはありませんかしら」

「愛する婚約者同士なのだから、ごく普通の距離感だと思う」

キリッとした顔で答えるシェーン様は、どう考えてもむっつりスケベ枠にジョブチェンジした気がする。

いや彼なりに愛情アピールの方法を変えただけなのだろうが、あのぽそりぽそりと無表情に最低限の言葉しか交わさなかった今までを思うと、落差が激しすぎる。

だが、私の「なのだ」テイストな穏やかな日々が崩れていく不安も感じているのに、反面ちょっと嬉しいと思う自分もいる。

私の屋敷に到着すると、我が屋敷以外の馬車が二台止まっていたので、既にミーシャもリズも来ているようだ。私は急いで馬車を降りる。

一緒に降りたシェーン様が、護衛の方に呼び止められ、何か囁かれていたので終わるまで待つ。

話がすんで私の方にやって来たシェーン様に、ちょっと目を見開いたので、何かお仕事で問題でもあったのだろうかと心配になる。

「お手数をかけて申し訳ございませんでした。ではシェーン様もお仕事頑張って下さいませ」

そう挨拶をする。

「いや、私も一緒に行く。侯爵へ挨拶もしたいしな」

……待て。まさか父様に婚前交渉しましたとか言うんじゃないでしょうね。

私は若干顔をひきつらせ、だが断れる訳もなく、そのままシェーン様と屋敷に入る。

「お帰りなさいませルシア様」

フェルナンドが出迎えてくれた。

「シェーン様もようこそ。只今(ただいま)主人から御挨拶に――」

「いや、今はいい。ルシアの友人に護衛の話もあるしな」

「かしこまりました」

ミーシャ様とエリザベス様は居間の方でお待ちです、とそのまま案内された。

「ルシア！　元気そうで良かったわ……もうっ本当に脅かさないでよ、昨夜は心配で眠れなかったわ」

「ルシア様！　ご無事で何よりでしたわ」

居間に入ると、げっそりとやつれたミーシャと、目を真っ赤にしたリズが勢い良くソファーから立ち上がった。

「心配かけてごめんなさいね」

後から飲み物を持って現れたジジも、

「良かったです、ほんと良かったです。……気をつけて下さいよう、ルシア様から元気取っだら能天気じが残らないんでずかだねぇ」

と半泣きでディスられた。心配されてるのは分かるがもっと残るだろう何かこう、いいものが。でないと私の利点少なすぎるだろ。

「悪かったわジジ。今度から気をつけるから」

複雑な気持ちで慰める。

「――それで、暴漢は捕まったと聞いたのだけれど、そのぅ……まるっと無事だったのよね？」

言いにくそうにミーシャが私を見た。体の心配なのは分かる。

「ええ……それはまあ何とか」

まあ最終的に処女はシェーン様に持ってかれましたけども。本人のいる前で余りオープンにしにくい話なので誤魔化す。

「……え？」

声を出したのはリズだった。

「お一人の時に拐われたと伺いましたが、助けが間に合ったということですの？」

「シェーン様がちょうど私に忘れ物を返そうとして引き返して来られたので、偶然私が拐われたところを目撃したのよ。だから空き家に連れ込まれた時に助けに……」

「まあ……」

暫く黙ったままだったシェーン様がリズに顔を向けた。

「……エリザベスと言ったか。まるでルシアが乱暴されていた方が良かったみたいな感じだな」

直接話しかけられたのに驚いたのか、ビクッと肩を震わせ、リズがシェーン様を見返した。

「いえっ、大変失礼致しました。そうではなく、先日友人も二人、暴漢に拐われたのですが、辱しめられてしまって……一人はほぼ確定していた婚約も破棄になってしまったもので、助かるケースもあるのかと驚きまして」

「まあ何てこと！　リズのお友達が被害に？」

　レイプの被害者じゃないのよ腹立つわぁ。

……そういえば「他の男の手垢がついたようでどうにもなあ」とパーティーで婚約破棄の理由を友人と話してる三十歳前後のクズがいたが、余りに利己的な考えで吐き気がした。その男に婚約破棄された女性は気の毒だが、むしろあんな男と結婚しなくて良かったと私は思う。

　だが、そういう考えを持つ男性は、この国にも少なからずいるのだ。

　どうせそんなことを言う男は娼館等でとっくに初体験をすませているに決まってるのだ。自分もよその女性にナニを使っているのに、何で女性にはまず処女ありき、もしくは自分のみありきなのか。なぜ処女ではなくなっただけで傷物扱いなのか。

　本人は被害者であって、好きでヤられた訳ではないのに。

「最近は物騒な事件が多いからな。私とルシアも初めてはすませておいた」

　考えごとで上の空になっていたら、いきなりシェーン様のぶっ込んだ話が耳に入り、紅茶を思いっきり吹き出して噎せた。

「な、な、なっ、」

「ん？　どうしたルシア？　驚いた顔も素晴らしく可愛いな。まあ昔からルシアは可愛くなかったことなどなかったが」

　と頭を撫でてきた。

　テーブルのティッシュを何枚かひっ掴んで口とテーブルを拭い、

「シェ、シェーン様は何ということを人前で仰るのですかっ！」

と叫んだ。恥ずかしくて涙が出そうだ。昨日までは乙女だったのよ私は。

「ああ、悪かった。だがまた処女だと思って襲われては敵(かな)わんからな。言っておきたかったんだ、そこのエリザベスに」

「……え？」

私は意味が分からずにアホみたいに問い返した。

何故リズに言わなければならないの？　どうして？

それじゃまるで、まるで――。

シェーン様が静かな怒りをたたえた眼差しでエリザベスを見つめる。

「今捕まってる奴らが吐いたそうだぞ？　お前から依頼をされたと」

ミーシャは呆然(ぼうぜん)とした顔でリズを見ていた。

「リズ……どういうことなの？」

私もまだ頭の中がぐるぐる回っている。同じ日本人としての前世を持ち、仲良くやって来たのではなかったのか？　どうしてリズが私を陥(おとしい)れるような真似を？

「な……何を仰っているのか分かりませんわ！　失礼ながら、何故私がそんなことをしなくてはならないのでしょうか？」

リズがそれでも強い口調でシェーン様に言い返す。

……それもそうだ。親しい人間を襲わせるような真似をしても、リズには何のメリットもないではないか。これは何かの誤解なのでは？

だって、友人だものリズは。

「あの……シェーン様、リズの言うこともっともですわ。悪党の言うことを鵜呑みにするのは……」

私はシェーン様の腕をそっと掴んだ。

シェーン様は私を労るように肩を抱く。

「ルシアの言うことも分かる。だがな、奴らも馬鹿じゃない。自分たちだけが罪を背負わされるのは真っ平だから、ちゃんと依頼状も燃やせと言われたが取ってあるそうだ。ルシアとエリザベスは手紙のやり取りもしていたのだろう？　筆跡を見ればすぐ分かる」

「嘘っぱちですわ！　名誉毀損です！」

身を震わせて立ち上がったリズの瞳からは涙が溢れていた。

「……突っぱねるのもいいが、打ち合わせに使っていたカフェもバレてるし、エリザベス・ベクスターの名前もちゃんと出ているそうだ」

「そんな筈ありませんわ、だってっ」

「だって、偽名も使ったし変装もしたし、金もその場で払っていて、自分の連絡先は教えてなかった一方通行の関係だから、か？　――甘いなエリザベスは」

呆れたような口調でリズに淡々と語るシェーン様は、追い討ちをかけるように続ける。

「ああいう悪党はな、その場で終わる関係よりも、長く長く続く関係を望む。犯罪絡みのことを頼むような人間の殆どは身元を隠そうとするがな、仲間が尾行したりして、依頼人の屋敷を特定するのは簡単だ。依頼をすませてそのまま終わりだと思ったら大間違いだ。その後はそれをネタに、延々とゆする大事な金づるに変わるんだよ。骨の髄までしゃぶられるんだ。ああ、主犯の顔に傷のある男が言ってたぞ。『あの娘は、わざと不細工になるようなメイクをして格好も田舎者みたいにしてたが、元がいいのは分かってたから、用無しと言われる前に彼女の体も堪能させてもらうつもりだった。それも脅しのネタにできるしな』とな。真っ当でない人間に、ビジネスオンリーな関係を求めても無駄だ」

「そんな……」

呆然とした表情で立ちすくむリズに、私は苦い思いを噛みしめた。

(本当にリズがやったのね……)

「ねえリズ……どうしてなの？　私は貴女を虐めた覚えもなければ、貶めるような真似をしたこともないわ。むしろ仲のいいお友達になれると思ってたのに」

どこを見てるか分からないような眼差しで、ただぼんやりと前方を見ていたリズは、私の問いかけで目の焦点が合い、ギリリと唇を噛みしめた。

「……短いお付き合いですが、貴女が悪い人じゃないのは分かっていましたわ。だから怪我をさせたり、痕が残るような傷をつけないようにとお願いしましたの。ただ【乙女】でなくなれば良いと」

「じゃあ何故──」

「シェーン様がいたからよっ！」

リズはそう叫ぶと私を睨み付けた。

「私はね、ずうっと前からシェーン様が好きだったの！　生まれ変わる前も今も変わらずね！　でも何故か貴女が婚約者のままで、断罪される気配もない。親しくなってみれば悪役ですらないし……私は諦めようかと何度も思った。……でも貴女はずっと婚約破棄したいと言っていたじゃない、違う？

でもなかなかしてもらえないと。それなら婚約破棄ができる理由を作れれば、貴女は望み通り婚約破棄ができるし、シェーン様もまた新しく婚約者を探すことになると思ったのよ！　貴女は努力次第で私がその立場になれる可能性だけでも欲しかった。希望が欲しかったのよ……」

シェーン様が首を傾げる。

「生まれ変わる前も今も……？」

私はシェーン様に後で説明するという意味でぎゅ、と手を握った。

「ええ確かにそうね。……私は怖がりだから、本当に死にたくなかったし、断罪や拷問も闇堕ちもしたくなかったから。でも、リズもここにいたせいで、私は分からなくなった。もしかしたら私はメインポジションではなく、ただのその他大勢の一人なのかも知れない、あのことはこの世界では全く影響してないのかも、と期待まで持てるようになった。私はシェーン様が嫌いだったから婚約破棄をしたかった訳じゃない。でもリズにはそう見えなかったのも仕方のないことかも知れないわ。……どうしても聞いておきたいのだけど、お友達が被害に遭ったのもまさかリズが？」

「そうよ！　貴女一人だけ急に襲われるなんておかしいじゃないの。あくまでも被害者の何人かのうちの一人であれば――」

私はそこまで聞いて立ち上がり、思いっきりリズの頬をひっぱたいた。

こんな真似をしたのは前世を含めても人生初だった。手がじんじんする。

リズは涙も引っ込み、真ん丸に見開いた目で私を見た。

「リズの気持ちは、私やミーシャには理解はできる。勿論納得はできないけど、この三人にしか分からない事実というのもあるから。でも、ただ私一人を陥れたいがために、貴女は無関係の女性二人の

人生を台無しにしたの？　ここは私たちの知っている作り物の世界じゃなく、今現実に私たちが生きている世界なのよ？　単なる人数合わせでレイプ被害に遭った彼女たちの人生はどうなるの？　何もなければ好きな人と婚約できたかも知れない、愛する人と結婚して幸せになれたかも知れない、そんなささやかな未来への夢も全部ぶち壊しにしたのよリズは？　……未遂だった私でもね、見知らぬ男に襲われて、体を押さえ込まれ、暴れてもびくともしなかった時には恐怖と絶望しかなかった。助け出された後も、暫く体の震えは止まらなかったし、未だに思い出すのも怖いわ。今も知らない男性が近くに来るだけでも嫌な汗が流れそうよ。実際にレイプされた女性はもっと辛い筈よ。表に傷痕が残るような怪我をさせなかったらいいの？　処女を奪っただけだから大したことじゃないの？　私だけなら未遂だったし、同じ思い出を持っている仲間として、もしかしたら一度だけは許せたかも知れない。あくまでも可能性だけど。でも、貴女の友人二人に対しての行いだけは、同じ女として、到底許すことはできないわ！」

怒りのまま一気に話したせいか、ぜぇぜぇと息苦しくなる。

「ルシア、ほら、水を飲め」

背中をさすられ、シェーン様から渡されたグラスの水を飲み干した。

「……なこと……」

リズが小さく呟いた。俯いた顔からポロポロと涙が溢れていた。

「そんなことはね、私だって分かってたわよ！　毎日泣き暮らしてたり、何を言ってもえぇ、とかそうね、とか人間らしい反応も返って来ない子を見て、何てことをしたんだろうと思ったけど、もうなかったことになんてできないじゃない！　止めても止めなくても、私は地獄だった。もう今更止められなかったのよっ！」

シェーン様が呼び鈴を鳴らしてフェルナンドを呼ぶ。

「表に騎士団の人間がいると思うから、すまないがこちらへ案内してくれないか」

と静かに告げた。

「エリザベス、それはな、己が元々止めるつもりなどなかったということだ。都合のいい大義名分を作るな。それに何故、ろくに会った覚えもない私に好意を寄せていたのか分からないが、私は十五歳で出会った時からルシアしか見てなかったたし、その愛するルシアが言うには、私は稀にみるド変態だそうだ」

「ド、変態……？」

「そうだ。七年もの間、黙々とルシアの情報を集めては書き込んでいるルシアノートも現在八冊になってる程だし、絶賛継続中だ。その上、執務中にルシアのことを思い出して切なくなるので、小さなルシアの人形を自作で作って……勿論下着もワンピースも全て自作だ……毎日ポケットに忍ばせてるし、ルシアの可愛らしさが全く表現できてなかったことに改めて気がついて、【ポケットルシア・改】を鋭意製作中だ。完成すれば両方のポケットにルシアがいるというハーレム状態になると思うと、心のトキメキが収まらない程だ」

「シェーン様その話は全く聞いておりませんし、断固として拒否させて頂きます」

「いくらルシアの頼みでもこればかりは断る。もう少しで完成するしな。……とまあルシア本人からも嫌がられる程だ。もらえる機会の少ないルシアからのお菓子の差し入れのクッキーも、毎日一枚ずつ食べていたら、残り数枚にしてとうとうカビが生えてしまってな。破棄するという選択肢はないのでカビを払って食べたが、案の定腹を下して三日ほど寝込んだりもした。グスタフには『病みの王』『執着王子』あと何だったか……そうそう『女王ルシアの王配』とも言われたな」

「シェーン様、申し訳ありませんが、ルシアが聞いてるうちに知らない事案が幾つも出てくる、と耳を塞いでうずくまってしまいましたのでそろそろ……」

驚きで声も出ない私の代わりに、ミーシャが助太刀してくれた。

シェーン様は思った以上に病状が進行していた。

「すまないなルシア、もう終わるから。一つだけ言えることはな、ルシアに何があっても私は彼女と結婚するし、ルシアが私以外の男と結婚した時には、相手を殺してでも取り返す。万が一ルシアが死ねば、私は生きていけないから多分死ぬだろうし、どちらにせよお前を好きになることも結婚することもない。私は常にルシアかそれ以外という判断基準しか持ち合わせていないのだ。私はド変態で執着気質の病んだ男で、本音を言えば国の先行きよりルシアとの先行きにしか興味もない」

廊下がざわついて来た。騎士団の人たちがやって来たのだろう。

「――聞いてるだけで相当気持ち悪いですわね。私の知ってるシェーン様はそんな方ではなかったですわ」

リズが眉間にシワを寄せて、気味悪げにシェーン様を見た。確かにゲームのシェーン様は闇へ行かなければ、王道きらっきらのザ・王子様だった。

「だろうな。だが、お前の価値観や理想の私を勝手に押しつけられても困る」

ノックの音がして、アクセル様の声がした。

「シェーン様、よろしいでしょうか？」

「ああ」

中にアクセル様と部下の方が何名かやって来た。

「エリザベス・ベクスター嬢、先日発生した婦女暴行事件の件で話を伺いたい。すまないがご同行頂きたい」

「――分かりました。ルシア様、ミーシャ様、短い間ではございましたが、楽しい時間をすごさせて頂いたことには心から感謝しております。現実のシェーン様にもう少し早く気がついていれば、今も仲良くできていたかも知れませんわね。――まあ今更ですけれど」

苦笑してから真顔になり、深々と私たちにお辞儀をすると、しっかりした足取りでアクセル様の後を歩いて出て行った。変な話だが、背中を向けていても感じる堂々とした存在感に、やっぱりリズもヒロインなんだなと思ってしまう。

理想の人としてのシェーン様にこだわることがなければ、誰もが羨む結婚をして幸せに暮らせただろうに。ああ、シェーン様もすっぱり未練など残さないように、変態カミングアウトをしたのだろう。正直余り聞きたくはなかったけれど。

「しかし、驚いたわね。まさかリズがシェーン様を推してたなんて……」

ミーシャが私に小声で囁いた。

「私も知らなかったわ。全員クリアはした、みたいな言い方をしていたから、推しという程のキャラがいなかったとばかり……」

こそこそと話をしていると、

「――さて、お嬢さんたち。話し合いのところ誠に恐縮なのだが」

とシェーン様の低い低い声が響き、私とミーシャはギクッと肩を揺らす。

「先程の話の中で、気になるところが幾つかあったのだが、……勿論話してくれるんだろうルシア？　そしてミーシャ嬢？」

「――話はします。しますけれど、シェーン様だけに関係するお話ではないと申しますか……二度手間三度手間になりますので、後日アクセル様やグスタフ様もご一緒の上でお話しさせて頂けますでしょうか？」

ミーシャが覚悟を決めたようにシェーン様を見つめた。

もう打ち明けるべきであろう。信じてもらえるかどうか定かではないけれど。

「──それで、説明してくれないか？」

王宮内、シェーン様の執務室の近くに位置する防音設備完備の会議室。

リズが捕まった翌日、私とミーシャは昨日色々と打ち合わせをした内容で説明しようと決めていた。

大きな会議に使う丸テーブルに私とミーシャが座り、真向かいには中央にシェーン様、両側にアクセル様とグスタフ様というイケメン揃（そろ）い踏みである。

しかしここまで揃うと眩（まぶ）しくて薄目にならざるを得ない。特にシェーン様は無表情だった二十年近い歳月が嘘のように、事あるごとに少し口角を上げた笑みを浮かべるので、ラメが空気中に舞っているようなキラキラぶりだ。中身はかなりのド変態なのに理不尽な気がしてしょうがない。

「シェーン様、私やグスタフ様も在席してよろしいのですか？」

アクセル様が不思議そうな顔で彼に尋ねる。

「ああ。重要な話があるそうなんだが、アクセルたちも関係があるようなんだ」

「左様ですか……」

アクセル様からの返事はまだ来てないようで、なかば諦めたようなことを言っていたミーシャだったが、やはり本人を目の前にすると挙動不審になるようで、顔を赤らめて俯（うつむ）いていた。見た目は儚（はかな）げで女の私でも庇護欲をそそられる程で、美の女神も裸足で逃げ出す絶世の美女クオリティである。目の保養だわ。

……ただ、私にしか聞こえない程の小さな呟きで、

「……くっそ萌えるわぁ。大人の色気と筋肉とイケボ。これ以上何を望むのかしら。もう一人役満じゃないの。全く何なのよ、この歴代乙女ゲーで並ぶものなしと謳われた美貌、揉み甲斐のあるたわなチチ、くびれたウエストときゅっと切れ上がった美尻の何が気に入らないのよ。せめて断るにしろ返事くらいはよこしなさいよ社会人のくせに。性癖だけでも教えるべきよ。あ、もしかして処女とかウザいとか思うタイプかしら？　それならそう言ってくれれば、娼館の体験入店とかでサクッと捨ててくるのに。前世では経験豊富だったし絶対に喜ばせてあげられるほど尽くすのに……え？　まさかの熟女派？　それは流石に難しいんだけど。一生の思い出にするからどうか一晩だけでも、いや数時間だけでも……何ならお金払うし、お願いお願いお願いお願いお願いお願い……」

と呪詛のように煩悩を垂れ流している。

昨夜ウチに泊まった時に、シェーン様のことを《はぐれヤンデレ》だの《変態メリーゴーランド》だのとさんざんこき下ろしていたクセに、ミーシャだってかなりヤバい人である。アクセル様はちらりとミーシャを見て目をさりげなく逸らしたが、若干彼も顔が赤いような気がする。んー、脈がない訳でもない気がするんだけども。

まあとりあえずこちらの話だけはすませなければ。

「ええと、それでは私から説明致しますわね。今からお話しすることは、信じて頂けるのかどうかはともかく、間違いなく事実なのです。――実は私とミーシャ、エリザベスは、全く違うニホンという

国で生きていた前世の記憶がございまして」

「……は？」

グスタフ様が口をあんぐりと開けたまま固まった。

仕事も溜まってるこの貴重な時間に、いきなり何を世迷い言をと呆れてるのだろう。そりゃそうでしょうねえ。

「それで、そちらの世界での共通の記憶で、この国の人たち……シェーン様やアクセル様、グスタフ様たちが出演する……まあ大人気の舞台のようなモノがありまして。恋愛劇なのですが、日によって男性のみ主役が異なっておりまして、ヒロインと恋愛をするシチュエーションも毎回違うのです」

乙女ゲーについては恐らく説明しても理解してもらえないだろう、と舞台の話ということにしたのだ。

「――最近流行っている、選択肢でエンディングが変わる冒険小説や恋愛小説があるが、似たようなモノだろうか？　ほら、右の道を選ぶ者は十六ページに進む、左の者は七ページに、とか書いてある……」

シェーン様が私を見つめて真剣に聞き返す。たとえド変態でも、荒唐無稽な話を真面目に聞こうとする姿勢はいつものシェーン様である。

こういうところが好きなんだよなー私……とと、いけないいけない。

「同じようなモノだと考えて頂ければと思います。シェーン様はやはり頭の回転がよろしいですわ。ご理解下さりありがとうございます」

だから変態ヤンデレが乙女のように照れるな。顔を上気させて「ルシアのことは何でも知りたいから」とか言うな。絶対にルシアノートに書くに決まってる。

「ええと……それで話を戻しますと、私たちはその舞台がそれはそれは大好きで、何度も何度も足を運んでおりましたの。ですから、前世で事故で私たちが亡くなった後に生まれ変わったこの国が、その劇の舞台と同じで、登場人物も一緒だと幼い頃に気がつきましたの」

そこから、私とミーシャで補い合いながら、どういう展開になるのかを話した。ミーシャとリズはヒロインであり、私は悪役として、ヒロインの恋路を邪魔をしたり意地悪をして、シェーン様に婚約破棄をされるか投獄、ヒロインと別のヒーローとの舞台では恨みを買い凌辱（りょうじょく）、監禁、轢死（れきし）エンドとろくなエンディングがなかったと説明。

「ですからそもそも断罪されなければいいのだ、とシェーン様との婚約破棄を早くから目論（もくろ）んでおりました。淑女にあるまじき行動で嫌われて、早くヒロインと出会う前に婚約破棄をして頂ければ、少なくとも生き延びられますから」

「私とルシアは、二十四歳と二十五歳の時に、とても……とても高いところから落ちて亡くなったのです。そのニホンという国では、こちらのように早く結婚するというのは余りなくて、まだ未婚でしたし、人生を楽しんでいたのです。まだこれから人生が長く続くと思っておりました。だから、と申してしまって良いのかは分かりませんが、悪役として転生してしまったルシアは、また若くして死ぬかも知れないということをとても恐れておりました。舞台の世界がまさか現実になるとは思ってませんでしたが、だとすればその舞台の上であった事件も同じように起こるのでは、と考えても不思議はございませんでしょう？」

「……私たちやシェーン様が、ミーシャ嬢たちの前世の舞台で……名前も立場も全て同じだったのですか？」

「そうですわ。……ただ、舞台には出ていても、この国ではまだお会いしてない方もおります。その辺りが少し変化してたりはするのですが、概ね同じ方々なのです。変化したのはルシアや私、リズが違う行動を取るようになったためではないか、と。これは憶測ですが」

「――うーん、信じがたいけど、そうすると日によって俺たちはヒロイン、ミーシャ嬢やエリザベス嬢だね……と恋愛をしていたことになる訳だよね？　正直ミーシャ嬢は可愛いと思うし、同世代のデビューした女性の中では相当な美人だと思うよ？　だけど俺とデートするとか、シェーンと恋仲になるとかアクセルとどうにかなるとかなかった訳じゃない？　それは何で舞台の通りにならなかったのかな？　誘われたら断れなかったと思うけどなー俺は」

グスタフ様が素の口調になり、からかうように質問を投げかける。

ミーシャはじっと考えていたが、何か覚悟を決めたように口を開いた。

「……本当のことを申しますと、私は前世からずっとアクセル様のファンでしたの。グスタフ様やシェーン様には申し訳ないのですが、眼中になかったのです。それに複数の人と同時にどという真似もできませんし。――ですが、アクセル様にラブレターをしたためてもお返事は頂けぬまま。前世でヒロインと呼ばれていても、全くモテておりませんわね」

ふふっ、と自嘲気味に笑うミーシャは立ち上がり、アクセル様に頭を下げた。

「きっと私からの手紙はご迷惑だったのでしょう。本当に申し訳ございませんでした。二度とご迷惑は――」

「いや、待ってくれ！　私はミーシャ嬢からの手紙など受け取ってはいないぞ！」

アクセル様は、慌てたようにミーシャの言葉を食い気味に遮った。

「ルシアにお願いをしてお手紙をお送りしたのですが」

「ルシア嬢の？　それは菓子の作り方が書いてあった紙のことだろうか……？」

「え？」

私は思わず驚きの声を出した。私が間違えた？

それでもミーシャは手を握りしめながら続ける。

「そちらではなく、その後に私が、一大決心をしてお送りしたお手紙ですわ」

「ミーシャ嬢は、一体何処に手紙を出したのですか？」

と詰め寄った。

「何処って……アクセル様のお宅ですが」

ミーシャは質問の意味が分からないというように首を傾げた。

深く溜め息をついたアクセル様は、

「私は独り身ですし、少し遠くて通うのも面倒なので、現在は騎士団の寮に住んでおります。両親も既に亡くなってますし、普段は昔からいる使用人しか屋敷にはおりません。ここ数年は二カ月に一度、着替えの入れ替えや用足しで戻るくらいです」

「っっ！　ではまだお読みにもなってない、と……？」

「幾ら私のような武骨な男でも、気になる女性から手紙をもらって、何の返事も出さないような礼儀知らずなことはしませんよ」

ミーシャは耳たぶまで真っ赤にして顔を手で覆う。

「私は何てうっかりミスを……」

　と椅子に再び座り込んでしまった。

「今日取りに行って、明日には返事を致します。——三十一歳のオジサンですが、まだミーシャ嬢の恋愛対象には入ると自惚れてもよろしいんでしょうか？」

「……ええもうガッツリど真ん中ですわ！　心よりお返事お待ちしております‼」

　……立ち直り早いなーミーシャ。というか絶対にラブラブですやんアナタ方。

　でも、幸せになって欲しいから幾らでも応援しよう。

「そうか。ルシアはきっと、私に出会うために生まれ変わって来てくれたんだな」

　頷いてるシェーン様の方も、病んでるクセにすんごく前向きだなー。

　前向きなヤンデレってたち悪いなー。今までの話を本当に聞いてたのか。逃げたかったーゆうてたやろが。おおぅ？　自分に不要な情報はさっくり切り捨ておって。

　……本当に困った人だわ。好きだけど。

「（結果的には）お会いできて、良かったですわね。お願いしておりました婚約破棄は、できればなかったことに……」

「元からするつもりはなかった」

「ありがとうございます。ですがシェーン様、それにしても私の何処が良かったのですか？　山猿のようでしたわよね私の子供の頃って」

　何がきっかけで好きになってくれたのかちょっと気になる。

「好きなのはどこもかしこもなのだが……あれが一番かな。——出会ってすぐの頃は、私は執務を始めるようになったばかりで、大人に囲まれてプレッシャーに押し潰されそうになっていた。まあとても疲れていた。その頃から仏頂面というかコワモテだったから、周りがピリピリするくらいに怯えられていた時に、ルシアがのほほーんとやって来たんだ。『シェーン様、おつかれみたいですねー。頭痛いです？　はいっ、いたいのいたいの、とんでけー』って頭を撫でてくれたんだ。それで、『疲れた時は、疲れたって言えばいいんですよ。なんでもかんでも自分でやる必要なんてないんですし。お仕事する人だって、自分が役に立てたって嬉しいですし、シェーン様も楽しいことをやる時間もできますし、お互いにハッピーです。あ、見ますか私の力作のクッキーを？　なんとですね、とうとうまっ黒焦げばかりから、食べられる色合いで取り出せるまで進化したのです！　ここまで二年かかりました！』って焦げ茶色のクッキーをくれたんだ。それがまた苦くてな。口の中も水分がなくなってカラカラになるし、食べるのがえらく大変だったが。その時だな、ふわっと楽な気持ちになって、はっきりと（ああ、好きだなあ）と思ったのは。ずっとルシアと一緒にいたら毎日楽しいだろうなあって」

「……焦げたまずいクッキーでですか？　相当マニアですわねシェーン様も。いえ、私も仮にも王子であるシェーン様に対してなんという無礼な……今更ですがお詫び致します」

　全く記憶にないが、十歳かそこらで何て偉そうなことを。王子様に対して上から目線で語るという不敬フラグを立てまくっているではないか。婚約破棄される前に不敬フラグで牢獄へ行っていたかも知れない。無自覚にも程がある。

「……いや、あの能天気さに救われたんだ私は」

　能天気って言うな。思慮が足りないだけだ。ああでも昨日ジジが半泣きで、私のスキルは元気と能天気だけだと断言していたし、令嬢として何のメリットでもないスキルでも受け入れるべきなのかも知れない。

「ねえねえ、イチャコラしてるアクセルやシェーンたちに、独り身恋人なしの俺の心が荒(すさ)んでいく一方なんだけどさー」

グスタフ様の呟きに我に返った。

「……今の私とシェーン様の会話の、どの辺りがイチャコラとかいう甘い雰囲気でございましたか？」

「えー？　シェーンがルシア嬢に病ん……執着……えーっと、初恋はいつだったって話でしょう？　俺、シェーンを見てて、子供心にも『ルシア嬢と結婚できなかったらシェーンは死ぬんだろうな』と思ってたから、うまくまとまってくれて心底嬉しいんだけどさ。逃げられたら治世にも影響してたと思うし」

「十五、六歳でそこまで病んでおられたんですねシェーン様。私の年齢を考えたらロリコン待ったなしだったと思いますけれど」

「魂は二十歳過ぎていたのだろう？　セーフだと思う。今はいつでも結婚できる年齢だし何の問題もない」

「実年齢大事。いたいけな少女のお年頃でしたでしょうに」

「いたいけな少女は鼻唄歌いながらノコギリや木槌(きづち)は振るわないし、タオルも首に巻かない。大道芸を極めようとしたり、釣った魚がでかかったと自慢げに王宮に見せびらかしにも来ない」

「……シェーン様、それはいたいけでなくても貴族の女性はまずやらないかと」

アクセル様が小声で私を無意識にディスってるんですが、ミーシャ止めなさいよ。

何うっとりとアクセル様の大胸筋見つめてるのよ。

「そこがルシアの可愛いところじゃないか」

「いえ、可愛いで申しましたら、僭越ながらミーシャ嬢の方が素晴らしく愛らしく淑女に相応しいかと――」

「もうお前らうっさーいっ！　カップルののろけなんぞ聞きたくないんだ俺は！　ねえルシア嬢、俺にはないの？　こう、華やかなヒロインとのロマンスとか」

「……えーと、ミーシャがグスタフ様をお慕いしていればアレなんですけれども……リズも道さえ誤らなければヒロインでしたので、そちらとくっつく可能性もありましたが……」

「要は一から自分で見つけろ、ということだね？」

ガックリと項垂れるグスタフ様に申し訳ないと思うが、これればかりはねえ。

あ、そうだ肝心なことを。

「あの、ですから、当然リズは許されないことをしたのですけれども、前世の記憶で自分が本来立つべき主役の場所にいられなかったというモヤモヤも、このような犯罪を犯してしまったことに影響していたのは間違いないのです。ですから罪は償うのは当然なのですが、何とか少しでも恩情を賜りたいと心から願っております」

一生友人への償いになるかも知れなくても、それでも勝手な話だが私は彼女に死ぬことを望んではいないのだ。

「……相手もいることだからな。まあハッキリとは言えないが、取り調べで素直に自白もしているし、死罪まではないだろうと思う」

　シェーン様が私を見た。

「だが、ルシアはそれでいいのか？　お前を襲わせるように指示したのだぞ？」

「別に彼女が指示しなかったら私が一〇〇％安全だった訳ではありません。世の中には、何の罪悪感も持たずに犯罪を犯す輩も沢山おりますわ。今回の件で実感しましたが、今後どんなに気をつけていても、私や世の中の女性が被害者になる可能性はゼロではないのです。まだ私には鍛え方が足りないのも分かりましたし、もっと精進せねばと思えるようになったことは彼女のお陰でもあります」

「――そうか。ならいい。私はそういうルシアの心の強さが本当に大好きだ」

「なっっ」

　笑みをたたえたシェーン様は、グスタフ様やアクセル様を驚愕させるほどの全開の笑みだった。私も薄目になるのが一瞬遅れ目が眩んだ。動悸も収まらない。

　イケメンの本気って何ておっかないのかしら。

「シェーンが別人かと……」

「いえ、私も驚きました……」

　グスタフ様たちの動揺をよそに、シェーン様は何でもないように続けた。

「じゃ、これでもう隠しごとはないなルシア？」

　と笑顔のまま私を見た。私は薄目のまま応えた。

「ええ。――それにしても、信じて下さるとは思いませんでしたわ。頭がおかしいと言われるかと……」

後にした。


「大丈夫だ。元々ルシアは普通じゃないし」

「喜んでいいのか微妙な慰めありがとうございます。では私たちはこれで……」

「ああ。明日はデートの日だ。忘れるなよ」

今度はアクセル様の上腕二頭筋を眺めて溜め息をついていたミーシャを引きずるようにして王宮を後にした。


「ルシア、明日アクセル様が返事下さるんですって……」

ただでさえ作り物レベルの完成度の高い美人が、溜め息混じりでうっとりとしていると、女でもうっとりするもんだわね。

「それ三回目よ。でも良かったわね本当に。ミーシャは自分のうっかりで幸せ逃すとこだったわよ」

「そうね……」

嬉しそうなミーシャを見るのは私も嬉しい。

アクセル様はシェーン様ほどアレな性格ではないと思うし、きっとミーシャを幸せにしてくれるだろう。私はと言えば、シェーン様が信じてくれて良かった。

気まぐれだとか思われたら泣けるものね。でも限りない愛情は嬉しいのだが、ポケットルシア・改までは許してはいけないような気がする。

それを言ったらルシアノートだって充分すぎるほどエグいし、何とかしたいものだが処分だけは断ると言われているし……。いや、せめて観察されている側の立場から中身の閲覧は求めたい。それくらいは許されなくてはおかしい。

余りに内容が黒歴史エンドレスであったら、コーヒーをついうっかりこぼしてしまうなどして処分する。私の溜め息は、ミーシャの恋する乙女としての溜め息とはちょっと違う、憂いの響きを帯びていた。

しかし、何故アクセル様に直接渡した筈のミーシャの手紙を読んでないと答えたのか。これには理由があった。

後にミーシャから説明されたことだが、実は私が慣れない恋の橋渡しに緊張しまくっていたため、渡した手紙と一緒に同封されていたミーシャからのお菓子レシピの方を渡してしまっていたらしい。同じ便箋と封筒だったので疑いもせず間違ったまま、汚れないようハンカチに包んでいたので、アクセル様の宛名がないミーシャのサインのみの封筒だったのも気づかなかったようだ。アホか私は。それをアクセル様が私ではなくミーシャに直接返したため、私は無事お役目を果たしたと思い込んでいたのだ。

「なにやらミーシャ嬢にお菓子作りが趣味だと誤解を受けたようなのですが、何分武骨でして……」

と封筒に入ったレシピメモを返却されたミーシャは、慣れないルシアに任せた自分が全面的に悪い、と改めて書き直してアクセル様の屋敷に送ったというのが真相だ。

その話を知って、私が土下座して謝ったことは言うまでもない。

【間章　四】

「ミーシャお嬢様、お待ちかねのお手紙が届いておりますよ」

メイドのシリルがトレイに紅茶と封筒を乗せて私の部屋に現れた。普段の変化に乏しい表情からは想像できないほど、嬉しそうに微笑んでいる。

「ありがとうシリル！」

テーブルに紅茶を置くと、白色の何の装飾もない封筒を横に置く。

「それではごゆっくり」

と静かに出て行ったが、自分の心臓の音が煩いと胸を押さえて落ち着こうとしている私は、おざなりにしか返事ができなかった。

厚みのない封筒に少しガッカリしつつも、いや私の早とちりでアクセル様が住んでいない屋敷に送られた手紙を、その日のうちに受け取りに行って下さったから、今日手紙が届いているのだ。ただでさえ急いでお返事下さったのに、熱烈な愛の言葉など期待するのは間違ってるわね、とペーパーナイフで慎重に封を切る。

ルシアが暴漢に拉致されたと騎士団の方に聞いて、全身の血がざあっと下がるのを感じた。その後続けて、直ぐにシェーン様が無事救出してくれたという言葉がなければ、私はその場に倒れていただろう。今度こそ自分がルシアを守るんだと思っていたのに、何にもできていなかった。何がヒロインだ。

遠くから眺めるしかできない傍観者ではないか。

結果的にリズが首謀者と聞いて、シェーン様とルシアを婚約破棄させ、あわよくば自分が婚約者に、と企んでいたことも、心情は理解できた。恋する女というのはどうしてこんなことを、というストッパーが外れた行動をすることがあるのである。

まあだからといって、リズのしたことを許せるかと言えば許せないのだが、自分ならばどうだっただろうとは考えてしまった。アクセル様に手紙を返された時も、絶望感が押し寄せたが、聞けば私がルシアのために書いた、新しい簡単お菓子レシピを間違えて渡していたようだ。まあ私が同じ便箋と封筒を使っていたのが悪いんだし、そもそも自分で渡せばすんでいた話なのだ。ルシアを責めるつもりなど全くなかった。あの子は常に全力を尽くすタイプで、前世では仕事も一生懸命でできる子だったのだが、テンパると驚く程のケアレスミスをするのだ。

私は敗北が決まった訳ではない、と改めて手紙を御自宅の屋敷へ送ったのだ。

住んでもない屋敷に。

……うん、私もルシアと同じようなもんだったわ。恐る恐る封筒の中身を出すと、折り畳まれたペラの便箋が一枚だけだ。そうね、武骨をウリにしてる人だもんね。

自分、不器用ですから……とか言い出すタイプかも。

前世で付き合ったことないタイプだわー。カサッ、と手紙を広げる。

豪快だが綺麗（きれい）な文字が並んでいた。

『ミーシャ様
　色々と不明点あり。直接話をしたいと思うのでご都合を伺いたく。
アクセル』

　とのみ記されていた。封筒の中を改めたり、便箋を引っくり返すが他には何も書かれていない。これだけだ。

「……おーいっ！」

　テーブルにポンッと手紙を放り出し思わず叫んだ。前世でとうの昔に失われた乙女心を必死でほじくりだして、思いの丈を綴ったラブレターの返事がこれか？　これなのか？　取引先とのメールですら時候の挨拶くらい入れるわっ！　「不器用ですから」とか言っときゃ何でも許されるとでも思ってんのかあああっ！

　……いや落ち着こう。アクセル様は別に言ってないわ。

　私は、ルシアがべた褒めする美貌とスタイルを持ち、料理やお菓子も上手。性格だって、前世では並みの男より頼りになる、と言われた世話好きで思い切りのいいサバけた姉御肌。だが惚れた人に対しては慎ましく控えめで、とことん尽くすタイプである。自慢じゃないけど理想の嫁候補じゃない。

　何よ、この好感度が微塵も見えない手紙は。私は立ち上がり、テーブルの周りをウロウロと歩き回る。

　こっちは熱い思いと共に、

「前に聞いた、仕事を軸に生きていきたい、っつーのが変わらんのであれば陰ながら応援するし、そ

のために独身も貫くと言うならば、まー最悪嫁にもらわんでもいいから一夜だけでも思い出が欲しいなー」（意訳）

とまでぶっちゃけて書いたのに。会って言うのはさすがに……アレじゃない？

鍛えた上腕二頭筋や三角筋、広背筋の付き方が流れるような美しさで素晴らしいとか、アクセル様の大胸筋や腹筋に包まれて眠りたい、とかなら幾らでも誉め称えられるけど。本人目の前にして「大好きです」とかちょっと言えないわよねえ、十四、五歳の乙女じゃあるまいし。――あー、こっちではまだ十七歳だわ。もうすぐ十八歳になるけど。ギリいけるのか。乙女枠。処女だしな。

いやー、でも日本じゃ二十五歳まで生きてた、両手で余る男性経験もあった人間としてはこっぱずかしいわなー。ま、せっかくアクセル様が会って話がしたいというのを断る手はない。何とかキスの一つもゲットできればいいんだけど。

ルシアにはもうシェーン様と先を越されてしまったし、今更慌てても仕方ないもんね。しかし、ゲームではあのシェーン様の病みっぷりは全く描写されてなかったけど、あれはもう何があっても逃げられないわよね。んー、……ルシアは前世を通して初めてナニした人があのシェーン様かあ。何と言えばいいか。

まあヤンデレも多分、多分だけど見慣れるだろうし、愛の重たさも浮気はしないだろうからお得とも言える。ポケットルシアにはさすがに引いたけど、針仕事が得意なのはいいことよね。ボタンつけとかも自分でできそうだし。

でもルシアノートの中身は一生知りたくはないかな。地縛霊とか憑きそうだし。私は陰ながらルシアのフォローをするのがベストよね。

私はまたレターセットを書類机の引き出しから取り出すと、アクセル様に手紙をしたためるのだった。


「……」

「……」

ここは『バルテア』という名のホテルのラウンジにあるカフェで、コーヒー一杯が日本の金銭感覚で千円ぐらいする、町でも一流と言われる高級ホテルであり、私とアクセル様が向かい合わせで座っている場所である。

昨日アクセル様に「数日は特に予定もないのでいつでもいい」と返事をしたら、その日のうちに返事が来た。

『ミーシャ様
では明日十一時バルテアのラウンジで。アクセル』

と、更に短くなってしまった手紙に、（いやぁ、これ、脈ないんじゃないかなぁ？　王子の婚約者の親友だから無下にできないだけで、やはりベテランの熟女とかの方がいいのかしらねえ）と深い溜め息をついた。

そして当日。

彼をロリコンにせぬよう、目一杯メイクもワンピースも大人っぽく仕上げて早めにホテルにやって来た私であるが、既にアクセル様は来ており、遅れたことを謝ったのにああ、とかいや、とか、飲み物は何に、とか素っ気ないことこの上ない。

脈なし率ぐんぐん上昇中よールシアー。帰ったら泣いてもいい私？

どうもデートとかの経験も余りなさそうで、女の扱い方がなってないわよアクセル様。いつまで経っても話が出てこないので、私は自分から話を進めることにした。

「……アクセル様、それで疑問点というのはどういったことでございますか？」

アクセル様は、自分の掌を握ったり開いたりしながら発言をためらっていた。

ああ、指もすっと伸びて綺麗。とっても好みだ。というかアクセル様の好みでないところが見当たらない。

「あー……うん、私の勘違いではないかと何度も受け取った手紙を読み返してみたのだが、その……間違えていたら謝罪する。どう読んでもミーシャ嬢が私と、け、け、結婚したいと言っているような文面に思えるのだが」

「そうですね。正しく理解されていると思われますわ」

私はお高いコーヒーを口に含む。……まあ高いだけあって豆は良いのを使ってるみたいだけど、それにしても高い。

ご飯が食べられる金額で飲み物だけって、私の感覚的には贅沢すぎる。

「ミーシャ嬢ちょっと落ち着こう。結婚だぞ？　まだ十七歳の可憐で可愛い引く手あまたの女性が、何でむさ苦しくて騎士団の三十一歳の隊長とは言え、爵位も低い男と結婚したいなんてことを」

「嫌ですわアクセル様。先日申しましたでしょう？　私には前世の記憶があると。直ぐに十八歳になりますし。以前からアクセル様に魅力を感じておりましたし、現在幸いなことに、アクセル様には特定の方もおられないと伺ってます。生まれ変わったら、たまたま若さとそこそこのルックスに恵まれたのですもの、ワンチャン狙……もとい当たって砕けろという気持ちになりますでしょう？」

こちとら前世を足すと四十オーバーの人生経験がある。ぶっちゃけ本物の乙女には足を向けて寝られないというバッタもんの乙女なのである。

「ですが、だからと言って無理に好きになってくれとは申しませんし、私の都合を押し付けるつもりもないのです。この先、家同士の思惑で顔も知らない男性と結婚するかも知れないなら、前世で一番好きだったし今もやっぱり好きな方と結婚をしたい、それが駄目なら一夜きりでもいいから夢が見たい、と思ったのです」

アクセル様はようやく私の目を見た。

「――じゃあ、俺がここに部屋が取ってあると言ったら一緒に泊まるとでも言うのか？」

あー、普段の「私」な丁寧な語りもクるけど、「俺」の方が素が出てる感じで親しみがあっていいわあ。

「そうですね。喜んで、の一択ですわ」

「本気か？」

……自分で言い出しといて何を挙動不審になっとる。娼館もあるんだし童貞でもあるまい。処女の扱いが分からないのだろうか。いや、そんなものは前世の経験値で補ってみせるとも。今夜戻らなくてもシリルが察して適当に両親には言っておいてくれるだろうし。

脈がなくてもその気になってくれればあるいは、とも思うし、せめてアクセル様の素晴らしいボディーを生で見たい。処女なんか私には大した価値はないのだ。

「まあ、冗談でしたの？　がっかりですわ」

「いやっ、部屋は取ってあるんだが、半分はからかわれているのかもと思っていたので驚いているんだ。――俺と、あー、部屋に行ってくれるか？」

「はい喜んで」

真っ昼間に何でこんな話になったのやらと思ったが、まあその気になってくれたならラッキーだ、といそいそとアクセル様に付いて行くことにした。

その後衝撃的な話を聞かされることになるのだが。


「……は？　あのぅ、経験がないとは、その、処女との行為がでしょうか？」

バスルームを出ると、先に入っていたアクセル様がガウン姿でベッドで正座しており、いきなりそんな告白をされたのだ。

「いや、女性との体験がないのだ。――どうでもいいがその、処女とか、ミーシャ嬢は言い方が直接的すぎると思う」

「乙女でも処女でも意味は同じではありませんか。そこよりも、今衝撃的な発言を聞きましたが、男性経験の方が先だったのですか？　私にはそちらの方が大事件ですわよ」

男相手じゃ勝負の土台が違うじゃない。いくらボンキュッボンッのボディーと乙女ゲー史上初と言われる女性ファン大量発生と叫ばれたこの美貌も、男がライバルでは何の役にも立たないじゃないのよ。

「……男？　いや男には興味がないし、正真正銘初めてなんだ」

お尻の処女は守られていた。ＢＬでもない。良かった。

「……インポですの？」

「だから言い方をだな！　いや、自分でしなかった訳じゃない。えーと、普通に勃つしイくんだ」

「個人的に三十一歳で童貞というのは、十代二十代のヤりたい盛りをすっ飛ばしていると思うのですが。何か特殊な趣味や性的嗜好があるのでしょうか？　私はむち打ちとかロウを垂らすとか痛いのは苦手なんですが、アクセル様であればある程度は許容致します」

「俺をどんどん変態にしないで欲しい。仕事柄なかなか女性との接点もないし――女性とそういうことをするのは、将来を真剣に考えてからにすべきだと思っていたからだな……」

　童貞で乙女心がある、と。なるほどね、ずっと腰が引けてるように感じたのはそれが原因か。……いやちょっと待て。すると私がリードしないといけないのか？

　前世経験値はあっても今はぴちぴちの処女だぞ。……おかしいなあ、経験値の高い大人の頼れる男が好みなんだけど、アクセル様ちょっと可愛いな、とか思っちゃったわ。仕方ない、確実に女慣れしてないようだし、私が頑張るか。

「キスぐらいは経験されてますか？」

「家族などの頬にするくらいならあるが、恋人がするような唇ではない」

　……驚く程まっさらだ。そんな美形でいい体してるのに、何て貴重な資源の無駄遣いを。許せん。全部の初めては私がもらう。

　私は彼にベッドに横になるようお願いした。

「私も初めてですが、前世の記憶を頼りに頑張りますので、ご協力をお願いします」

「……すまない。俺も精一杯頑張る」

真面目に答えるアクセル様の唇を自分のそれで塞ぐ。唇を舌で舐め回すようにすると、少し口が開いたので舌を入れた。ビクッと体が跳ねたが、気にせずに口内を蹂躙する。アクセル様と舌を絡めると遠慮がちに応えてきた。

「これが恋人のキスですわ。学びましたか？」

顔を真っ赤にして無言で頷くアクセル様を見て、腰のガウンのベルトに手を伸ばす。ベルトをほどき、ガウンを広げると……それはもう眼福な腹筋や大胸筋が現れた。立派すぎる股間のモノは既に勃ち上がっており、太さも私の手首ぐらいある巨大さだ。処女には敷居が高いので一回射精してもらって元気をなくしてもらうか。

それでもキツそうだけど。私は彼の竿をぱくりとくわえた。アゴが外れそうだし、とても全部は口に入らない。

「なっっ！　ミーシャ嬢そこは汚いから舐めたら……ああっ」

ベッドで体を跳ねさせながらアクセル様が止めようとする。

「ひもひよくらいれふか？」

「気持ちはいいに、決まってるが、くわえたまま喋るなっ、振動で余計気持ちいい、からっ……うっっ」

気持ちいいならいいだろうが、と吸い付くように奉仕を続ける。

でもずっとやってたらアゴが疲れそうだなと思ったら、「ああっ、まずいっ」と声がして、口の中に大量の白濁が放出された。アクセル様の貴重な精子だ。ビクビクしている竿から吸い上げるようにして全部飲んだ。うーん、やっぱ少し苦いけど、アクセル様のだと思えば美味しいわね。考えてみた

ら初のフェラも私だわ。ラッキー。

　それにしてもまだサイズが殆ど変わらないわね。

「ミーシャ嬢、俺も学びたいのだが、お、おっぱいを触ってもいいか？」

「はい喜んで」

　今度は私がベッドに横たわり、まだ少し息を荒くしたアクセル様がおっぱいを掴む。

「……痛っ」

　かなり強く握られ、思わず声が出てしまった。

「すまん！　初めてで力の入れ方が」

「大丈夫です……あと、乳首も舐められると気持ちがいいです」

「分かった」

　子供のように一心不乱におっぱいを揉み、乳首をちゅうちゅう吸っているアクセル様は、何だかとても庇護欲がそそられる。一回り以上も上の男なのに。

　刺激に蜜がとろりとアソコから流れるのが分かるくらい濡れているのが分かる。

「ミーシャ嬢、下の方も触っても？」

「ど、うぞ」

　そっと指を這わせ、濡れてるなと呟いた。

「好きな人と気持ちいいことをしてますから。分かりますか？　その手前の穴に挿れるんですアクセル様の竿を」

「だから言い方をだな……え、ここか？　いや無理だろ絶対入らないぞ」

頼むからクリトリスを擦るように指を挿れないで欲しい。気持ち良すぎるから。

「解せば大抵何とかなります。だってそこから赤ちゃんも出るんですよ？　まあ少し切りますけど」

「女体の神秘だな。――気持ちのいいところを教えてくれ。覚えるから。……舐めてもいいか？」

指を挿れながらクリトリスを舐められる。許可とる前にやってるやないか！

「ん、あんっ」

「ここか？　ここがいいんだな」

ヤバい、ピンポイントの場所を重点的に攻めないで。

童貞に指でイかされるのはちょっと……。

「んっ、アクセル様、ダメ、イっちゃうからっ」

「俺もイってるんだからイけばいい。声も可愛いな」

舌でグリグリとクリトリスを舐めながらの指二本攻めに私も陥落しイかされた。

指二本でも彼の指はかなり大きい。普通の男性の竿くらいありそうだ。

でも彼の本体の方はもっとデカいけど。

「ああ、ミーシャ嬢の蜜は美味いな」

流れる愛液をすすられる。何だか一気に経験値が上がってるわアクセル様。

「ここに挿れればいいんだろう？　痛いかも知れないが少し我慢してくれ。俺のも限界だ」

蜜を擦りつけるように入口を行き来するアクセル様のアレは、やっぱりこの体じゃ大きすぎると思う。少しずつ中に侵入する剛直は、抜き差しをしながら徐々に深く収まっていく。

「ん、んんっっ」

「全部は無理か……でも、ミーシャ嬢の中は何て気持ちいいんだ……」

八割方は入ったと言うが、もう突き当たりに当たってる気がする。アクセル様のは規格外だ。だけど、痛みよりアクセル様の気持ち良さそうな顔を見ているのは嬉しかった。ゆったりした抽送から、次第にパンッ、パンッ、と深く穿たれ出す。確実に根元まで突っ込んでる気がする。おめーは処女に何無茶させるんだ、と内心で叫ぶも、痛いだけではない快感の兆しもやって来る。

「ミーシャ嬢、もうイってもいいかっ？　締め付けられてもうもたない」

「……はっ、はぁっ、ど、うぞお好き、にっ」

穿たれる毎に体が揺れ、まともに言葉も出せないが、最後に深く最奥に突き込んで吐精したアクセル様は、力が抜けたように上に覆い被さってきた。

心臓の鼓動が物凄く速い。私もまだ中でイケるほどの経験はないが、気持ちは良かった。でもアクセル様が気持ち良かったならそれだけで嬉しい。

そして初のキスも童貞も頂いてしまった。彼は仕事に生きる男だし、結婚とか考えてなかったとしても、勢いでやってしまったんだとしても許す。何故なら私が切実にしたかったからだ、アクセル様と。

彼は騎士団の隊長として仕事に誇りを持ち愛していると言っていた。一生独り身かも知れませんと笑っていた。負担に思われてはいけない。

重たい女になんぞなる訳にはいかん。私にも女としてのプライドがある。

「アクセル様も経験値が上がりましたわね。これでもう娼館などで戸惑うこともありませんわね。初めてをもらって下さってありがとうございます。私はシャワーを浴びて帰り支度を——」

「おい待て。泊まるんだろう？」

手を引っ張られてベッドに倒された。

「アクセル様、処女を奪ったからと責任を取らなくてもいいのです。私が頼んだのですし。騎士団のお仕事も、有事の際には命も懸けるようなものですし、無理に好きでもない女を妻にする必要もありません」

「……ん？　何で俺がミーシャ嬢を好きじゃない前提になっているんだ？」

驚いたように返すアクセル様に、私も首を傾げた。

「は？　いえ、お手紙には甘い響きも一切なかったですし、明らかにラウンジでは居心地が悪い感じ、その割には事前にホテルの部屋が取ってあるというので、まあ自分に惚れてる女の肉体を貪ろうとする、典型的なワンナイトラブの方向かと思いましたが。初体験もすませておけば、咄嗟の時に狼狽えることもないだろうとか」

「いや俺をどんどん女を利用する最低の人間のように言うな。さっきは単に緊張してただけだ。王宮で話をするようになってから俺もずっと好意を持っていたが、年の差がありすぎるから諦めてたのに、いきなり相手から好意的な手紙が来たんだ。そら動揺もするだろう。順序は逆になったが、結婚するつもりでその、致してしまった訳で。——まさか、俺の童貞を弄んだのか？」

最後のはむしろ処女をなくした私の方の台詞だと思う。

「あのー、すると、結婚を前提で？」

「勿論だ。式はシェーン様の式が終わってからになると思うが、籍だけは先に入れておきたいし、両親にご挨拶させて頂いて、できれば先に一緒に暮らしたいし何なら手料理も食べたいしミーシャ嬢も

「……ミーシャでいいか？　いいよな。ミーシャも食べたい」

「いや、それは幾らなんでも急展開では――」

「俺をミーシャなしにはいられない体にしておいて何が急展開だ。童貞を奪った責任を取ってくれ」

乙女か。それも私が言うべき台詞だ。だからな、童貞は処女よりも大したもんじゃないんだっての。娼館でしれっと卒業してる男も沢山いるの知ってるぞコラ。

「――私、浮気だけは絶対許しませんわよ？」

「死ぬまでミーシャだけがいい」

「初めて体の関係を持った女だからという気の迷いではないですか？」

「自慢じゃないが、そんな器用な付き合い方はできないし、気の迷いで体の関係を持とうとは思わない。愛してるからに決まってるだろう！」

「それだけ言葉に出せるなら手紙でも出して下さいな！　お陰でずっとやきもきしたじゃないですの！」

「……勘違い男と思われたら、絶望して死にたくなりそうだったから……」

私なんかよりよほど心が繊細である。

メンタルを私と入れ替えた方が見た目通りの人になりそうだ。だが、そんなアクセル様も可愛いとか思ってしまう。私も今世では大分好みが変わったようだ。

「では未来の旦那様、これからもよろしくお願い致します。じゃ、シャワーに行きたいのでどいて下さいな」

「何でだ？　どうせまた汚れる」

「……え？　まだするんですか？」

「たった一度しか中に挿れてないじゃないか」

いや口でしたよね？　出したよね？　二回出せばもう良くないか？

「お互い誤解が多いのは、きっとまだ理解が足りないからだと思う。もっと深くミーシャを知らねば」

「ちょ、あああっ」

いきなり挿入されてのけ反る。でも、初めての出血もさっき確認したらちょっとしかなかったし、もうこの暴力的なサイズでも痛みがない。

人間の順応性ってすごいもんだわ。

「ミーシャの中はまだ狭すぎるから、くっ、俺のサイズに合わせるにはもっと沢山しないと、なっ」

「ああんっっ」

しまった。絶倫仕様は乙女ゲーの裏設定では全キャラデフォルトだったか。

ルシアも二桁に届くレベルの回数やられたと言ってた気がする。

あの一見「セックス？　何ですかそれ？」みたいな、貴公子然とした野性味の欠片もない男ですらそうなのだ。アクセル様は下手すれば……。

不安は的中し、夕食もホテルのルームサービス、風呂も一緒に入った方が効率的だと言われて挿れられ、残りの時間はほぼベッドにいた。単なるのろけだと思っていたルシアの、【別の意味での死亡フラグ】と言っていた意味が、私にもようやく分かった気がした。

終章

衝撃の一夜から早数カ月。

あの不愛想・無表情がデフォルトだったシェーン様は、周囲に僅(わず)かに笑みを見せ驚かれている程デレが止まらない。暇さえあれば私の屋敷に現れてはいちゃいちゃしてくるし、密着したがる。私の体力の限界に挑戦するような愛情表現までプラスされて、恋愛経験が前世からなかった私はなるほどこれが通常の恋人同士の関係なのかと受け入れていたが、ミーシャにはドン引きされた。

「あのー、ルシア様、シェーン様がこちらへいらっしゃいますよ」

ジジが庭にやって来て私に告げた。

「まあやだ！　もうそんな時間なの？　直(す)ぐ準備しなきゃっ」

私が急いでノコギリを片付けていると、

「……まさか年末のパーティーまで逃げるつもりじゃあるまいなルシア？」

と聞き慣れた不穏な時のシェーン様の声が直ぐ背後から聞こえた。

「い、イヤですわもうシェーン様ったら！　そんなことある訳がないじゃありませんか！　直ぐ支度をしますから少々お待ちを」

振り向いて返事をするが、シェーン様がまた無駄にイケメン仕様になっていてうっ、と細目になる。

黒タイに燕尾服って、大抵の人が着てもそれなりの仕上がりになるものだけど、シェーン様はまるで世界に一つ、自分のためにあつらえたもののように着こなしている。ダークブラウンの癖っ毛も整髪料で後ろに撫でつけているので、普段は隠れ気味の黒い瞳までバッチリ見えており、完成度の高い整った顔立ちが目立つ。

「まあ時間にゆとりはあるから慌てなくていい。ここでコーヒーでも飲んでる」

「申し訳ありません」

そうは言われても急がざるを得ない。

ジジと自室に戻り、先日オーダーメイドで作ってもらったドレスを身に付ける。

髪をアップにしてもらうつもりだったが、

「……ルシア様、背中にキスマークが散っておりますので下ろしておいた方が……」

と言われて頬が熱くなる。奴め、絶対わざとやったに違いない。

「それともシェーン様が周りに見せつけたいと思っているならアップにするのも――」

「いえ、何がなんでも下ろしておいてちょうだい。メイクもシンプルでいいわ」

「かしこまりました」

「――お待たせ致しました」

「ドレス似合ってるな。まあルシアはいつも何を着ても可愛いが。……今日は髪は上げないんだな」

「ええ。冷えますもの」

少し残念そうな顔をしてるシェーン様に笑顔を向けて馬車に乗り込む。

「……やってくれましたわねシェーン様」

馬車がゆっくり動き出すと、私はそう呟(つぶや)いた。

「何のことだ」

「背中のキスマークですわ」

「……そうだったか？　つい夢中で気づかなかったな」

すっとぼけおって。

「左様でございますか。でしたら式が間近になりましたら、ベッドでのアレコレは控えましょう。ついうっかりで私も恥ずかしい思いはしたくありませんもの」

「断る。――すまなかった。許してくれ。ルシアと一緒に眠れないと寂しくて死ぬ」

「確信犯の癖にしらばっくれるからですわよ」

何故かあれから直ぐに、私はシェーン様の屋敷と自分の家を行ったり来たりの半同棲のような生活である。昼間に自宅に戻るのは構わないが、夜眠るのは必ずシェーン様の屋敷で、と約定書にサインまでさせられた。

「式の日取りが早まったので色々と下準備があるのでな」

とか両親には言ってたが、元から王妃教育は逃げられず受けていたし、ドレスもアクセサリーも幾つか新しく作っただけだ。特に下準備などした記憶はない。

でも私はその代わりに譲れないこととして、結婚した後もどうしても必要な時以外は屋敷に引きこもっていてもいい、との言質(げんち)は取った。

「可愛いルシアを外に出すと誰かに拐(さら)われるし、変な男に粘着されて付きまとわれたりされると危険だ。……主に相手の男がだが。それにルシアが落ち着いて暮らせる方が私も嬉しい」

ヒッキーの王妃ってのも何だかなーと思うが、人間には向き不向きがあるのだ。

書類仕事ならいくらでもやるが、エライ人とか大勢の人の前に出るのはなるべくご遠慮したい。まあ良いって言われなければ、私がまた気を変えて逃げ出しかねないと思っていたのかも知れない。逃げ出したいのは山々なのだが、シェーン様がいないと、どこへ行っても楽しくはない程には私もほだされてしまっている。

ド変態だし、愛情はとんでもなく重たいし、飽きないのかと思うぐらいにエッチをしたがる絶倫仕様だし、何でか知らないが私への執着心も半端ない。

「……シェーン様は本当にこんな残念な王妃でもよろしいのですか？」

私はつい何度も聞いてしまう。

「当たり前だ」

現在の国王陛下、つまりシェーン様のお父上だが、私たちが結婚したら退位してシェーン様に譲り、アドバイザー的な名誉国王として数年補佐をしてから、まだ元気に動けるうちにのんびり国外各地へ旅行に行きたいのだそうだ。初めてそれを聞いた時には口から胃が飛び出るかと思った。だってまだ四十代だもの国王陛下。十年やそこらは水面下で国の仕事を覚えつつ……なんて思ってたのに。

まだ人生経験の少ない二十三歳の息子と、十八歳の「なのだ」仕様の引きこもり令嬢によく国を任せようと思ったな。大バクチだぞ一種の。

シェーン様がまだ早すぎると止めてくれるかと思ったのだが、

「私はルシアさえいてくれたら全身に力が溢れて参りますので、まだ父上の足元にも及びませんが、誠心誠意この国のために精進致します」

　とか微笑を浮かべてあっさり受けていた。受けてるんじゃないわよ。

　私はえうえう泣きながら、まだ無理ですから―絶対無理ぃぃぃ、陛下にもう少し頑張ってもらってえええ、と寝室で訴えた。

「ああ……ルシアがこんなに私に頼って来るなんて可愛すぎて胸が苦しい……これが至福というものか」

　と胸を押さえてぶるぶる体を震わせていた。この人頭にムシが湧いてる、と本気でグーパンしようかと思ったが、私より滅茶苦茶鍛えてる腹筋なのだ。

　確実に私の方が被害が大きいので諦めた。

「大丈夫だ。ルシアは私のそばにいてくれるだけでいい」

　ぎゅうってするのはいいけど、結構痛いのよシェーン様のぎゅうは。

「シェーン様、もう少し力を弱めて頂けませんか。ですが私もどんどん年を取るので、オバサンになった時にそばにいられても困りませんか？　男性は、常に若い女性を愛でたいものでしょう？」

「私はルシアだけを愛でたい。別におばさんになろうがお婆さんになろうがルシア一択だ。それに、ルシアが年を取ったら私も年を取る。それも五歳も上なんだぞ。だから、さっさと子供を沢山授かってだな、成長したらさっさと子に譲って退位して、二人で父上のように旅に出るかイチャイチャしよう。勿論、旅先はルシアが行きたいところでいい」

「……ちょっと変わってると言われませんかシェーン様？」

「グスタフには始終言われてるが、別に普通だと思う。ああそれとポケットルシア・改が完成したんだ」

ゴソゴソとポケットからミニサイズの私の人形を取り出す。前回とは違い、ドレス姿で髪の毛もアップにしたお出かけバージョンである。

やだもうまたディティールの完成度が上がってる。

「何てものをパーティーに持って行こうとしてるのですか！　私は止めてくーだーさーいー、とお願いしましたわよね？」

「幾らルシアの頼みでもやーめーなーいー、と言った筈だが。それにな、是非見て欲しいんだが、今回はブラジャーも実物を参考に、レースの位置までこだわった――」

「わーわーわー聞こえない聞こえなーい！」

私は耳を押さえて目をつぶる。

「……この芸術品を見て欲しいのに……」

「妻になる女性の人形を作って、何が芸術品ですか、私をナルシストにしたいんですかっ！　ミーシャクラスの人形ならまだしも、私ですからねそれ。髪の毛とか入ってたら呪いの人形ですからね？」

「ルシア以外の女性の人形を作る理由がない。私の一番は常にルシアだ。それにしても髪の毛は盲点だったな。次の時に入れさせてくれ」

「絶対にイヤです。ってまだ作る気なんですかっ？」

「満足の行くものができたと思っても、ああしておけば良かった、こうしておけば良かったと改善点は出て来るのだ。私はこう見えても努力は怠らない人間だ」

「その努力をお仕事に傾ければ、善政の国王と国民的名声が高まるじゃありませんか。ね？　そうしましょう」

「それはそれ、これはこれ」

「ああ会場が直ぐそこに。もうとりあえずそれをさっさとしまって下さい。絶対に帰るまで出さないで下さいね」

「む。だがアクセルにも見てもらおうと――」

「絶対に止めて下さい。そんなことしたらシェーン様を少し嫌いになります」

「分かった止めよう」

　また大切そうにポケットに仕舞われる私の人形。シェーン様の病みが深まるばかりである。

　会場についた後、ミーシャがアクセル様と一緒にいるのを発見し、トイレに行くとシェーン様から離れてミーシャを拉致した。

「どうしよう、ちっともシェーン様の病みが治らないのよミーシャぁ」

　トイレで抱きついて愚痴をこぼす。

「私も速攻で籍だけでも入れる、他の男に拉致されたらどうする、俺以外の筋肉に欲情するのは許さない、もし筋肉が減ったり禿げても捨てないでくれ、とか言い出して宥めるのに一苦労よ。何故私の筋肉萌えがバレたのかしら？　何だか隠れて筋トレとかしてるみたいなのよね。今の細マッチョな感じは好きだけどゴリマッチョは苦手なのに。でも筋肉より中身が好きだって言ってるのに聞かないのよ。アクセル様という大人のイケメンに甘えまくるという願望が、三十一歳児のワガママに振り回される母親のようになってるんだけど」

「どっちも闇が深いわねえ。この国イケメンほどヤンデレ率が上がるとかそういうシステムなのかしら」

私たちは溜め息をついた。

「「それでも好きな自分も大概よねえ……」」

と続くところまでが既にワンセットである。

「二週間後には私、翌週にはミーシャも人妻ね。……これからもよろしくね」

「こちらこそよルシア王妃殿下」

「止めてそれ。イジメよイジメ」

お互いにケラケラ笑っていると、入口の方からアクセル様とシェーン様の声が聞こえてきた。

「ミーシャ、具合でも悪くなったのか？　人混みに酔ったのかも知れないな。大丈夫か？　もう帰ろうか？　そうだな帰ろう」

「だがアクセル、ご婦人用のトイレに男が入るのは流石にまずいぞ」

「うちの三十一歳児の心配性が発動したわ。――大丈夫よー、もう出るわ！　それじゃルシア、またね」

「ええまた」

私も急いで後を追う。

「シェーン様、ご心配頂いてすみません。まだ十分も経ってませんけれど」

「さりげなく責めてきたが、私もここまで人が多いと、ルシアの匂いを五分でも嗅いでないと息苦しい」

「まあド変態の更なるカミングアウト痛み入ります。妻になりましたら、生涯かけてシェーン様をまっとうな道に矯正していく所存でございますわ」

「矯正というか元からこうなので変わらないと思うが、頑張って足掻(あが)いているルシアを見ているのも好きだからよろしく頼む」

そう言ってシェーン様は、表情筋がほぼ死にかけていたとは思えないほど極上の笑みを浮かべていた。

——十年後——

「るらでーきあーいマジック～♪　花が示す恋人～たちのラブロ～ド～♪　っと～」

しゃーこしゃーこと屋敷の庭でいつもの『なのだ』な格好で、末っ子の食事用の脚の高い椅子製作のために木材を切っていると、「母様ーっ」と遠くから近づいて来る息子ルーカスの声がした。私は手を上げると首のタオルで汗を拭(ぬぐ)う。

「いま母様はノコギリ持ってるからーっ！」

といきなり抱きつかれないよう牽制(けんせい)の声を上げる。

「わかりましたー！」

近くまで来て急停止したルーカスは、私がノコギリを置いたのを見てから抱きついて来た。

「ただいまもどりましたー。今日は勉強の後、アクセルと剣術のけいこをしました。スジがいいとほめられましたー」

　グリグリと私のお腹に頭をすりよせる。

「あれ、父様は？　アクセルが今日はもう屋敷に戻られましたと言っていたのに」

「帰って来たけど、最後の仕上げがどうとか言って作業部屋に向かったわよ」

　結婚記念日だから私にサプライズプレゼントをするのだと張り切っていたが、大抵私絡みでろくなことはした例しがないのだあの人は。

　気がつけば、もう結婚してから今日で十年だ。

　あのアホ国王陛下は本当に退位して、シェーンが新たに国王になった。三年程は補佐として色々と彼に外交や国政の進め方などをアドバイスしていたようだが、

「もう大丈夫だろ。アイツの方ができがいいし。じゃルシア、後は頼むぞ。孫にも会えたし、残りは私も人生を好きに楽しむぞー！」

　と陽気に笑って、本当に昔からの男性の親友二人（独身とヤモメ↓子供は結婚ずみで身軽）と旅に出てしまった。半年か一年に一度ぐらいの頻度で、孫と私たちへの土産を持って帰って来る。だが一週間もすると「海が私を呼んでいる……」と漁師か海賊のようなことを呟いて、また親友たちとどこかに消えて行く。

　陛下と呼んでいた時期は、コワモテの威圧感のある知的イケオジだったが、今はウクレレをかき鳴らす酔っぱらいのオイチャンのようである。ただとても充実しているようだし、屋敷に遊びに来る時も心底楽しそうなので、別に元国王がウクレレな人になっていても良かろうと思っている。恐らくあ

れがお義父様の本来の姿なのだろう。重責から解放されて楽しい暮らしができているなら何よりだ。

子供は結婚した翌年に長男ルーカス、二年後に長女リリアン、六年後に次男のアレクサンダーが生まれた。自慢じゃないが子供たちみんな、とても私の血を引いてるとは思えないほどイケメンだし可愛らしいし性格も素直だ。まあ残念ながら王族としての隠しきれない気品とかは余り期待できそうにないのだけど。

でも、こんな『なのだ』な母でも慕ってくれるし、誰にでもありがとうとごめんなさいは言える子に育てているので、メイドたちや執事、その他使用人の間でも大人気……と言うか溺愛されている。

ミーシャも私たちの翌週には式を挙げ、翌年から女、女、女、男と見事に二年毎に子供が生まれたが、揃いも揃って神が全力で仕上げたような凄まじい完成度の美しさで、アクセル様の子煩悩が加速化しているらしい。

「娘に来る釣書を見ては『もげろ』とか『インポになれ』『死ねばいいのに』とか呟きながら暖炉で燃やすのよ。あの人は娘たちをみんな嫁き遅れにしたいのかしら。本当に四十一歳にもなって大人げないったら」

とお茶にやって来る度に文句を言っているが、両親も亡くなり天涯孤独だったアクセル様に、家族を増やしてあげられたことを喜んでいるのは分かっている。

リズ……エリザベスは、国外追放という思ったよりかなり軽い処罰ですんだ。

被害者である友人二人への金銭的賠償もあるが、一番大きかったのは「リズの軽率な行いで私たちはひどく傷ついたが、泣いたり励ましたりしながら、ずっとそばにいてくれたのもリズだった。事件の前もとても優しく、悩みごとも親身になって相談にのってくれるような、本当に素晴らしい人だった。許すことは難しいが、凌辱（りょうじょく）された男たちのように彼女を憎みきることもまた難しい」という被害者たちからの減刑嘆願だろうと思う。

リズはそれを聞いて泣き崩れ、国外追放を伝えられた時も、

「……寛大なご配慮感謝致します」

と深く頭を下げてそのまま隣国へ旅立った。

たまたま外交で隣国に行ったシェーンとグスタフ様が彼女の消息を確認すると、現在は雑貨店で仕事をしながら、休みには孤児院でボランティア活動をしており、子供には大変慕われていたとのことだ。彼女の心の贖罪（しょくざい）は恐らく一生続くのだろうが、いつかリズにも家族ができて幸せな日々が訪れたらいい、と思う。

「ルシア！　待たせた」

ぼんやりと考えごとをしていたら、紙袋を持ったシェーンが早足でやって来て、私の隣で紅茶を飲みながら、静かにケーキを食べていたルーカスを見てムッとした。

「ルーカス、ちょっと母様と距離が近いんじゃないか？」

「親子ですから仲が悪いよりいいですよね父様？」

「それはそうだが私だって独り占めしたい。一番は私の奥さんだぞ。だから少し離れなさい。アレクサンダーやリリアンが昼寝の時間である今はとても貴重なんだ」

「……あ！　そうだ、ぼくもミーシャおば様のところにお呼ばれしてました。ちょっと出かけて来ますね母様。夕食には戻ります」

思い出したように告げると、ルーカスは手を振り走り去って行った。

そういえば先日ミーシャが「ウチの可愛い娘たち、誰でもいいわ、本当の娘にしたくなぁい？　みんな料理もお菓子も完璧に仕込むわよ～？　ルーカスならアクセルも反対できないものねえ。ホッホッホッ」と本気か嘘か分からない高笑いをしていたが、どうも本気だったようだ。ま、ルーカスさえ良ければミーシャとも家族付き合いできるしいいんだけど。でも、今も家族付き合いみたいなものだわね。

「ルシア、結婚十周年おめでとう。プレゼントだ」

　ルーカスがいなくなるのを待って渡された紙袋。

　んん？　去年のお手製の刺繍入りバスタオルと同じような重さね。

「開けてもいい？」

「ルシアへのプレゼントだから」

　リボンをほどき、畳まれた中身を取り出した。布製品のようだ。

「まあショールかしら？」

「当ててみてくれ」

　また刺繍でもしてくれているのだろうかと広げて……そのまま固まった。

「ま……」

「ま？」

「真っ昼間っから何てモン当てさせようとしてるんですかっっ！　そこに正座して下さい！」

「何故プレゼントを渡して叱られるのか、納得が行かない」

「一週間ベッド別」

「私が悪かった」

シェーンが即座に芝生の上に正座して詫びた。

「……シェーン、私はいつだって大抵は許して来ました。ポケットルシアも七号まで来た辺りでこらダメだと。七号をリリアンに取られて、七・五号を懲りもせず作り出した時点で何を言っても無駄だと。ルシアノートも№.十四まで続いてると伺って、あの鍵付きの引き出しごとウッカリ燃やしてしまえる大義名分を何通りも考えたこともありましたわ。私のハンカチに片っ端から《ルシア&シェーン》などと十代のバカップルでもやらないような刺繍を施されても、手で隠せば良いことだからと受け入れました」

「ルシアは物持ちが良いから助かるな。刺繍は結構時間がかかるから」

「ですがこれはベビードール、つまりは下着ではありませんか！」

「これはメイド長が教えてくれたんだ。『人形、刺繍と来れば、最後は奥様が直接身に付けるものを製作すべきです』とな。天啓を得た思いだった。十周年の祝いに相応しいだろう？　夫が一から作ったモノを妻が身に付けるのだ。最終的にはドレスや日常着まで一通り作りたいと思っている」

あのメイド長め、国王陛下になんてことを焚き付けてやがる。

「それなら何故先にワンピースとか、上に着るモノにしないんですか！」

「……下着は素肌に最初に着るだろう？　その、私しか見ないモノだし、ルシアが直接身に付けるモノを、私が作るというのは独占欲が満たされる」

「嬉しそうに言わないで下さい。相変わらずのド変態っぷりですわね。独占欲と仰いますけど、子供たち以外はほぼシェーン様が独占してますでしょう？」

「……あ、シェーン様って言った。一年かけてようやく様を取ってくれたのに。すごく距離を感じるから止めてくれ頼む」

半泣きは止めなさい三十歳超えてるんだから。

「じゃあ服作りも止めて下さい」

「それはダメだ」

「何故ですか？」

「ルシアと二人ですごす時間を子供たちに取られてしまっただろう？　勿論子供たちは愛してるが、ルシアの方がもっと愛してる。だから我慢する時間を使って私が打ち込める何かが必要なのだ」

「読書とか、他にも色々とあるでしょう？」

「ルシアに関係ないことには興味がない。ルシアはそんなにイヤか？　私が作る服を着たくないか？」

「……そういう訳ではなくてですね」

「じゃあいいだろう？　抱きついてる子供たちをぺりぺりと引っぺがしたいのを耐えて、ひたすら大人しく待っているのだから、そのくらいの自由は欲しい」

まるで私が理不尽なことを言っているようではないか。納得が行かない。

「……陛下」

「あ、もっと距離が遠くなった。私をぼっちにするつもりか。泣くからな。……ただでさえ面倒な治世を放り出しもせず、ひたすら愛する妻と子供たちのために黙々と働いてるというのに。家で楽しそうにとっかんとっかん木槌を叩いてたり、筋トレしてたりする妻に、何の文句も言わない懐の広い夫のささやかな趣味が、そこまで責められることだろうか？」

悲しげな目で見つめられると、私も立場が弱い。

確かに好きに生活させてくれているのは彼だ。

「――分かりました。ただ下着はこれっきりにして下さい。まだワンピースとかブラウスとかであればいいですから」

「ありがとうルシア！　愛してる」

立ち上がり痛いぐらいに抱き締められる。

「でも、生地も労力も無駄にするのは悲しいから、それは是非着て欲しい」

「こんなすっけすけの下着無理です」

「どうせ私に脱がされて真っ裸になるのだし」

「自制心という言葉はどちらに置いてきましたの？」

「結婚してからは執務室に常駐だ」

「……一回だけなら」

「そうか。楽しみだ。今夜は眠れそうにない」

「寝ますわよ、子育ては体力勝負なのですから」

「私は明日は休みだ。だから私も一緒に子供の相手ができる。問題ない」

いつも気がつけばシェーンの思う通りになっている気がするが、年々表情豊かになって来る彼を見ていると、（まあいいか）と思ってしまう自分もいる。

結婚するまでは死にたくなくて、シェーン様を避け続けて彼を傷つけていたことも私の後悔の一つだ。少しくらい変態でもいい。私はシェーンと生きていこうと思う。

「シェーン、耳を」

「ん？」

素直に耳を寄せた彼に、

「……貴方が考えてるより、ずうっと貴方を愛してるのよ私？」

と囁いて耳元にキスをした。

「……っ、っっっわた、わたっ私もだ！」

——この人は、何であんなに変態なのに、すぐ顔を真っ赤にする程純粋なのだろうか。

「くっ、苦しいですってばっ」

「あっすまないっ」

より強く抱き締められてじたばたしながらも、なかなか彼から抜け出せない自分を思い（どっちもどっちか）とぼんやりと雲の流れる空を眺めるのだった。

「……陛下」

「……何故また陛下呼びなんだルシア？　頼むから止めてくれ」

寝室で謝りながら既に正座の体勢になっているシェーンに対して、私は仁王立ちで腕を組んだ状態で彼を睨みつけていた。

「私がこのように怒っている理由がお分かりだから正座してるのでしょうか？」

「それがずっと考えているんだが……もしかして、ルシア十号の件だろうか？」

「まあ！　知らない間に十号も完成していたのですか？　確か九号でもう止めるとか何とか仰ってませんでしたか？」

「……っ」

「今、言わなくてもいいことを白状したという後悔の念が見えましたけれど」

「気のせいだ」

「ともかく、今はその話は置いておきますが、それではありません」

「……だが、そうだとすると一体……あ」

「もうお分かりですか？」

「ルシアノートの№.十八の事だろうか？　ルシアのおっぱいが少し大きくなったのは私の尽力の甲斐であるという自慢げな感想を書いたことがやはり気に障ったのか？　だがまだあれは見せていない筈だしそもそも絶対に間違いのない事実だと私は思うのだが、それでも確かに偉そうな書き方をしてしまったのはよろしくないと自分でも思ったりするがそれでも――」

「まあボロボロと余罪が出て来ますわね。それも後で確実に見せて頂きますが違いますわ。というか一緒に住んでてよくそんなに書くことがありますわね」

「私のライフワークだからな。だが、もうこれといって……」

私はガックリと肩を落とし、溜め息をついた。

「本日のお昼、食事会がございましたわね」

「そうだな。珍しくルシアも出てくれて、とても幸せだった」

「ルーカスがミーシャのところのナディアと婚約することになったのに、披露パーティーに私が出ない訳には行きませんもの。ミーシャとも久しぶりでしたし」

三十一歳になってもミーシャの美貌は衰えを知らず、アクセル様が周囲の男性たちに鋭い眼差しを向ける程の輝きを放っている。羨ましい限りだ。

「それが何かあったか？　婚約披露とはいえ内々で少数の家臣たちの家族や友人しか呼んでいなかったし、さほど大人数でルシアが困ったこともなかったと思っていたのだが。ルシアに近づかないよう若い男はことごとく排除した筈だしな」

「若い男性は、おりませんでしたわね」

「残念か？　だがそこは絶対に譲れない」

「若い女性は何人かおりましたわよ？」

「何かされたのか？　ルシアに害を為すような者は僻地に飛ば――」

「違う違う違ーう！」

察しの悪いシェーンに私は思わず腹を立ててしまった。

「赤いドレスのマリエッタ嬢、でしたか。お綺麗でしたわ。陛下は笑みを浮かべて話をされておられましたわ。とても珍しいことですわね」

「……マリエッタ？」

「その上、手まで取り合って、素晴らしく親密そうでしたけれど、彼女とはどういった関係でございますか？」

「どういった関係も何も、記憶にないのだが」

「そんな筈はありませんわ。あんなに派手なドレスを着た美女ですもの、記憶にないなんてある訳が――」

そう。私は結婚生活が長いせいで安心していたのかも知れない。結婚してからだって、シェーンは三十六歳の男盛り。相変わらず攻撃力の高い美貌だし、表情筋がようやく少しずつ活発になって来て、無表情Aという超不機嫌に見えるような表情を見る機会は減った。結果、魅力ましましになっている、ということだ。

そうなると、ゲーム世界に似たこの国で、もしやミドル層を狙ったゲームというのも死後に出ていたりして、シェーンが攻略対象なんてこともないとは言い切れないのだ。この世に絶対など存在しない。ゲームの世界に転生した私やミーシャ、リズがいい証拠である。

結婚して十年以上。子供も生まれ、正直言えば私は三十一歳だし、オバサンとまでは思わないけど、初々しい若妻とはとても言えない。若い愛人が欲しくなっても仕方ない。国王陛下であるシェーンに私が文句を言える筋合いではないのは分かっているけれど、切ない。そして、万が一にも今から捨てられることになるのは婚約破棄よりダメージが大きいのよ。愛が育ちまくってしまっているんだもの。

「すまないが、本当に覚えてない。赤いドレス、赤いドレス……ああ、ひょっとして宰相の後妻の夫人のことか？　名前は知らないが、挨拶されて言葉は交わした。慣れないドレスで転びそうになったのを支えた覚えはあるが、それだけだ」

「——宰相の？　だって、私が見たのは二十代半ばくらいの方よ？　宰相はもう五十代ではありませんでした？」

「再婚だからな。それに若そうに見えるが三十代後半だと聞いている」

何ですと？　あの見た目で三十代後半？　何という詐欺広告まがいな美女。

「……私の勘違いでした。申し訳ありません」

私はすぐに頭を下げて謝った。流石に宰相の奥様とどうこうはないだろう。彼に冤罪をかけてしまった。

「——それは、まさかと思うが、嫉妬なのかルシア？」

私が顔を上げると、怒るどころか極上の笑みを浮かべたシェーンが、私を嬉しそうに見つめていた。

「いえ、あのですねっ」

「嫉妬を、この私に……ルシアが……」

彼は正座から立ち上がると、私を抱き締め、すりすりと頬を寄せた。

「……いい年をして勝手に早とちりしてごめんなさい、シェーン」

「謝らなくていい。ようやく私のように素直に愛情表現をしてくれるようになったルシアに感動しているところだ」

「シェーンの素直すぎる愛情表現はやりすぎだと思うけれど、私もかなり愛情表現しているつもりなのだけれど」

「足りない。もっと束縛して欲しい程だ」

ベッドに一緒に沈むと、顔中にキスの雨が降る。

「シェーン、愛しているわ」

「私も心から愛している」

そのまま服を脱がされそうになり、慌てて止める。流される前に確認せねばならないことがある。

「……どうした？」

「ルシアノート最新版とルシア人形№十を見せて欲しいの」

「……後では駄目だろうか？」

「不安は排除してからでないと」

「愛の力で排除できないか？」

「シェーンへの愛情と、ド変態の更生は別物なのよ」

「ド変態じゃない。愛が深いだけだ」

「ダーリン、ド変態っていうのはね、まず自己申告はないのよ」

渋々とノートとルシア人形を持って来るシェーンは可愛かったが、ノートの内容はえげつないし、最新のルシア人形はネグリジェ姿で下着はスケスケだった。完成度がどんどんと高まっていくのが恐ろしい。

私がまたシェーンを正座させ、こんこんと説教をしたことは言うまでもない。

その後、ベッドでは攻守が逆転してしまったが、私は彼の更生を一生諦めるつもりはない。

【番外編　二】

「ちょっと、これ読んでみて」

　私はミーシャから渡された雑誌の記事の見出しを見た。

「え？　なあに？」

「――【浮気をするのは男が未来に子孫を残したいという体に刻み込まれた本能なのだ。より若い女性に目が向いてしまうのもその可能性を高めたいからであって、決して妻に魅力を感じないとか飽きたとか、そういう単純な話ではないということを女性にも理解して欲しいのだ。】……何よこの酷い浮気推奨記事は」

「腹立つでしょう？　まあそんな記事で納得する女はまずいないと思うんだけど、それはさておき、私たちももうゾロ目よね」

　幾ら親しくても、なかなか王宮の隣にある公邸には遊びに行きづらい、とミーシャに言われ、まあそうだろうなと思い、孫の顔を見せるついでに彼女と示し合わせ、同じタイミングで実家に戻って来た。久しぶりに会ったトロロも相変わらずむっちむちではあるが、喉を鳴らして挨拶に来て私の作ったキャットタワーで惰眠を貪っていた。元気そうで何よりである。

　子供たちは皆、両親が浮かれて町に遊びに連れて行った。ミーシャのところの両親も子供たちと一緒に最近できた動物園にウキウキと出かけて行ったそうだ。

　という訳で母として貴重な自由時間を得られた私たちは、私の実家のガーデンテーブルでのんびりお茶を楽しんでいるのである。

「ゾロ目……三十三歳って、段々無理が利かなくなってくるわよね」

　私は少し遠い目になった。

「そうなのよねえ。まあ正直夜のお勤めは遠慮したいほど疲れている時もあるけど、求められないのも女としての魅力がなくなったのかと不安にもなるし、別の女で何とか発散して欲しいとも思わないしね。他の女に使った竿で自分とやるなとも思うじゃない？」

「ミーシャちょっと言い方。……でも確かにね」

　私もシェーンを愛しているし、彼に愛されているとは思うが、毎晩のようにエッチしなくてもと思うこともある。だが、それで彼が性欲を他に傾けてしまったら嫌だし、悲しい。でもそんな気分になれない時もある。女というのはなかなかに複雑な生き物なのだ。

「今のところ、シェーン様は浮気の気配はない？」

「驚く程真面目よ。公務が終わると真っ直ぐ帰ってくるわ」

「まあ浮気って思っててもやる人とやらない人がいるものね。うちも今は心配する兆候はないのよ。でも、やっぱりどんどん私は年を取る訳だから、ちょっと不安はあるのよね」

「ミーシャ以上の存在はそうそういないもの。素晴らしく美人で料理上手で尽くすタイプで包容力のあるサバサバ系よ？　私が男なら一生大切にするわ」

「ルシアだって美人だし、何でも一生懸命だし大工仕事は上手いし腹筋は割れてるし特別で最高な存在だと思うけど」

「後半は女子である必要性が見当たらないわね」

「それはそれとして、私たちは旦那様の愛情を絶やさないために努力はしないといけないと思うのよ。これからオバサンと呼ばれる年齢になっていくんだもの」

食い気味に話を逸らされた私だが、ミーシャの話にも一理ある、と思った。

いつまでもあると思うな若さと溺愛。

「……ねえ、ミーシャは何かしているの？」

「そうね。髪の手入れや体型を保つこともだけど、顔もきめ細かさを保つために美容液を色々試したり、たまにエロい下着とかで官能的に誘ってみたり……」

「エロい下着で官能的……」

「ルシア、あなたまさか、ヒモパンやすっけすけナイティとか身に着けないの？」

「シェーンにプレゼントしてもらったものは一回は使うのよ。でもあれ落ち着かないっていうか、着けてる方が裸より恥ずかしいというか……でシンプルな実用的なのに落ち着くの」

「……色気のない健康パンツやブラジャーで毎度毎度欲情するシェーン様も大概だけど、流石に毎回それじゃダメよ。たまにはエロいので新たな魅力を出さないと」

「そ、そうかしら？」

「よし！　決めたわ。今からショッピング行きましょう」

ミーシャが立ち上がると私を見下ろした。

「最高にエロい、シェーン様が見たことない下着で悩殺しましょう!!」

「え、いや、でも悩殺するには私の色気がっ」

「為せば成る、為さねば成らぬ何事も、と米沢藩主の上杉鷹山が言っていたじゃない。王国の平和は国王陛下と妃殿下の夫婦円満が大切よ！」

「知り合いでもない上杉さんの考えはどうでもいいのよ、ちょ、待ってってば」

私はぐいぐいと引っ張られ馬車へ向かいながら抵抗したが、彼女はただ満面の笑みを浮かべた。うぬぬ、やはり美人は得だわ。私は抵抗を止めてドナドナされていった。


「今日はバーネット家に行っていたそうだな」

夕方実家から戻ると、既にシェーンが王宮から戻って居間でコーヒーを飲んでいた。

「そうなの。それで、父様たちが張り切って今夜はバーベキューするぞ！　とか宣言して子供たちが大喜びしちゃって。今夜は実家にお泊まりするって騒ぐから、お任せして私だけ戻って来たわ」

「そうか。ルシアも泊まるようなら私も向かうつもりだったが良かった」

シェーンは口角を少し上げて頷いた。

いや何でだ。妻の実家とはいえ国王が一般貴族の家に気軽にホイホイ向かわないで欲しい。

「ごめんなさいね、私の一存で子供たちを泊めることを決めてしまって」

「いいや、私は久しぶりに二人ですごせて嬉しい。……むしろ今素晴らしい案を思いついたのだが、定期的に親孝行ということで泊まりに行かせるのはどうだろうか？　いくら可愛くてもルシアも疲れるだろう？　それに、夫婦が水入らずですごせる時間も大切にせねばな」

「シェーン……」

私は彼の優しさに感動してしまい、目を潤ませた。

「さあ、食事の前にゆっくり湯船に浸かって疲れを落とせ。今夜はルシアの好きな舌平目のムニエルにしてもらったから」

「まあ！　嬉しいわシェーン。じゃあ少し失礼するわね」

私はシェーンの頬に軽くキスをすると、買い物した荷物を抱えて寝室に戻った。

部屋に戻り、着替えを用意すると、ミーシャに押し切られた品物をベッドの上に並べてみる。

――彼女が激アツだと強く推してきた、チチを覆う気あるのかと思う程の布地しか使われていないブラジャーや、風通しのことしか考えてないフルレースのヒモパンが……赤、黒、青、ピンクと彩り豊かに私の視界を攻撃して来る。

あんなに思いやりのある夫の愛情に応えるには、この武器を使わねばなるまい。お腹が冷えそうとか着心地が悪いとか言ってはならないのだ。私は強く頷いた。


「……美味しかったわねえ舌平目」

「そうだな。美味しそうに食べるルシアを見ながら食べたらもっと美味しくなったな」

寝室でナイトガウンを羽織った私はご機嫌だった。舌平目はなかなか新鮮なものが入って来ないので、食べる機会が少ないが、私の大好物である。そして一杯だけのワインも入ってほろ酔い気分だ。

……まあある程度勇気を出すための必要があって飲んだのだけど。

「――ねえシェーン一つ聞いていていい？」

「うん？」

「あの、女性が……のは、下品かしらね？」

「よく聞こえなかった。女性が何だ？」

「いえほらっ、最近女性が割と積極的に腕を組んでみたり、肌の露出が高めなデザインの服を着ることが多いけど、シェーンはどう思うかしらー、って」

「そうだな、私は露出度の高い服は淑女としてどうかとは思うが。通りすがりの女性がそんな格好をしていたとしても、目のやり場に困るだろう？　それに品がないしな」

「そう、そうよねえ」

「……まさか、流行りだからと露出度が高い服を着て外に出たいということかルシア？」

シェーンの眉間にシワが寄った。おう、久々の怖い顔。

「いえとんでもない！　あ、そうだわ、ちょっと居間に忘れ物したから取って来るわね」

私が寝室を出ようとすると、腕を掴まれた。

「何を誤魔化そうとしている？」

「――な、何が？」

「ルシアが何か後ろめたいことがあったり嘘をついている時は、頻繁に左の二の腕を触る」

「え？　本当に？」

私が思わず視線を下げると、本当に左の二の腕を無意識に掴んでいた。本人も気づいてないのに何で彼が知っているのかしら。観察眼鋭いわね。

「……大したことじゃないわ。着替えに行きたかったのよ」

「何故だ？　もう寝るだけだろう？」

私は諦めて白状した。

「ミーシャがね、たまには旦那様へ感謝の気持ちを伝えないとダメだと」

「ほう、それで？」

「それで……町に買い物に行ったのだけど、シェーンが好きじゃないみたいだし、着替えて来ようと」

「？　どういうことだ？」

「いえだから、露出度高いのは下品だって言ったじゃない？　私もそんなにほらアレだから」

「待て待て待て。――それは、ガウンの下が露出度が高い、ということか？」

「……ごめんなさい。彼女がたまには私も少しセクシーアピールをしないと女として見てもらえなくなるかもって言うから怖くなって……でも大丈夫、いつもの下着に――」

「いや、着替えなくていい」

グイっと引き戻されて、ガウンの紐をほどかれた。

「ちょっと待って、品がないのは嫌いなんでしょう？」

「ルシアとそれ以外の女性とじゃ全く意味が違う。ルシアは全て大歓迎だ」

ガウンを脱がされ、私の黒のレースのヒモパンに既にチチがこぼれそうになっている同じく黒の布地面積限界突破のブラジャーが剥き出しになった。

「……っ」

シェーンが驚いたように凝視して来た。

「ほらやっぱり驚くでしょう？　だから着替えて来るって――」

ぽた、ぽた。

え、と思ったら胸元にシェーンの涙がこぼれ落ちて来た。

「なんて、なんて眼福な光景……」

「――は？」

「ルシアは正直何を着ていても可愛いし、本人さえいればそれで満足だった。だが私は間違っていたのだ。可愛いものに可愛いものを重ねたら魅力も倍々になるんだ……」

「ねえ落ち着いてシェーン」

「たわわな乳房に申し訳程度の布、そしてほぼ穿いてないに等しいレースのパンティー……それがこんなにも煽情的になると誰が思うだろう？」

シェーンはいつの間にか自分のガウンを脱いで下着姿である。そして股間のナニが臨戦態勢である。

「んあっ！」

いきなり片側だけブラを持ち上げ彼が噛みつくように乳首に吸い付いた。

「片方がまだ辛うじて乳首を隠しているのがまたエロい……」

そのまま腰に手を伸ばしてパンティーの紐をするりとほどくと、そのまま蜜口に指を這わせた。

「ルシア、紐も片方だけほどいても、まだパンティーの体裁をギリギリの状態で保っていてエロいぞ。ルシアももうここがびしょびしょだ。私にこんないやらしい姿を見せてどうするつもりだったんだ？」

「っはっ、だ、だって、雑誌に、妻が年を取ると若い女性と浮気するのは、男の子孫繁栄の、本能だって書いて、て」

「うん、それで？」

「ああ……私がもっと年を取って、し、シェーンがもし側妃とか欲しくなるかもって……でも、それは嫌だったの」

「そうか。でも根本的なところを間違えてるぞルシア」

話をしながらもぐちぐちと音を立てて指で私の中をかき回していたシェーンが、指を外したと思ったらいきなり挿入してきて私はのけ反った。

「あっ、あっ、シェーンッ」

「私はな、子孫繁栄とかどうでもいいんだ。愛の行為の結果でたまたま子供が生まれただけだし、生まれなかったとしても別に他の人間が王になればいいだけだ。子供たちは愛しているが、ルシアがいつだって一番だ」

ぱん、ぱん、と激しく打ち付ける腰に私も喘（あえ）ぐしかできなくなる。

「だからな、私はルシアが幾つになろうがしわしわのお婆ちゃんになろうが、ルシア以外とするつもりもないし、若い女性がどうこうとか関係ない。いつだって私にはルシアかそれ以外なんだっ、っっっ」

私の最奥に精を放ったシェーンが、息を整えながらも一緒にイってしまった私の髪を撫（な）でる。

「シェーン、愛してるわ」

「ああ、でも私の方が愛してるぞ」

唇にキスを落としながら、何故かまた胸を揉（も）み出す。

「シェーン……あの？」

「ん？　まさかそんな格好を見せて一度や二度で終わると思ってはいないだろう？　せっかく夫婦水入らずなんだから、新婚の気持ちでいちゃいちゃしよう」
ゆるゆるとまだ衰えない雄を抜き差ししながらキラキラとした笑みを降り注がれ、私は夜中、喉が嗄れるまで喘がされたのだった。

三カ月後、王妃の懐妊が公表された。

あとがき

私は、昔から誰かを楽しませることが好きでした。

絵を描く、文章を書く、それによって好きな人たちが笑ってくれたり面白いと言ってくれたりすることで自分が幸せな気分になるからです。

ネットで小説を書くようになって、それが顔を見たことも話をしたこともない沢山の読者の方に楽しんで頂けたり、応援して下さったりする喜びを得ることができるようになりました。本当に心から感謝しております。ありがとうございます。

個人的に私が小説で書きたいことは「愛」（友愛、家族愛含め）と「笑い」で一貫しています。エンタメ作品として、読者の方ができるだけ笑顔で読める作品を書きたいのです。眉間にシワを寄せる作品も勿論面白いでしょうけれども、私の書きたいものはそうではありません。全て根底にコメディーがある作品を書きたいのです。恐らく恋愛ものでコメディー要素の強い作品というのは、とても好みが分かれるところだと思いますが、面白かった、と言って頂けるようこれからも精進して行きたいと思っております。コメディーは捨てません（笑）。不器用なシェーンとこれまた不器用なルシアとの物語、多くの方に楽しんで頂けますことを願っております。

王子（おうじ）のデレはツンの底（そこ）。
～婚約破棄（こんやくはき）も悪役令嬢（あくやくれいじょう）も難（むずか）しい～

来栖もよりーぬ

2021年10月5日　初版発行

著者　来栖もよりーぬ

発行者　野内雅宏

発行所　株式会社一迅社
〒160-0022　東京都新宿区新宿3-1-13　京王新宿追分ビル5F
電話　03-5312-7432（編集）
電話　03-5312-6150（販売）
発売元：株式会社講談社（講談社・一迅社）

印刷・製本　大日本印刷株式会社

DTP　株式会社三協美術

装丁　AFTERGLOW

ISBN978-4-7580-9400-9

●本書は「ムーンライトノベルズ」（http://mnlt.syosetu.com/）に掲載されていたものを改稿の上書籍化したものです。
●この作品はフィクションです。実際の人物・団体・事件などには関係ありません。

MELISSA